Das Schicksal in Person

Agatha Mary Clarissa Miller wurde am 15. September 1890 in Torquay, Devon, als Tochter einer wohlhabenden Familie geboren. 1912 lernte Agatha Miller Colonel Archibald Christie kennen, den sie bei Ausbruch des Ersten Weltkriegs heiratete. Die Ehe wurde 1928 geschieden. Zwei Jahre später schloss sie die Ehe mit Max E. L. Mallowan, einem um 14 Jahre jüngeren Professor für Archäologie, den sie auf vielen Forschungsreisen in den Orient als Mitarbeiterin begleitete. Im Lauf ihres Lebens schrieb die «Queen of Crime» 73 Kriminalromane, unzählige Kurzgeschichten, 20 Theaterstücke, 6 Liebesromane (unter dem Pseudonym «Mary Westmacott»), einen Gedichtband, einen autobiografischen Bericht über ihre archäologischen Expeditionen sowie ihre Autobiografie. Ihre Kriminalromane werden in über 100 Ländern verlegt, und Agatha Christie gilt als die erfolgreichste Schriftstellerin aller Zeiten. 1965 wurde sie für ihr schriftstellerisches Werk mit dem «Order of the British Empire» ausgezeichnet. Agatha Christie starb am 12. Januar 1976 im Alter von 85 Jahren.

Unsere Adresse im Internet: www.scherzverlag.de

Agatha Christie

Das Schicksal
in Person

Roman

Scherz

Überarbeitete Fassung der einzig berechtigten Übertragung
aus dem Englischen von Claudia Persson

Die englische Originalausgabe erschien unter dem Titel «Nemesis»

Veröffentlicht im Scherz Taschenbuch
ein Verlag der S. Fischer Verlag GmbH,
Frankfurt am Main, Oktober 2003

Neuauflage 2003
Copyright © 1971 by Agatha Christie Limited
Alle deutschsprachigen Rechte beim Scherz Verlag, Bern
Gesamtherstellung: Ebner & Spiegel, Ulm
Printed in Germany
ISBN 3-502-52018-6

I

Miss Marple hatte ihren Mittagsschlaf beendet, setzte sich bequem in ihrem Lehnsessel zurecht und gab sich mit Genuss der Lektüre der *Times* hin. Jeden Morgen wurden ihr zwei Zeitungen ins Haus gebracht. Die eine diente der Bereicherung des Morgentees, und die zweite war dazu ausersehen, ihr die Nachmittagsstunden zu verschönern. Miss Marple hielt sich nicht lange bei den Nachrichten der ersten Seite auf: Was sie immer wieder magisch anzog, waren nicht die großen politischen, sondern die kleinen privaten Ereignisse, Heiraten, Geburten, Todesfälle.

Da sie eine alte Dame war und ihre Freundinnen über das Alter des Heiratens und Kinderkriegens hinaus waren, war es nur natürlich – leider musste sie es immer wieder mit Wehmut feststellen –, dass sie die ihr bekannten Namen immer häufiger in der Rubrik «Todesfälle» antraf. Mit der ihr eigenen Gewissenhaftigkeit, gemischt mit einer guten Portion Neugierde, ging sie die ganze Liste durch: Allway, Ardon, Barton, Clegg. Clegg? War das eine von den Cleggs, die sie kannte? Nein, vermutlich nicht, es war eine Janet Clegg aus Yorkshire.

Weiter: McDonald, Nicholson, Ogg, Ormerod, Quantril. Meine Güte, ja, Elizabeth Quantril, mit fünfundachtzig Jahren. Dabei hatte sie geglaubt, sie sei längst gestorben. Eine zarte, immer etwas kränkliche Frau, niemand hatte erwartet, dass sie so lange leben würde.

Race, Radley, Rafiel. Rafiel? Irgendetwas kam ihr an dem Namen bekannt vor. Jason Rafiel, Belford Park, Maidstone. Merkwürdig, wo sollte sie den nur wieder hintun. Na, es würde ihr schon noch einfallen.

Ryland, Emily Ryland. Innig geliebt von ihrem Mann und ihren Kindern. Traurig, sehr traurig oder sehr rührend, je nachdem, wie man es betrachtete.

Miss Marple legte die Zeitung auf den Tisch und überflog das Kreuzworträtsel, während sie versuchte, in ihrem Gedächtnis nach dem Namen Rafiel zu kramen. Dann ging ihr Blick zum Fenster und hinaus auf ihren Garten. Diese verdammten Ärzte. Nichts war ihr auf der Welt so lieb gewesen wie ihre Gartenarbeit. Und dann hatte man ihr das eines Tages alles verboten. Eine Weile hatte sie noch versucht, sich diesem Verbot zu widersetzen, doch bald hatte sie gemerkt, dass es tatsächlich nicht mehr so ging wie früher, der Rücken tat ihr einfach zu weh. Sie hatte dann den großen Sessel so hingestellt, dass die Verlockung, hinauszuschauen, nicht mehr allzu groß war, und sich resigniert einer Tätigkeit zugewandt, die zumindest etwas nützlich war: Sie begann zu stricken.

Seufzend griff sie jetzt nach ihrem Strickzeug, ein kleines Babyjäckchen, und stellte fest, dass sie heute zu den Ärmeln übergehen musste. Ärmel waren immer eine langweilige Arbeit. Doch wenigstens konnte sie sich an der schönen rosa Wolle erfreuen. Rosa Wolle. Einen Augenblick mal. Erinnerte sie das nicht an etwas ganz Bestimmtes? Ja, natürlich, das hing doch mit dem Namen zusammen, den sie eben gelesen hatte. Rosa Wolle, das blaue Meer, der Sandstrand, sie selbst mit dem Strickzeug und, ja, so war es, Mr Rafiel neben ihr. Die Reise ins Karibische Meer. Die Insel St.-Honoré. Ein Geschenk ihres Neffen Raymond. Und sie dachte plötzlich daran, wie Joan, Raymonds Frau, gesagt hatte: «Und pass schön auf, Tante Jane, dass du nicht wieder in irgendeine Mordgeschichte verwickelt wirst. Es ist nicht gut für dich!»

Nun, sie hatte wirklich nicht im Sinn gehabt, wieder in eine Mordsache hineingezogen zu werden, aber es war eben nun mal passiert. Und nur, weil ein alter Major mit einem Glasauge darauf bestanden hatte, ihr einige sehr alte und sehr langweilige Geschichten zu erzählen. Armer Major – wie hieß er denn noch? Nein, es fiel ihr nicht mehr ein. Mr Rafiel und seine Sekretärin, ja, Esther Walters war ihr Name, und sein Masseur, Jackson. Soso, Mr Rafiel war jetzt also auch tot. Armer Mr Rafiel! Er wusste damals schon, dass er nicht mehr lange leben würde. Aber nun hatte der Tod noch eine Weile auf sich warten lassen. Ja, das war ein zäher Mann, dieser Rafiel, ein eigensinniger Mann – und ein sehr, sehr reicher Mann.

Miss Marples Gedanken konnten sich nicht von Mr Rafiel trennen, doch ihre Hände strickten unablässig weiter. Das war eine aufregende Zeit gewesen, damals im Karibischen Meer. In einer dieser warmen Nächte war sie in ihrer Not zu ihm gekommen und hatte ihn um Hilfe gebeten. Sie hatte damals den hübschen rosa Wollschal wie einen Turban um den Kopf geschlungen, und er hatte sie ausgelacht. Doch dann, als er hörte, was sie von ihm wollte, war ihm gar nicht mehr zum Lachen zumute gewesen. Er hatte getan, worum sie ihn gebeten hatte. Er war ihr Verbündeter geworden. Miss Marple nickte mit dem Kopf und sagte leise: «Armer Mr Rafiel. Hoffentlich hat er nicht mehr zu sehr leiden müssen.» Ein tapferer Mann. Ein bisschen herrschsüchtig und ein bisschen aggressiv, doch irgendwo in einer verborgenen Ecke seines Herzens auch sehr gütig. Schade, dass er nun nicht mehr da war. Wer wohl jetzt das viele Geld erben würde? Ob er überhaupt verheiratet war?

Miss Marple legte seufzend ihr Strickzeug weg und schaute sehnsüchtig zum Garten hin. Auf einmal kam ihr in den Sinn, dass sie noch gar nicht nachgesehen hatte, was George, der Gärtner, gestern getan hatte. Leise ächzend stand sie auf – ihr Rheuma war gerade an diesem Tag besonders lästig – und ging aus dem Zimmer. Sie machte die Haustüre auf und musste sich gleich ärgern, als sie sah, dass George die

Gartengeräte mitsamt der Gießkanne nicht an den Platz gestellt hatte, an den sie gehörten. Das kam davon, wenn man sich nicht mehr selbst um alles kümmern konnte. Langsam ging sie den Steinweg entlang und bemühte sich, das Unkraut zu übersehen, das durch einige Ritzen der Steinplatten kroch. «Was hilft es, ich kann es ja doch nicht ändern», murmelte sie vor sich hin, als sie an die Gartenpforte kam. Eine Frau, die gerade in diesem Augenblick draußen am Zaun entlangging, wandte ihren Kopf und fragte:

«Wie bitte, haben Sie mit mir gesprochen?»

Miss Marple schaute erstaunt auf. «Aber nein, entschuldigen Sie, ich habe nur so vor mich hin geredet. Das passiert leider manchmal in meinem Alter.» Jetzt erst bemerkte sie, dass sie es mit einer ganz fremden Frau zu tun hatte. Merkwürdig, wo sie doch hier in St. Mary Mead alle Leute kannte. Es war eine untersetzte Frau in einem ziemlich abgetragenen Tweedrock, leuchtend grünem Pullover und gestricktem Wollschal.

«Sie haben einen schönen Garten», sagte die Frau freundlich.

«Na ja, er ist jetzt leider nicht mehr so schön, wie er mal war.» Miss Marple machte eine resignierte Geste. «Als ich noch alles selbst machen konnte …!»

«O ja, ich weiß», fiel ihr die Frau ins Wort. «Ich weiß genau, was Sie sagen wollen. Ich nehme an, Sie haben auch so einen alten Mann angestellt, der behauptet, er verstünde etwas von der Gärtnerei. Meist haben sie aber nicht die geringste Ahnung davon. Sie kommen und lassen sich eine Tasse Tee nach der andern geben und unterbrechen ihre Ruhepausen nur, um sich hin und wieder mal nach einem Unkraut zu bücken. Ich kenne diese Leute. Manchmal sind sie ja ganz unterhaltend, aber meist muss man sich über sie halb tot ärgern. Sie müssen wissen», fügte sie hinzu, «ich bin selbst eine leidenschaftliche Gärtnerin.»

«Leben Sie hier?», fragte Miss Marple nun, denn sie konnte ihre Neugierde doch nicht ganz bezwingen.

«Ja, bei einer Mrs Hastings. Ich glaube, sie hat auch schon einmal von Ihnen gesprochen. Sie sind doch Miss Marple, nicht wahr?»

«Ja, die bin ich.»

«Ich helfe Mrs Hastings bei der Gartenarbeit. Mein Name ist übrigens Bartlett, Miss Bartlett. Ich habe nicht besonders viel zu tun; Mrs Hastings hat eine Vorliebe für einjährige Pflanzen und solches Zeug. Natürlich beschäftige ich mich auch sonst, mache Einkäufe und so. Aber viel ist es nicht. Wenn Sie wollen, könnte ich Ihnen hin und wieder im Garten helfen, ein oder zwei Stunden in der Woche. So gut wie der Mann, den Sie jetzt haben, mache ich es sicher auch.»

«Es ist keine schwere Arbeit», sagte Miss Marple erfreut. «Ich mag sowieso Blumen am liebsten. Aus Gemüse mach ich mir nicht sehr viel.»

«Na, Gott sei Dank. Ich muss mich drüben schon um das Gemüse kümmern, bei Mrs Hastings. Eine ziemlich langweilige Arbeit, aber leider notwendig. Sie werden sehen, ich komme sicher zurecht. Auf Wiedersehen.» Sie nickte und schaute Miss Marple merkwürdig eindringlich an, als ob sie sich ihre Züge einprägen wolle. Dann ging sie weiter in Richtung auf den Ort zu.

Mrs Hastings? Miss Marple konnte sich nicht erinnern, diesen Namen hier schon einmal gehört zu haben. Auf jeden Fall nicht in Zusammenhang mit einem Garten. Vielleicht wohnte sie in einem der neuen Häuser unten am Ende der Gibraltar Road, die im letzten Jahr gebaut worden waren. Miss Marple seufzte, schaute mit Widerwillen auf die pur-

9

purroten Löwenmäulchen – wie oft hatte sie George schon gesagt, dass sie nur schwefelgelbe haben wollte, denn sie mochte dieses Rot nicht –, bemerkte einige Stellen mit Unkraut und konnte nur schwer der Versuchung widerstehen, sich selbst ans Werk zu machen. Aber was half es, sie musste nachgeben. Langsam ging sie auf ihr Haus zu. Jetzt fiel ihr auch wieder Mr Rafiel ein. Sie musste doch gleich mal nachsehen, ob sie in der *Times* einen Nachruf entdecken konnte. Aber nein, wahrscheinlich würde nichts über ihn drinstehen. Er war ja weder ein Industrieller noch ein Bankier gewesen. Er war nur ein Mann, der sein Leben damit verbracht hatte, riesige Summen von Geld zu verdienen.

2

Etwa eine Woche war seit Mr Rafiels Tod vergangen, als Miss Marple einen Brief auf ihrem Frühstückstisch entdeckte, den sie etwas länger als gewöhnlich anschaute, bevor sie ihn öffnete. Die anderen beiden Briefe, die mit der Morgenpost gekommen waren, sahen verdächtig nach Rechnungen aus und konnten noch eine Weile liegen bleiben. Dieser Brief aber weckte ihr Interesse. Ein Londoner Poststempel, die Adresse mit der Maschine geschrieben, ein längliches Kuvert von bemerkenswert guter Qualität. Miss Marple griff nach dem Brieföffner, der immer auf ihrem Tisch bereitlag, und schlitzte das Kuvert sorgsam auf. Der Brief stammte von einer Anwaltsfirma, Broadribb und Schuster, mit dem Sitz in Bloomsbury. Miss Marple wurde darin gebeten, in der nächsten Woche in die Kanzlei zu kommen, damit man sich über eine Angelegenheit unterhalten könne, die vielleicht für sie von Interesse wäre. Donnerstag, der 24., wurde vorgeschlagen. Wenn dieser Termin jedoch nicht angenehm sei, möge Miss Marple Nachricht geben, an welchem Tag sie in nächster Zeit nach London kommen könne. Es wurde hinzugefügt, dass Mr Broadribb und Mr Schuster die Anwälte des verstorbenen Mr Rafiel seien, der ihres Wissens mit Miss Marple bekannt gewesen sei.

Miss Marple legte den Brief beiseite. Merkwürdig, was wollte man wohl von ihr? Mr Rafiel würde sie wohl kaum in seinem Testament bedacht haben, das war nicht anzunehmen. Oder vielleicht doch? Irgendein seltenes Werk über Blumen, von dem er wusste, dass es einer alten Dame Spaß machen würde. Oder eine Kamee-Brosche, die vielleicht einer Großtante gehört hatte. Miss Marple lächelte. Ein Blick auf ihren Kalender überzeugte sie davon, dass sie an dem genannten Termin keine Zeit haben würde. Sie setzte sich hin, schrieb ein paar Zeilen und schlug den Anwälten einen anderen Tag in der nächsten Woche vor. Jetzt erst kam ihr in den Sinn, dass es sich wohl kaum nur um ein kleines Erinnerungsgeschenk handeln würde, denn das hätte man ihr auch schicken können. Dazu müsste sie nicht selbst nach London kommen. Miss Matple griff nach ihrem Strickzeug. «Warten wir ab», sagte sie vor sich hin, «am nächsten Dienstag werde ich alles erfahren.»

«Ich bin gespannt auf sie», sagte Mr Broadribb zu Mr Schuster und schaute ungeduldig auf die Uhr.

«Sie muss in einer Viertelstunde hier sein», meinte Mr Schuster.

«Ob sie wohl pünktlich ist?»

«Das ist anzunehmen. Es handelt sich ja um eine ältere Dame. Die Generation ist noch an Pünktlichkeit gewöhnt, das war damals anders als heute.»

«Sicher ist sie dick. Oder?», wollte Mr Schuster wissen.

Mr Broadribb zuckte die Achseln.

«Hat Rafiel sie Ihnen denn nie beschrieben?», fragte Mr Schuster.

«Nein. In allem, was sie betraf, war er besonders verschlossen.»

«Die ganze Sache kommt mir sehr merkwürdig vor», sagte Mr Schuster. «Wenn wir doch nur ein bisschen mehr darüber wüssten.»

«Es könnte sein», meinte Mr Broadribb nachdenklich, «dass es etwas mit Michael zu tun hat.»

«Was? Nach all diesen Jahren? Nein, das glaube ich nicht. Wie kommen Sie denn darauf? Hat er irgendetwas –»

«Nein, gesagt hat er nie etwas. Er hat sich über die Sache nie geäußert und hat mir nur bestimmte Anweisungen gegeben.»

«Ich glaube, er war in den letzten Jahren ziemlich überspannt.»

«Nein, das kann man nicht sagen. In geistiger Hinsicht hat er sich nicht verändert, seine Krankheit hat auch niemals sein Denken beeinflusst. Immerhin hat er in den letzten beiden Monaten seines Lebens so ganz nebenbei noch zweihunderttausend Pfund verdient.»

Das Telefon läutete, und Mr Schuster nahm den Hörer ab. Eine weibliche Stimme sagte: «Miss Jane Marple ist da und möchte Mr Broadribb sprechen.»

«Ja, bitte bringen Sie sie herein», sagte Mr Schuster, und zu Broadribb gewandt: «Nun werden wir es ja sehen.»

Miss Marple betrat einen Arbeitsraum, und ein Herr mittleren Alters, sehr dünn, mit einem langen, melancholischen Gesicht, kam auf sie zu. Sie nahm an, dass dies Mr Broadribb sei. Bei ihm stand ein etwas jüngerer und dickerer Herr mit schwarzem Haar, kleinen, durchdringenden Augen und Ansatz zum Doppelkinn.

«Mein Partner, Mr Schuster», stellte Mr Broadribb vor. «Ich hoffe, die Treppen waren nicht allzu beschwerlich für Sie», sagte Broadribb entschuldigend. «Wir haben leider keinen Lift hier in diesem alten Haus. Die Firma existiert schon ziemlich lange, und wir haben uns nicht zu diesen modernen Errungenschaften entschließen können, die unsere Klienten vielleicht von uns erwarten.»

«Dieser Raum ist aber sehr hübsch in seinen Proportionen», sagte Miss Marple höflich. Sie nahm auf dem Sessel Platz, den Mr Broadribb ihr zurechtgestellt hatte. Mr Schuster verließ unauffällig das Zimmer.

Aufrecht, wie es ihre Art war, saß sie da. Sie trug ein leichtes Tweedkostüm, eine Perlenkette und ein kleines Samtbarett.

Broadribb dachte bei sich: «Typisch Provinz. Aber gar nicht übel, das alte Mädchen. Mindestens fünfundsiebzig, wenn nicht schon achtzig. Vielleicht etwas zerstreut, vielleicht aber auch nicht. Erstaunlich wacher Blick. Woher Rafiel die wohl kannte? Vielleicht die Tante von irgendwelchen Bekannten?» Während er seine Beobachtungen machte, wechselte er mit ihr die üblichen einleitenden Worte über das Wetter, die schlimmen Auswirkungen des frühen Frosts und ähnliche Dinge. Dann kam er zur Sache:

«Sie werden sich fragen, weshalb ich Sie hergebeten habe. Sicher haben Sie erfahren, dass Mr Rafiel gestorben ist, vielleicht haben Sie es auch in der Zeitung gelesen.»

«Ja, ich las es in der Zeitung», sagte Miss Marple.

«Er war, soviel ich weiß, ein Freund von Ihnen.»

«Ich habe ihn vor etwa einem Jahr kennen gelernt, in Westindien.»

«Ah ja, ich erinnere mich daran. Er hat die Reise damals aus Gesundheitsgründen unternommen. Sicher hat sie ihm gut getan, doch er war ja zu der Zeit schon ein sehr kranker Mann, wie Sie wissen.»

«Ja», sagte Miss Marple.

«Sie kannten ihn gut?»

«Nein. Das kann man nicht sagen. Wir haben im gleichen Hotel gewohnt und haben uns gelegentlich unterhalten. Ich habe ihn seit meiner Rückkehr nach England nicht mehr gesehen. Ich lebe sehr zurückgezogen auf dem Lande, und er war ja geschäftlich immer sehr tätig.»

«Das stimmt», sagte Mr Broadribb. «Und zwar bis zu seinem Tod. Ein bemerkenswerter Mann.»

«Und ein bemerkenswerter Charakter», fügte Miss Marple hinzu.

Broadribb nickte, dann räusperte er sich. «Ich weiß nicht, ob Mr Rafiel jemals mit Ihnen über die Angelegenheit gesprochen hat, wegen der ich Sie hierher gebeten habe.»

Miss Marple schüttelte den Kopf. «Nein, ich kann mir nicht denken, worum es sich handelt.»

«Er hatte eine sehr hohe Meinung von Ihnen.»

«Das war sehr freundlich von ihm, aber kaum gerechtfertigt. Ich bin eine ganz einfache Frau», sagte Miss Marple bescheiden.

«Ich bin beauftragt, Ihnen zu sagen», fuhr Broadribb nun fort, «dass für Sie eine bestimmte Geldsumme bereitliegt. Sie sollen sie nach Ablauf eines Jahres bekommen, vorausgesetzt, Sie übernehmen eine gewisse Aufgabe, mit der ich Sie bekannt machen soll.»

Broadribb nahm ein versiegeltes Kuvert vom Schreibtisch und reichte es Miss Marple.

«Ich glaube, es ist besser, Sie lesen es erst mal für sich durch. Lassen Sie sich Zeit, ich habe keine Eile.»

Miss Marple ließ sich einen Brieföffner geben, schlitzte das Kuvert auf, nahm den Briefbogen heraus und begann zu lesen. Sie las den Text zweimal durch, dann schaute sie Mr Broadribb ratlos an.

«Das ist nicht sehr aufschlussreich. Haben Sie nicht noch eine andere Nachricht für mich?»

Mr Broadribb schüttelte bedauernd den Kopf. «Nein, das ist alles, was ich habe. Ich sollte Ihnen diesen Brief aushändigen und die Höhe des Legats bekannt geben. Es handelt sich um zwanzigtausend Pfund, nach Abzug der Erbschaftssteuer.»

Miss Marple schaute ihn verständnislos an. Sie fand keine Worte. Broadribb sagte nichts, aber er beobachtete sie genau. Sie war überrascht, darüber bestand kein Zweifel. Das hatte sie offensichtlich nicht erwartet, und er war gespannt, was sie sagen würde.

Sie schaute ihn mit der Offenheit und der Strenge an, die ihn an eine seiner Tanten erinnerte, und sagte dann fast vorwurfsvoll: «Das ist sehr viel Geld. Ich muss gestehen, ich bin überrascht, sehr überrascht.» Dann nahm sie das Dokument wieder in die Hand und las es noch einmal aufmerksam durch.

«Ich nehme an, Sie kennen die damit verbundenen Bedingungen?», fragte sie.

«Ja. Mr Rafiel hat mir den Inhalt persönlich diktiert.»

«Und er hat es Ihnen nicht näher erklärt?»

«Nein, bedauerlicherweise nicht. Aber Sie müssen sich natürlich nicht sofort entscheiden, ob Sie auf die Bedingungen eingehen.»

«Das kann ich auch nicht», sagte Miss Marple bestimmt. «Ich muss mir die Sache erst durch den Kopf gehen lassen. Aber ich weiß wirklich nicht, warum Mr Rafiel gerade an mich gedacht hat. Er konnte sich doch denken, dass ich in den letzten ein oder zwei Jahren auch nicht kräftiger oder beweglicher geworden bin, ich bin ja wirklich nicht mehr die Jüngste. Das war ein Risiko. Es gibt sicher Leute, die viel besser geeignet wären, so einen Auftrag zu übernehmen.»

«Offen gestanden ja», gab Mr Broadribb zu, «doch er hat ausdrücklich an Sie gedacht. Entschuldigen Sie eine neugierige Frage, aber haben Sie mal – wie soll ich mich ausdrücken – mit einem Verbrechen, mit der Aufklärung eines Verbrechens zu tun gehabt?»

«Genau genommen nicht», sagte Miss Marple. «Jedenfalls nicht beruflich. Ich habe nichts mit der Polizei oder mit einer Detektivagentur zu tun. Aber damals, als ich Mr Rafiel kennen lernte, wurden wir tatsächlich in ein Verbrechen verwickelt. Ein sehr merkwürdiger und erstaunlicher Mordfall. Es gelang uns, einen zweiten Mord zu verhindern.»

Broadribb schaute die alte Dame aufmerksam an. «Noch eine Frage, Miss Marple. Sagt Ihnen das Wort ‹Nemesis› etwas?»

«Nemesis», wiederholte Miss Marple und lächelte ganz unerwartet. «Ja, das sagt mir schon etwas, vor allem im Zusammenhang mit Mr Rafiel. Es hat ihn nämlich damals sehr amüsiert, dass ich mich selbst so nannte.»

Broadribb war überrascht. Das hatte er nicht erwartet. Er schaute Miss Marple erstaunt an. Eine nette und recht intelligente alte Dame – aber Nemesis?

«Ich nehme an, Sie sind auch seiner Ansicht», sagte sie und stand auf. «Falls Sie vielleicht doch noch Anweisungen in dieser Angelegenheit bekommen, Mr Broadribb, wäre ich sehr froh, wenn Sie es mich wissen ließen. Es ist mir nämlich unverständlich, dass Mr Rafiel mir nicht den geringsten Anhaltspunkt über meine Aufgabe gegeben hat. Irgendeinen Hinweis müsste ich noch bekommen.»

«Sie haben seine Familie nicht gekannt oder seine Freunde?», fragte Broadribb, als er sie zur Tür brachte.

«Nein. Ich sagte Ihnen ja schon, dass es nur gewisse Umstände waren, wodurch ich ihn etwas näher kennen lernte. Im Übrigen war er ein Mitreisender, nichts anderes.»

Miss Marple verabschiedete sich von Broadribb und war sehr nachdenklich, als sie die Anwaltskanzlei verließ.

Am Abend saß Miss Marple in ihrem steifen Lehnstuhl vor dem Kamin, in dem ein kleines Feuer brannte, denn es war plötzlich sehr kalt geworden. Noch einmal zog sie das Dokument aus dem länglichen Kuvert, das ihr an diesem Morgen übergeben worden war. Immer noch ungläubig, las sie den Text durch und sagte einige Worte halblaut vor sich hin, um sie sich besser einzuprägen.

An Miss Jane Marple, wohnhaft in St. Mary Mead.
Dieser Brief wird Ihnen nach meinem Tod durch meinen Anwalt, James Broadribb, ausgehändigt, der alle privaten Rechtsangelegenheiten für mich erledigt. Er ist ein zuverlässiger und vertrauenswürdiger Mann. Wie fast alle Angehörigen des Menschengeschlechts ist er jedoch nicht frei von Neugierde. Ich habe seine Neugierde nicht befriedigt. In mancher Hinsicht wird diese Angelegenheit nur unter uns bleiben. Unser Kennwort, meine liebe Miss Marple, ist Nemesis. Sicher haben Sie nicht vergessen, an welchem Ort und unter welchen Umständen Sie dieses Wort zum ersten Mal zu mir gesagt haben. Im Laufe meines Geschäftslebens habe ich eine wichtige Erfahrung gemacht. Die Leute, die ich anstellte, mussten einen guten Instinkt haben. Einen Instinkt für die Aufgabe, die ich ihnen zugedacht hatte. Das hat weder etwas mit Wissen noch mit Erfahrung zu tun. Instinkt ist etwas ganz anderes. Eine natürliche Begabung – ein Flair – für eine ganz bestimmte Aufgabe.
Sie, meine Liebe, haben einen natürlichen Instinkt für Gerechtigkeit, und das wieder hat dazu geführt, dass Sie einen natürlichen Instinkt für das Verbrechen haben. Ich möchte Sie bitten, ein ganz bestimmtes Verbrechen auf-

17

zudecken. Ich habe eine gewisse Summe bereitstellen lassen, die Sie erhalten, wenn Sie auf meine Bitte eingehen und das Verbrechen aufklären. Ich habe dafür ein Jahr vorgesehen. Sie sind zwar nicht mehr jung, aber – wenn ich das so sagen darf – sehr zäh. Ich denke sicher, dass das Schicksal Sie mindestens noch ein Jahr am Leben lässt.

Ich glaube auch, dass die damit verbundene Arbeit für Sie nicht unangenehm ist. Die nötigen Mittel, nennen wir es einmal das Arbeitskapital, um diese Aufklärungsarbeiten zu betreiben, werden Ihnen, wann immer es nötig ist, zur Verfügung gestellt.

Ich sehe Sie vor mir, in einem bequemen Sessel sitzend, der dazu geschaffen ist, Ihnen Ihr Rheuma erträglicher zu machen. Alle Menschen in Ihrem Alter haben, glaube ich, irgendeine Art von Rheuma. Wenn Sie die Schmerzen in den Knien oder im Rücken haben, werden Sie nicht mehr viel herumlaufen können, und so werden Sie die meiste Zeit in Ihrem Sessel sitzen und stricken. Ich sehe Sie vor mir wie damals, als Sie mich in Ihrer Not aus dem Schlaf aufschreckten: in einer Wolke aus rosa Wolle. Ich sehe Sie vor mir, wie Sie Kinderjäckchen und Schals stricken. Wenn Sie lieber stricken wollen, so ist das Ihr gutes Recht. Wenn Sie aber lieber der Sache der Gerechtigkeit dienen wollen, so hoffe ich, dass es zumindest eine interessante Zeit für Sie werden wird.

3

Miss Marple las diesen Brief dreimal sorgfältig durch, dann legte sie ihn beiseite. Wenn sie es recht bedachte, enthielt er nicht die geringste Information. Ob Sie von Mr Broadribb noch eine Nachricht bekommen würde? Nein, das war nicht anzunehmen. Das würde nicht in Mr Rafiels Plan passen. Wie aber, um alles in der Welt, konnte Mr Rafiel annehmen, dass sie in einer Sache etwas unternahm, von der sie nicht das Geringste wusste? Eine verzwickte Angelegenheit. Nach einigen Minuten weiterer Überlegung kam sie zu der Ansicht, dass Mr Rafiel die Sache absichtlich spannend machen wollte. Es hatte ihm wahrscheinlich Spaß gemacht, Mr Broadribb auf die Folter zu spannen. Ja, das sähe Mr Rafiel ähnlich. Es war gar nicht seine Absicht, ihr irgendeinen Fingerzeig zu geben. Den würde sie bekommen, wahrscheinlich schon sehr bald, aber ohne Mr Broadribbs Wissen.

«Ich werde weitere Anweisungen bekommen», sagte Miss Marple. «Doch was für welche und durch wen?» Jetzt erst fiel ihr auf, dass sie, ohne es zu merken, sein Angebot angenommen hatte. Und sie sagte laut, doch diesmal nicht zu sich selbst: «Ich glaube an das ewige Leben. Ich weiß nicht genau, wo Sie im Augenblick sind, Mr Rafiel, aber ich zweifle nicht daran, dass Sie irgendwo sind. Ich werde alles tun, um Ihren Wunsch zu erfüllen.»

Drei Tage später schrieb Miss Marple einen Brief an Mr Broadribb. Es war ein sehr kurzer und sehr sachlicher Brief:

Sehr geehrter Mr Broadribb,
ich habe über den Vorschlag, den Sie mir machten, nachgedacht und möchte Sie hiermit wissen lassen, dass ich das Angebot des verstorbenen Mr Rafiel annehme. Ich werde mein Bestes tun, um seine Wünsche zu erfüllen, bin mir jedoch keineswegs sicher, ob ich Erfolg haben werde. Tatsächlich sehe ich im Augenblick kaum eine Möglichkeit, erfolgreich zu sein, denn mir sind in diesem Brief keinerlei direkte Anweisungen gegeben worden.

Sollten Sie im Besitze weiterer Informationen sein, die Sie noch für mich bereithalten, wäre *ich* Ihnen dankbar, wenn Sie sie mir übersenden würden. Doch ich denke, dies ist nicht der Fall, sonst hätten Sie es bereits getan. Ich nehme an, dass Mr Rafiel im vollen Besitz seiner geistigen Kräfte war, als er starb? Ich glaube, ich habe das Recht zu fragen, ob es in letzter Zeit irgendeinen Kriminalfall gegeben hat, an dem er besonders interessiert war, sei es in geschäftlicher oder in privater Hinsicht? Hat er Ihnen gegenüber jemals seinen Ärger oder seine Unzufriedenheit über eine Rechtsbeugung geäußert, die ihn beschäftigte? Wenn dies der Fall ist, habe ich sicher das Recht, darüber informiert zu werden. Hat irgendein Verwandter oder ein Bekannter von ihm in letzter Zeit unter einem Unrecht, einer unbilligen Härte oder ähnlichem gelitten?

Sicher verstehen Sie, warum ich nach diesen Dingen frage. Ich bin davon überzeugt, dass Mr Rafiel es von mir erwartet hätte.

Mr Broadribb zeigte den Brief Mr Schuster, der sich in seinem Sessel zurücklehnte und leise vor sich hinpfiff. «Donnerwetter, sie macht sich also ran, das alte Schlachtross. Na, wer weiß, ob sie nicht doch eine Ahnung hat, worum es geht.»

«Offenbar nicht», sagte Mr Broadribb.

«Wenn wir doch nur etwas mehr wüssten. Er war ein boshafter alter Knabe. Er wollte nicht, dass wir etwas erfahren.»

«Ja, schwierig war er», gab Mr Broadribb zu. «Aber in diesem Fall steckt mehr dahinter als ein böser Spaß. Diesmal war es ihm ernst. Irgendetwas hat ihn sehr beunruhigt. Und er war der Ansicht, dass Miss Marple ihm helfen könne.»

«Was sollen wir nun tun?»

«Warten», sagte Mr Broadribb. «Irgendetwas wird geschehen, davon bin ich überzeugt.»

«Sie haben also doch noch irgendwo einen versiegelten Brief versteckt, was?»

«Mein lieber Schuster», sagte Mr Broadribb, «Mr Rafiel hatte unbedingtes Vertrauen in meine Diskretion und mein Berufsethos. Dieser versiegelte Brief ist nur unter ganz bestimmten Umständen zu öffnen, von denen kein einziger bisher eingetreten ist.»

«Und wohl auch nie eintreten wird», sagte Mr Schuster. Damit war das Thema beendet.

4

Einige Tage waren vergangen, seit Miss Marple an Mr Broadribb geschrieben hatte, als sie mit der zweiten Post eine Nachricht bekam. Sie nahm den Brief in die Hand, besah ihn wie gewöhnlich von allen Seiten, schaute den Poststempel und die Handschrift an, stellte fest, dass es sich nicht um eine Rechnung handelte, und öffnete ihn. Er war mit der Maschine geschrieben.

Liebe Miss Marple,
wenn Sie diese Zeilen lesen, werde ich tot sein und auch bereits begraben. Nicht eingeäschert, beruhigenderweise. Es erschien mir immer schon unwahrscheinlich, dass es einem gelingen würde, sich aus seiner mit Asche gefüllten Bronzeurne zu erheben und als Geist herumzuspuken, wenn man danach die Lust verspürte. Wogegen die Vorstellung, aus dem Grab aufzustehen und irgendjemand zu verfolgen, durchaus denkbar ist. Ob mir danach zumute sein wird? Wer weiß. Vielleicht könnte ich sogar den Wunsch haben, mich mit Ihnen in Verbindung zu setzen.

Inzwischen werden meine Anwälte mit Ihnen Verbindung aufgenommen und Ihnen ein gewisses Angebot gemacht haben. Ich hoffe, dass Sie es angenommen haben. Wenn nicht, dann brauchen Sie sich deswegen keine Gedanken zu machen. Die Entscheidung liegt ganz bei Ihnen.

Dieser Brief sollte Sie am 11. d. M. erreichen, vorausgesetzt, meine Anwälte haben meine Anweisungen befolgt und die Post hat ihre Pflicht getan. In zwei Tagen werden Sie eine Mitteilung von einem Londoner Reisebüro bekommen. Ich hoffe, dass Ihnen die Vorschläge, die man Ihnen machen wird, zusagen werden. Ich brauche dazu nichts weiter zu sagen. Ich möchte, dass Sie unvoreingenommen an die Sache herangehen. Passen Sie gut auf sich auf. Doch ich denke, das wird Ihnen gelingen. Sie sind eine sehr schlaue Person. Alles Gute, und möge Ihr Schutzengel Sie begleiten und auf Sie Acht geben. Es könnte sein, dass Sie ihn brauchen.

Ihr Freund
J. B. Rafiel

«Zwei Tage!», sagte Miss Marple.

Sie hatte Mühe, die Zeit bis dahin auszufüllen. Das Postamt tat seine Pflicht und ebenso *Famous Houses and Gardens of Great Britain*, das berühmte Londoner Unternehmen, das die Besichtigung bekannter englischer Schlösser und Gärten organisierte.

Sehr geehrte Miss Marple,
dem Wunsch des verstorbenen Mr Rafiel folgend, geben wir Ihnen die Einzelheiten unserer Tour Nr. 37 der *Famous Houses and Gardens of Great Britain* bekannt, die am nächsten Donnerstag, dem 17., in London beginnen wird.

Wenn es Ihnen möglich ist, nach London zu kommen, wird Ihnen unsere Reiseleiterin, Mrs Sandbourne, zur Verfügung stehen, um alle nötigen Fragen zu klären.

Unsere Reisen dauern im Allgemeinen zwei bis drei Wochen. Die Tour Nr. 37 wird für Sie besonders interessant sein, weil sie in eine Gegend Englands führt, die Sie, soviel Mr Rafiel wusste, noch nicht kennen. Mr Rafiel hat dafür gesorgt, dass Ihnen alle nur möglichen Bequemlichkeiten zur Verfügung stehen werden.

Es wäre nett, wenn Sie uns mitteilten, an welchem Tag Sie unser Büro in der Berkeley Street aufsuchen könnten.

Miss Marple faltete den Brief zusammen und steckte ihn in ihre Handtasche. Dann rief sie zwei Freundinnen an, von denen sie wusste, dass sie an einer Reise der *Famous Houses and Gardens* teilgenommen hatten. Sie bestätigten, was Miss Marple bereits gehört hatte: Die Reisen seien hervorragend geführt, keineswegs zu anstrengend für ältere Leute, dafür allerdings entsprechend teuer. Dann rief Miss Marple im Büro in der Berkeley Street an und sagte, dass sie am Dienstag vorbeikommen werde.

Im Büro des *Famous Houses and Gardens* wurde Miss Marple von Mrs Sandbourne empfangen, einer reizenden Dame etwa Mitte dreißig. Als alles Nötige besprochen war, sagte Miss Marple zögernd: «Täusche *ich* mich, wenn *ich* annehme, dass alle Kosten …!»

«Aber natürlich», kam ihr Mrs Sandbourne zu Hilfe, «das habe ich wahrscheinlich in dem Brief nicht deutlich genug erklärt. Mr Rafiel ist bereits für alle Kosten aufgekommen.»

«Sie wissen doch, dass er gestorben ist?», fragte Miss Marple.

«Ja, das weiß ich. Er hat noch vor seinem Tod alles geregelt. Er erwähnte, dass er krank sei und einer guten alten Freundin, die sehr gern reisen würde, mit diesem Geschenk eine Freude machen wolle.»

Zwei Tage später saß Miss Marple in einem luxuriösen Autobus, der London in nordwestlicher Richtung verließ. Den neuen, schicken Koffer hatte sie dem Fahrer gegeben, ihre kleine Reisetasche hatte sie bei sich behalten. In London hatte man den Reisenden eine kleine Broschüre überreicht, in der alles Wissenswerte über die Tagesziele, die Sehenswürdigkeiten und die Hotels stand, in denen man wohnen würde. Auch eine Liste der Mitreisenden war dabei, und die begann Miss Marple nun besonders gründlich zu studieren. Es waren sechzehn Namen aufgeführt:

Mrs Riseley-Porter
Miss Joanna Crawford
Colonel Walker und Mrs Walker
Mr und Mrs H. T. Butler
Miss Elizabeth Temple
Professor Wanstead
Mr Richard Jameson
Miss Lumley
Miss Bentham
Mr Caspar
Miss Cooke
Miss Barrow
Mr Emlyn Price
Miss Jane Marple

Miss Marple schaute sich um und musterte ihre Mitreisenden, die zum Teil auch in die Lektüre der Broschüre vertieft waren. Sie entdeckte vier ältere Damen, von denen zwei zusammen reisten. Miss Marple schätzte sie auf etwa siebzig. Eine von ihnen schien von der nörglerischen Sorte zu sein, die sich über alles beklagte, immer den besten Platz haben wollte und mit nichts zufrieden war. Sie waren mit Reisedecken, gestrickten Schals und einer Auswahl Reiseführer ausgestattet. Ziemlich gebrechliche Damen, aber nicht der Typ, der sich ins Haus verkroch und aller Lebensfreude entsagte. Miss Marple schrieb eine Bemerkung in das kleine Notizbuch, das sie mitgenommen hatte.

Es waren außer Mrs Sandbourne fünfzehn Personen. Eine von ihnen müsste irgendwie wichtig für Miss Marple sein, sonst hätte man sie nicht auf diese Reise geschickt. Irgendjemand, von dem sie eine Information bekommen könnte, oder irgendjemand, der mit einem Rechtsfall zu tun hatte. Oder sogar ein Mörder: Jemand, der schon einen Mord begangen hatte oder ihn plante. Alles war möglich. Sie musste unbedingt Notizen über ihre Mitreisenden machen.

Auf der rechten Seite würde sie alle Leute eintragen, die von Mr Rafiels Gesichtspunkt aus interessant sein könnten, und auf der linken Seite alle die, durch die sie vielleicht wertvolle Informationen bekam. Informationen, von denen sie vielleicht selbst gar nicht wussten, dass sie für irgendjemand wichtig seien. Ganz hinten in ihrem kleinen Notizbuch würde sie dann die Personen eintragen, von denen sie glaubte, sie früher irgendwo schon einmal gesehen zu haben, entweder in St. Mary Mead oder anderswo.

Die beiden anderen älteren Damen gehörten offensichtlich nicht zusammen. Beide waren um die Sechzig. Die eine war sehr gepflegt, gut angezogen und trat sehr sicher auf. Jemand, der gesellschaftlich etwas bedeutete und das auch wusste. Sie hatte eine laute und gebieterische Stimme. In ihrem Schlepptau befand sich eine Nichte, ein etwa achtzehn-jähriges Mädchen, von der sie mit «Tante Geraldine» an-geredet wurde. Die Nichte, so stellte Miss Marple fest, verstand es ausgezeichnet, mit Tante Geraldines Bevormundung fertig zu werden; sie war ein selbstbewusstes und sehr hübsches Mädchen.

Gegenüber von Miss Marple, auf der anderen Seite des Ganges, saß ein großer, breitschultriger Mann, der einen etwas schwerfälligen Eindruck machte. Er hatte ein auffallend kräftiges Kinn, eine dichte, graue Haarmähne und buschige Augenbrauen, die sich beim Reden immer auf und ab bewegten. Neben ihm saß ein großer, dunkelhaariger Ausländer, der unruhig auf seinem Sitz hin und her rutschte und ständig mit den Händen redete. Er sprach ein merkwürdiges Englisch und verfiel hin und wieder ins Französische und Deutsche. Der mächtige Mann neben ihm schien mit diesen Sprachen keine Schwierigkeiten zu haben, denn er antwortete je nach Bedarf auf Französisch oder Deutsch. Miss Marple kam zu der Ansicht, dass die buschigen Augenbrauen zu Professor Wanstead gehören mussten und der aufgeregte Ausländer Mr Caspar war.

Der Sitz vor ihnen wurde von der zweiten der beiden Damen um sechzig eingenommen, einer sehr großen Dame, die überall aufgefallen wäre. Sie sah immer noch gut aus, hatte dunkelgraues, hochgestecktes Haar, eine schöne Stirne und eine tiefe, ausdrucksvolle Stimme. Eine Persönlichkeit, dachte Miss Marple. Jemand, der etwas darstellte. Und ihr fiel eine andere Dame ein, die Leiterin einer Oxforder Schule, die sie einmal kennen gelernt und die einen ganz ähnlichen Eindruck auf sie gemacht hatte.

Miss Marple setzte ihre Bestandsaufnahme fort. Es waren zwei Ehepaare da, das eine Amerikaner, eine sehr gesprächige Frau mittleren Alters und ihr ruhiger, ungefähr gleichaltriger Mann. Sie waren offensichtlich passionierte Reisende. Bei dem anderen Ehepaar handelte es sich um Engländer, wohl ein pensionierter Offizier mit seiner Frau. Miss Marple entschied anhand ihrer Liste, dass es sich um Colonel Walker und seine Frau handeln musste.

Hinter ihr saß ein großer, dünner Mann, etwa dreißig, der mit technischen Ausdrücken um sich warf und ohne Zweifel ein Architekt war. Außerdem waren noch zwei Damen mittleren Alters mit von der Partie, die zusammen reisten und ziemlich weit hinten im Omnibus Platz genommen hatten. Sie unterhielten sich offensichtlich über die Sehenswürdigkeiten, die in der Broschüre angepriesen wurden. Die eine war dünn und dunkelhaarig, die andere untersetzt, mit hellem Haar. Ihr Gesicht kam Miss Marple bekannt vor, und sie fragte sich, wo sie ihr schon begegnet war. Es fiel ihr jedoch nicht gleich ein. Vielleicht hatte sie sie einmal bei einer Cocktailparty gesehen oder war ihr im Zug gegenübergesessen.

Nun gab es nur noch einen Mitreisenden, den Miss Marple nicht genauer betrachtet hatte: einen jungen Mann mit unordentlicher schwarzer Haarmähne, etwa neunzehn oder zwanzig, in eng anliegenden schwarzen Jeans und rotem Pullover. Er schaute hin und wieder mit unverhohlenem Interesse zu der Nichte der gebieterischen Dame hinüber, und diese wiederum, so stellte Miss Marple fest, betrachtete ihn ebenfalls nicht uninteressiert. Immerhin, so konstatierte sie erfreut, zwischen all dem alten und mittelalterlichen Gemüse wenigstens zwei junge Leute!

Zum Mittagessen hielt man an einem reizenden Hotel am Ufer der Themse, und der Nachmittag war der Besichtigung des Schlosses Blenheim gewidmet. Miss Marple hatte Blenheim schon zweimal gesehen, hielt sich daher nicht lange mit der Besichtigung der Innenräume auf, sondern ging hinaus, um sich an den Gärten und der herrlichen Aussicht zu erfreuen.

Als man schließlich abends im Hotel ankam, hatten die Reisenden schon Gelegenheit gehabt, sich kennen zu lernen. Die tüchtige Mrs Sandbourne machte ihre Sache sehr gut und verstand es, Gespräche in Gang zu bringen und die Reisenden füreinander zu interessieren. Miss Marple wusste nun auch, wie alle Teilnehmer hießen. Die buschigen Augenbrauen gehörten tatsächlich zu Professor Wanstead, und der Ausländer war Mr Caspar. Die autoritäre Dame war Mrs Riseley-Porter, und ihre Nichte hieß Joanna Crawford. Der junge Mann mit der Haarmähne entpuppte sich als Emlyn Price, und die beiden älteren Damen – die übrigens doch recht nett waren – stellten sich als Miss Lumley und Miss Bentham heraus. Die beiden Damen mittleren Alters, die zusammen reisten, hießen Miss Cooke und Miss Barrow. Miss Marple hatte immer noch das Gefühl, dass sie die Dame mit den hellen Haaren, Miss Cooke, von irgendwoher kenne, doch vielleicht bildete sie sich das auch nur ein. Irgendwie hatte sie den Eindruck, dass die beiden sie mieden, doch vielleicht war das auch nur Einbildung.

Fünfzehn Personen, und wenigstens eine von ihnen musste in irgendeiner Weise etwas zu bedeuten haben. Gesprächsweise hatte sie an diesem Abend hin und wieder ganz beiläufig den Namen von Mr Rafiel erwähnt, um herauszubekommen, ob jemand darauf reagierte. Sie hatte aber keinen Erfolg gehabt.

Die gut aussehende Frau erwies sich als Miss Elizabeth Temple. Sie war die pensionierte Direktorin einer berühmten Mädchenschule. Niemand kam Miss Marple wie ein Mörder vor, mit Ausnahme vielleicht von Mr Caspar. Doch das war wahrscheinlich Voreingenommenheit, weil er Ausländer war. Der dünne junge Mann, so zeigte sich, war Richard Jameson, ein Architekt.

«Vielleicht werde ich morgen mehr Glück haben», dachte Miss Marple, als sie zu Bett ging.

5

Am nächsten Morgen wurde ein kleines Herrenhaus aus der Zeit der Queen Anne besichtigt. Die Fahrt dorthin war nicht sehr lang und anstrengend. Es war ein sehr hübsches Haus mit einer interessanten Geschichte und einem besonders schönen und ungewöhnlich angelegten Garten. Mr Jameson, der Architekt, war hier ganz in seinem Element und gefiel sich in der Rolle des Kunstsachverständigen – sehr zum Missfallen des Hausverwalters, der auch gerne mit seinem historischen Wissen geglänzt hätte. Endlich, gegen Ende der Führung, als man in einem der kleineren Räume war, kam er doch noch einmal zu Wort:

«In diesem Zimmer, meine Damen und Herren, dem *Weißen Salon*, wie er im Volksmund heißt, wurde einst eine Leiche gefunden. Die Leiche eines jungen Mannes, der mit einem Dolch erstochen worden war. Er lag hier auf dem Kaminteppich. Das geschah irgendwann im 18. Jahrhundert. Die damalige Hausherrin, Lady Moffatt, hatte einen Geliebten, der durch eine Tapetentür hereingekommen war. Sir Richard Moffatt, ihr Mann, kehrte überraschend von einer Reise aus den Niederlanden zurück und erwischte sie hier.»

Der Hausverwalter machte eine Pause, denn er stellte zufrieden fest, dass seine Erzählung nicht ohne Wirkung geblieben war.

«Henry, ist das nicht herrlich romantisch?», rief Mrs Butler begeistert aus. «Ja, ich spüre es, dieser Raum hat eine ganz besondere Atmosphäre.»

«Mami ist außerordentlich empfänglich für die Atmosphäre von Häusern», sagte ihr Mann stolz. «Als wir einmal in einem alten Haus in Louisiana waren…!»

Miss Marple ergriff jetzt zusammen mit einigen anderen Mitgliedern der Reisegesellschaft die Gelegenheit, unauffällig den Raum zu verlassen. Sie machte sich auf den Weg ins Erdgeschoss, der über eine schöne, reich geschnitzte Treppe führte.

«Eine Freundin von mir», sagte Miss Marple zu Miss Cooke und Miss Barrow, die neben ihr die Treppe hinuntergingen, «hat vor einigen Jahren etwas Furchtbares erlebt. Sie fand eines Morgens in ihrer Bibliothek einen toten Mann.»

«Ein Mitglied der Familie?», fragte Miss Barrow. «Vielleicht ein epileptischer Anfall?»

«O nein, es handelte sich um einen Mord. Ein fremdes Mädchen im Abendkleid. Blond. Aber ihr Haar war gefärbt. In Wirklichkeit hatte sie braune Haare und – oh…!» Miss Marple stutzte und schaute erschrocken auf Miss Cookes gelbe Haarsträhne, die unter ihrem Kopftuch hervorschaute.

Auf einmal war es ihr wieder eingefallen. Sie wusste nun, weshalb ihr Miss Cooke so bekannt vorkam. Doch damals, als sie sie gesehen hatte, war sie dunkelbraun gewesen, fast schwarz. Und nun war das Haar hellblond.

Mrs Riseley-Porter kam in diesem Augenblick auch die Treppe herunter und sagte in ihrer bestimmten Art: «Ich kann hier nicht ständig die Treppen rauf- und runterlaufen, und das Herumstehen bei der Führung ist auch sehr anstrengend. Ich glaube, die Gärten hier sind ziemlich berühmt. Ich schlage vor, wir schauen sie uns an. Wahrscheinlich bekommen wir sowieso schlechtes Wetter. Morgen wird es sicher schon regnen.»

Mrs Riseley-Porters Autorität tat wie immer ihre Wirkung, und alle traten durch die Terrassentüren des Speisezimmers in den Garten. Tatsächlich gab es hier viel zu sehen. Mrs Riseley-Porter belegte Colonel Walker mit Beschlag und ging mit ihm davon. Einige andere folgten ihnen oder machten sich in entgegengesetzter Richtung auf den Weg. Miss Marple lief schnurstracks auf eine Gartenbank zu und ließ sich mit einem erleichterten Seufzer nieder. Miss Elizabeth Temple, die ihr gefolgt war, setzte sich neben sie.

«Besichtigungen sind immer anstrengend», sagte Miss Temple. «Besonders wenn man sich in jedem Raum diese Litaneien mit anhören muss.»

«Natürlich ist alles sehr interessant, was wir zu hören bekommen», sagte Miss Marple mit zweifelndem Unterton.

«Ach, wirklich?», meinte Miss Temple. Sie schaute Miss Marple von der Seite an und merkte, dass sie ganz ihrer Meinung war.

«Finden Sie das nicht?», wollte Miss Marple nun genau wissen.

«Nein», sagte Miss Temple entschieden.

Nun war das Einvernehmen vollkommen. Sie saßen eine Weile zufrieden und schweigend da, dann begann Miss Temple von Gärten im Allgemeinen zu erzählen und von diesem Garten im Besondern.

«Er wurde von Holman entworfen», sagte sie. «So um 1800 herum. Er starb sehr jung. Ein Jammer. Er war ein genialer Mann.»

«Es ist sehr traurig, wenn Menschen jung sterben müssen», sagte Miss Marple.

«Ich weiß nicht, ist es wirklich traurig?»

Sie sagte es in einem merkwürdig nachdenklichen Ton.

31

«Sie versäumen so viel», meinte Miss Marple. «So viele wichtige Dinge.»

«Aber sie können auch sehr vielen Dingen entkommen», entgegnete Miss Temple.

«Jetzt, da ich so alt bin», sagte Miss Marple, «glaube ich, dass man viel versäumt, wenn man jung stirbt.»

«Und ich», sagte Elizabeth Temple, «glaube, dass jede Lebensstufe ein in sich selbst vollkommener Abschnitt ist. Das hat mich das Zusammenleben mit jungen Menschen gelehrt.»

«Ja, ich verstehe, was Sie meinen. Das Leben ist immer vollkommen, ganz egal, wie lange es dauert. Aber glauben Sie nicht, dass ein Leben auch unvollkommen sein kann, wenn es plötzlich abgeschnitten wird?»

«Ja, das stimmt.»

Miss Marple schaute auf die Blumen, die neben der Bank wuchsen. «Wie schön diese Pfingstrosen sind. So stolz und doch so zerbrechlich.»

Elizabeth Temple sah ihre Nachbarin an. «Warum haben Sie diese Reise mitgemacht, wegen der Gärten oder wegen der alten Bauten?»

«Ich glaube, vor allem wegen der Bauten. Natürlich sehe ich mir die Gärten am liebsten an, aber die Schlösser – das ist für mich ein ganz neues Erlebnis. Alles, was damit zusammenhängt, die Geschichte, die schönen Möbel, die Bilder.» Dann fügte sie hinzu: «Ein guter Freund hat mir diese Reise geschenkt. Ich bin ihm dafür sehr dankbar. Ich habe noch nicht sehr viele große und berühmte Schlösser gesehen.»

«Ein netter Einfall», sagte Miss Temple.

«Machen Sie solche Reisen öfters mit?», fragte nun Miss Marple.

«Nein. Und dies ist für mich auch keine gewöhnliche Besichtigungsfahrt.»

Miss Marple schaute sie fragend an, doch sie scheute sich, etwas zu sagen. Miss Temple lächelte.

«Sie können sich nicht denken, warum ich hier bin, warum ich diese Reise mitmache? Nun, raten Sie doch mal!»

«Aber nein, das kann ich doch nicht tun.»

«Doch, doch, nur zu», drängte Elizabeth Temple. «Es würde mich interessieren, wirklich. Raten Sie!»

Miss Marple dachte eine Weile nach. Sie schaute Elizabeth Temple prüfend an, dann meinte sie:

«Was ich jetzt sage, hat nichts mit dem zu tun, was ich über Sie weiß oder was man mir über Sie erzählt hat. Ich weiß, dass Sie eine bekannte Persönlichkeit sind und Ihre Schule sehr berühmt ist. Doch der Eindruck, den ich von Ihnen habe, hat nichts damit zu tun. Sie sehen so aus, als seien Sie eine Pilgerin, als wären Sie auf einer Art Wallfahrt.»

Elizabeth Temple schwieg eine Weile, ehe sie antwortete: «Ja, das ist ein guter Ausdruck. Ich bin wirklich auf einer Pilgerfahrt.»

Auch Miss Marple ließ eine Weile vergehen, ehe sie sagte: «Der Freund, der mir diese Reise ermöglicht hat, ist jetzt tot. Es war ein Mr Rafiel, ein sehr reicher Mann. Kannten Sie ihn vielleicht?»

«Jason Rafiel? Ja, dem Namen nach natürlich. Ich habe ihn aber nie persönlich kennen gelernt. Er hat mal für ein pädagogisches Projekt, an dem ich interessiert war, etwas gestiftet. Dafür war ich sehr dankbar. Er war, wie Sie sagen, ein sehr reicher Mann. Ich sah vor einigen Wochen eine Todesanzeige in der Zeitung. So, dann war er also ein alter Freund von Ihnen?»

«Nein, das nicht. Ich habe ihn erst vor etwa einem Jahr kennen gelernt, in Westindien. Ich weiß auch nicht viel über ihn, über sein Leben, seine Familie oder seine Freunde.

33

Er war ein großer Finanzmann. Als Mensch sehr verschlossen. Kannten Sie seine Familie oder irgendjemand…?» Miss Marple machte eine Pause und meinte dann: «Ich habe mir natürlich oft Gedanken darüber gemacht, aber man will ja nicht fragen und neugierig sein.»

Elizabeth Temple schwieg eine Weile, dann sagte sie:

«Ich kannte einmal ein junges Mädchen, sie war meine Schülerin in Fallowfield, meiner Schule. Sie war keine direkte Verwandte von Mr Rafiel, aber sie war mit Mr Rafiels Sohn verlobt.»

«Und sie hat ihn nicht geheiratet?», fragte Miss Marple.

«Nein.»

«Warum nicht?»

«Hoffentlich, weil sie vernünftig genug war. Er gehörte nicht zu der Sorte junger Männer, die man sich für jemand wünscht, den man gern hat. Sie war ein liebes und reizendes Mädchen. Ich weiß nicht genau, warum sie ihn nicht geheiratet hat. Man hat es mir nie erzählt.» Sie seufzte und sagte: «Jedenfalls starb sie dann…!»

Miss Marple schaute sie erschrocken an.

«Warum ist sie gestorben?»

Elizabeth Temple starrte schweigend auf die Pfingstrosen. Dann sagte sie nur ein Wort, aber der Klang ihrer Stimme war erschreckend: «Liebe.»

Miss Marple fragte aufhorchend: «Liebe?»

«Ja», sagte Elizabeth Temple. «Eines der schrecklichsten Worte, die es gibt.»

6

Miss Marple beschloss, die für den Nachmittag vorgesehene Besichtigungsfahrt nicht mitzumachen. Sie erklärte, dass sie sehr müde sei und sich eine Weile ausruhen wolle. Sie werde die andern dann zum Tee wiedersehen. Mrs Sandbourne hielt dies für sehr vernünftig und stimmte ihr zu.

Miss Marple setzte sich auf eine bequeme Bank vor dem Tearoom, den man ihr genannt hatte, und dachte darüber nach, was jetzt zu tun sei und welche Schritte sie zunächst unternehmen müsse.

Als die andern zur Teezeit wiederkamen, richtete sie es so ein, dass sie an einem kleinen Tisch neben Miss Cooke und Miss Barrow zu sitzen kam. Der vierte Platz wurde von Mr Caspar eingenommen, von dem Miss Marple annahm, dass er als Ausländer nicht allzu viel von der Unterhaltung verstehen würde. Es dauerte nicht lange, da ging Miss Marple zum Angriff über. Sie sagte, zu Miss Cooke gewandt:

«Übrigens, ich bin ziemlich sicher, dass wir uns irgendwo schon mal gesehen haben. Ich habe immer wieder darüber nachgedacht, aber ich bin jetzt so alt, dass es mir nicht mehr sofort einfällt. Doch gesehen habe ich Sie bestimmt irgendwo.»

Miss Cooke schaute sie freundlich, aber etwas zweifelnd an. Auch Miss Barrow, die neben Miss Marple saß, schien das Rätsel nicht lösen zu können.

«Ich weiß nicht, ob Sie überhaupt jemals in der Gegend waren, in der ich wohne», sagte Miss Marple. «Ich lebe in St. Mary Mead. Ein sehr kleiner Ort allerdings, nicht weit von Loomouth.»

«Oh», sagte Miss Cooke, «das könnte schon sein. Ich kenne Loomouth recht gut und vielleicht —»

Auf einmal war es Miss Marple eingefallen. «Aber natürlich», rief sie aus, «damals, als ich in meinem Garten war und Sie draußen am Zaun vorbeikamen. Sie sagten, dass Sie bei einer Freundin wohnten, jetzt erinnere ich mich daran.»

«Natürlich», sagte Miss Cooke. «Wie konnte ich nur so dumm sein. Jetzt erinnere ich mich auch. Wir sprachen darüber, wie schwer es heutzutage sei, jemand für den Garten zu bekommen.»

«Ja. Sie haben nicht immer in St. Mary Mead gewohnt, nur vorübergehend, bei jemand aus Ihrer Bekanntschaft.»

«Ja, ich wohnte bei … bei …!» Einen Augenblick zögerte Miss Cooke und machte den Eindruck, als erinnere sie sich nur schlecht an bestimmte Namen.

«Bei einer Mrs Sutherland, nicht wahr?», fragte Miss Marple forschend.

«Nein, es war eine – eine Mrs –»

«Hastings», half ihr nun Miss Barrow weiter und nahm sich dabei ein Stück Schokoladentorte von der Kuchenplatte.

«Ach ja, in einem der neuen Häuser», sagte Miss Marple.

«Hastings!», rief Mr Caspar und strahlte. «Ich war in Hastings und auch in Eastbourne. Herrlich – am Meer.»

«Was für ein Zufall», sagte Miss Marple. «Dass wir uns so bald wieder treffen. Die Welt ist doch wirklich klein.»

«Wir sind eben alle Gartenfreunde», sagte Miss Cooke.

«Blumen sind sehr schön», pflichtete Mr Caspar bei. «Ich liebe sie sehr.» Wieder strahlte er die andern an.

«So viele seltene und schöne Sträucher», sagte Miss Cooke.

Miss Marple begann nun eine gärtnerische Fachsimpelei mit Miss Cooke, und hin und wieder machte auch Miss Barrow eine Bemerkung. Mr Caspar verfiel in lächelndes Schweigen.

Später, als Miss Marple sich vor dem Abendessen wie üblich kurz hinlegte, überdachte sie, was der Tag ihr gebracht hatte. Miss Cooke hatte zugegeben, dass sie in St. Mary Mead gewesen war. Sie hatte auch zugegeben, dass sie an Miss Marples Haus vorbeigekommen war. Es sei, hatte sie ihr beigepflichtet, wirklich ein erstaunlicher Zufall gewesen. Ein Zufall? War es wirklich nur ein Zufall, oder hatte sie einen Grund gehabt, nach St. Mary Mead zu kommen? War sie vielleicht dorthin geschickt worden? Aber weshalb? War dieser Gedanke nicht etwas abwegig?

«Jeder Zufall», sagte Miss Marple vor sich hin, «ist es wert, beachtet zu werden.»

Miss Cooke und Miss Barrow schienen zwei ganz normale Freundinnen zu sein, die jedes Jahr zusammen eine Reise machten. Im letzten Jahr waren sie auf einer Kreuzfahrt in Griechenland gewesen und im Jahr davor in Holland, um sich die Tulpenfelder anzusehen. Sie machten nicht den Eindruck, als ob irgendetwas Ungewöhnliches hinter ihnen steckte. Und doch hatte Miss Cooke einen Augenblick so ausgesehen, als ob sie ihren Besuch in St. Mary Mead leugnen wollte. Sie hatte Miss Barrow angeschaut, als ob sie von ihr irgendeinen Wink erwartete.

«Aber vielleicht bilde ich mir das alles auch nur ein», dachte Miss Marple. «Vielleicht sind all diese Dinge ganz bedeutungslos.»

Auf einmal kam ihr das Wort «Gefahr» in den Sinn. Mr Rafiel hatte es in seinem ersten Brief erwähnt, und er hatte in seinem zweiten Brief gemeint, dass sie vielleicht einen Schutzengel brauchen könne. Ob ihr Gefahr drohte? Aber von wem?

Sicherlich nicht von Miss Cooke und Miss Barrow. Die machten beide einen ganz harmlosen Eindruck. Und trotzdem: Miss Cooke hatte ihr Haar gefärbt und ihre Frisur geändert. Sie hatte ihr ganzes Aussehen verändert. Und das war doch wirklich merkwürdig.

Noch einmal ging sie die ganze Reihe ihrer Mitreisenden durch. Mr Caspar, ja, den könnte man viel eher für gefährlich halten. Verstand er wirklich so wenig Englisch, wie er tat? Was Ausländer betraf, war Miss Marple immer noch sehr altmodisch. Man konnte nie wissen, was hinter ihnen steckte. Natürlich war es Unsinn, so zu denken, denn sie hatte sehr viele ausländische Freunde. Und trotzdem...

Miss Cooke, Miss Barrow, Mr Caspar und dieser junge Mann Emlyn mit dem unordentlichen Haar – ein Revolutionär, ein Anarchist? Und dann Mr und Mrs Butler, diese reizenden Amerikaner. Aber vielleicht wirkten sie harmloser, als sie waren?

«Ach was», sagte Miss Marple laut, «nimm dich zusammen.»

Sie beschäftigte sich mit den Einzelheiten des Reiseprogramms. Der morgige Tag würde sehr anstrengend werden. Man würde früh aufstehen, um einige Sehenswürdigkeiten in der Umgebung anzuschauen, und dann war eine lange Wanderung an der Küste geplant. Diejenigen, die sich ausruhen wollten, konnten im Hotel, dem *Golden Boar*, zurückbleiben. Dort gab es einen hübschen Garten, außerdem konnte man einen einstündigen Ausflug in eine landschaftlich besonders reizvolle Gegend machen. Miss Marple nahm sich vor, diesen Vorschlag in Erwägung zu ziehen.

Sie konnte jedoch nicht ahnen, dass ihre Pläne plötzlich eine ganz andere Wendung nehmen sollten.

Als Miss Marple am nächsten Tag aus ihrem Hotelzimmer in die Halle kam, um zum Mittagessen zu gehen, kam auf einmal eine Dame im Tweedmantel auf sie zu und fragte:

«Verzeihen Sie, sind Sie Miss Marple – Miss Jane Marple?»

«Ja, die bin ich», sagte Miss Marple überrascht.

«Ich bin Mrs Glynne, Lavinia Glynne. Ich wohne hier in der Nähe, mit meinen beiden Schwestern, und wir haben gehört, dass Sie kommen und…»

«Sie haben gehört, dass ich hierher komme?», fragte Miss Marple erstaunt.

«Ja. Ein guter alter Freund schrieb es uns, schon vor einer ganzen Weile, etwa vor drei Wochen. Er bat uns, den Tag zu notieren, an dem die Reisegesellschaft der *Famous Houses and Gardens* hierher käme. Er schrieb, eine alte Freundin würde die Reise mitmachen.»

Miss Marple konnte ihre Überraschung nicht verbergen.

«Ich spreche von Mr Rafiel», sagte Mrs Glynne.

«Oh, Mr Rafiel», rief Miss Marple. «Sie wissen, dass er…»

«Dass er tot ist? Ja. Sehr traurig. Kurz nachdem der Brief kam, ist er gestorben. Deswegen möchten wir auch unbedingt tun, worum er uns gebeten hat. Er meinte, dass Sie vielleicht gern ein paar Tage zu uns kämen. Gerade dieser Teil der Reise ist sehr anstrengend, besonders für ältere Menschen. Lange Wanderungen und beschwerliche Kletterpartien an der Küste. Meine Schwestern und ich würden uns sehr freuen, wenn Sie zu uns in unser Haus kämen. Es sind nur zehn Minuten zu Fuß. Wir könnten Ihnen sicher hier in der Gegend viele interessante Dinge zeigen.»

Miss Marple zögerte. Mrs Glynne wirkte sympathisch: rundlich, gutmütig und freundlich, dabei etwas scheu. Mr Rafiel hatte offenbar den Wunsch gehabt, dass sie zu den Schwestern gehen solle. Sie stellte fest, dass sie auf einmal nervös wurde. Vielleicht, weil sie sich nun schon an die Reisegesellschaft gewöhnt und eine Art Zusammengehörigkeitsgefühl hatte? Sie sagte zu Mrs Glynne, die sie fragend anschaute:

«Vielen Dank, das ist sehr nett. Ich nehme Ihre Einladung gerne an.»

7

Miss Marple schaute aus dem Fenster. Hinter ihr, auf dem Bett, lag ihr Koffer. Sie blickte in den Garten hinunter, aber sie war mit ihren Gedanken viel zu beschäftigt, um wirklich aufzunehmen, was sie sah. Es geschah nicht oft, dass sie einen Garten nicht ganz genau betrachtete, entweder bewundernd oder kritisch. In diesem Fall wäre wahrscheinlich ihre Kritik geweckt worden. Es war ein vernachlässigter Garten, in den in den letzten Jahren weder viel Arbeit noch viel Geld hineingesteckt worden war. Auch das Haus machte einen verwahrlosten Eindruck. Dabei war es ein schöner Bau, und die Möbel hatten Qualität, aber man sah ihnen an, dass sie lange nicht poliert worden waren. Man merkte diesem Haus an, dass sich in den letzten Jahren niemand wirklich darum gekümmert hatte. *The Old Manor House*, das alte Herrenhaus – der Name passte. Ein anmutiger Bau, der einst mit Leben erfüllt gewesen war. Doch dann hatten die Töchter und Söhne geheiratet und das Elternhaus verlassen. Und nun lebte Mrs Glynne hier, die – das hatte sie Miss Marple auf dem Weg hinauf ins Schlafzimmer erzählt – den Besitz gemeinsam mit ihren Schwestern von einem Onkel geerbt hatte. Nachdem ihr Mann gestorben war, war sie hierher gekommen und lebte nun mit ihren Schwestern zusammen. Sie seien natürlich auch alle nicht jünger geworden, meinte Mrs Glynne, das Einkommen habe sich verringert, und es sei schwierig, Leute zu finden. Die andern beiden Schwestern waren offensichtlich unverheiratet, die eine war älter, die andere jünger als Mrs Glynne, sie hießen Bradbury-Scott.

Anzeichen dafür, dass hier auch Kinder lebten, konnte Miss Marple nicht entdecken. Kein kaputter Ball, kein Kinderwagen, kein kleiner Tisch oder Stuhl. Ein Haus mit drei Schwestern, nichts weiter.

«Das klingt ja fast russisch», murmelte Miss Marple vor sich hin. «Die drei Schwestern.» War es Tschechow oder Dostojewski? Es fiel ihr nicht ein. Aber diese drei Schwestern würden wohl kaum Sehnsucht haben, nach Moskau zu reisen. Diese drei Schwestern, das schien ihr so gut wie sicher, waren zufrieden, zu bleiben, wo sie waren. Als sie ankam, hatte sie die beiden anderen kennen gelernt. Sie waren das, was man früher mit dem heute altmodisch klingenden Namen «Dame» bezeichnet hätte. Vornehme Damen, die es heute nicht mehr leicht hatten. Doch auch nicht allzu schwer, denn sie wurden ja meist von der Regierung oder von wohltätigen Organisationen unterstützt oder auch von reichen Verwandten. Vielleicht auch von einem Mann wie Mr Rafiel. Immerhin hatte ja Mr Rafiel die ganze Angelegenheit arrangiert und sich eine Menge Mühe damit gemacht. Sie hatte den Eindruck, dass sie der Lösung des Rätsels etwas näher gekommen war. Ihr wurde allmählich klar, worin ihre Aufgabe bestand. Mr Rafiel war ein Mann, der alle Dinge im Voraus plante. Er wusste, dass er sterben würde, und hatte vorher alle Dinge geordnet. Um seine Finanzen zu ordnen, hatte er seine Anwälte und Angestellten. Doch sicher gab es für ihn auch Probleme, die er nicht mit Hilfe von Anwälten regeln konnte.

Und um ein solches Problem musste es sich hier handeln, deswegen hatte er sich an sie gewandt.

Eigentlich war sie darüber immer noch erstaunt. Sehr sogar. Doch wenn sie es sich jetzt überlegte, war sein Brief sehr deutlich gewesen. Er war der Ansicht, dass sie die Voraussetzungen mitbrachte, um etwas ganz Bestimmtes zu tun. Etwas, das wahrscheinlich mit einem Verbrechen zusammenhing. Das einzige, was er sonst noch von ihr wusste, war, dass sie eine große Gartenliebhaberin war. Doch um ein gärtnerisches Problem konnte es sich in diesem Fall kaum handeln. Miss Marple seufzte. Sie würde sehr viel Glück brauchen, um weiterzukommen. Und nicht nur das; es würde ein hartes Stück Arbeit werden, sie würde sehr viel nachdenken und abwägen müssen. Und vielleicht würde die ganze Sache auch gefährlich werden. Und sie müsste alles selbst herausbekommen, sie würde von ihm nichts erfahren. Vielleicht, weil er sie nicht beeinflussen wollte. Es könnte sein, dass Mr Rafiel seinen Standpunkt für falsch hielt. Das war zwar gar nicht typisch für ihn, so zu denken, aber es könnte immerhin möglich sein. Vielleicht war er der Ansicht, dass seine Urteilsfähigkeit durch die Krankheit gelitten hatte. Deswegen sollte sie, Miss Marple, zu ihren eigenen Schlüssen kommen. Und das war jetzt auch die Hauptsache, sie musste zu einem Schluss kommen. Mit anderen Worten, zurück zur alten Frage: Was hatte das alles zu bedeuten?

Sie war in eine bestimmte Richtung gelenkt worden. Das war vor allem zu bedenken. Sie war von einem Mann gelenkt worden, der jetzt tot war. Sie war von St. Mary Mead fortgeführt worden. Daher konnte ihre Aufgabe nichts mit ihrem Wohnort zu tun haben. Zuerst hatte man sie in ein Anwaltsbüro bestellt, dann bekam sie zwei Briefe, und dann wurde sie auf eine Reise in eine bestimmte Gegend Englands geschickt. Und nun war sie in dieses Haus dirigiert worden, *The Old Manor House*, Jocelyn St. Mary, in dem Miss Clotilde Bradbury-Scott, Mrs Glynne und Miss Anthea Bradbury-Scott lebten. Das hatte alles Mr Rafiel arrangiert, bevor er starb. Einige Wochen vorher. Sie war also aus einem ganz bestimmten Grund hier in diesem Haus, vielleicht für zwei Tage, vielleicht auch länger. Es könnten Dinge geschehen, die sie veranlassten, länger zu bleiben. Vielleicht würde man sie auch darum bitten.

Mrs Glynne und ihre beiden Schwestern. Sie mussten irgendetwas mit der Angelegenheit zu tun haben. Das musste sie herausbekommen. Die Zeit war kurz, das war die größte Schwierigkeit. Sie zweifelte keinen Augenblick daran, dass sie die Fähigkeit hatte, der Sache auf die Spur zu kommen. Sie gehörte zu der Sorte geschwätziger alter Damen, von der man erwartete, dass sie viel redeten und viele Fragen stellten. Das war ihr Vorteil. Sie würde den Schwestern Fragen stellen, eine ganze Menge sogar. Doch sie brauchte Zeit dazu. Zwei Tage würde sie nur hier bleiben, dann würde sie die Reise fortsetzen. Es sei denn, die Dinge würden sich ganz anders entwickeln.

Aber sie durfte nicht zu lange hier oben in ihrem Zimmer bleiben. Sie würde das Nötigste auspacken und zu ihren Gastgeberinnen hinuntergehen. Waren die drei Schwestern ihre Verbündeten oder ihre Feindinnen? Beides konnte der Fall sein.

Jemand klopfte an die Türe, Mrs Glynne kam herein.

«Ich hoffe, Sie werden sich hier wohl fühlen. Kann ich Ihnen beim Auspacken helfen? Wir haben ein sehr nettes Mädchen, aber sie ist nur vormittags da. Sie steht Ihnen natürlich immer zur Verfügung, wenn Sie sie brauchen.»

«Das ist sehr nett, vielen Dank», sagte Miss Marple. «Ich hab nur das Notwendigste ausgepackt.»

«Ich dachte, ich zeige Ihnen lieber genau, wie es nach unten geht. Das Haus ist ziemlich verbaut, es gibt zwei Treppenhäuser, und das macht die Sache etwas komplizierter. Manchmal finden sich die Gäste nicht zurecht.»

«Das ist sehr liebenswürdig von Ihnen.»

«Ich hoffe, Sie setzen sich etwas zu uns, damit wir vor dem Essen ein Glas Sherry trinken können?»

Miss Marple nahm das Angebot dankend an und folgte ihrer Gastgeberin. Mrs Glynne, schätzte sie, war ein gutes Stück jünger als sie selbst, um die Fünfzig vielleicht. Miss Marple stieg die Stufen sehr bedachtsam hinunter, denn ihr linkes Knie war schwach und machte ihr immer Schwierigkeiten. Zum Glück hatte die Treppe auf der einen Seite ein Geländer. Übrigens eine sehr schöne Treppe, wie sie zu Mrs Glynne bemerkte.

«Es ist überhaupt ein hübsches Haus», sagte sie. «Wahrscheinlich aus dem 18. Jahrhundert?»

«1780», sagte Mrs Glynne, die sich über Miss Marples bewundernde Worte zu freuen schien. Dann führte sie ihren Gast in den Salon. Es war ein großer, eleganter Raum. Miss Marple entdeckte einige schöne Möbelstücke. Einen Schreibtisch aus der Zeit der Queen Anne und eine etwas frühere Kommode mit Intarsien. Außerdem standen einige große viktorianische Schränke und Stühle an den Wänden. Die Vorhänge waren aus unansehnlich gewordenem verblichenem Chintz. Der Teppich schien irischer Herkunft zu sein, mit einem Aubusson-Muster. Das Sofa war breit und mächtig, der Samt ziemlich abgenutzt. Dort hatten die beiden anderen Schwestern Platz genommen. Sie standen auf, als Miss Marple hereinkam. Die eine führte sie zu einem Sessel, die andere brachte ihr ein Glas Sherry.

«Ich weiß nicht, ob Sie lieber gerade sitzen. Für manche Menschen ist es bequemer.»

«Ja, gerne», sagte Miss Marple. «Es ist mir angenehmer. Wegen des Rückens.»

Die Schwestern schienen sich mit Rückenschmerzen auszukennen. Die älteste war eine große, gut aussehende Frau mit dunklem, hockgestecktem Haar. Die andere war ziemlich viel jünger und dünn und hatte graues Haar, das früher einmal blond gewesen war und nun unordentlich auf die Schultern herabhing. Eine etwas geisterhafte Erscheinung, dachte Miss Marple, wie eine alternde Ophelia. Clotilde dagegen, die ältere, war ganz und gar kein solcher Typ, hätte aber eine prächtige Klytämnestra abgegeben. Man konnte sich vorstellen, wie sie ihren Mann mit Begeisterung im Bad erdolchte. Da sie jedoch nicht verheiratet war, war dies ein absurder Gedanke. Miss Marple konnte sich nicht vorstellen, dass sie außer einem Ehemann irgendjemand hätte umbringen können – und in diesem Haus hatte es keinen Agamemnon gegeben.

Clotilde Bradbury-Scott, Anthea Bradbury-Scott, Lavinia Glynne. Clotilde war fast schön, Lavinia etwas plump, aber nett; Antheas eines Augenlid zuckte manchmal. Sie hatte große graue Augen und eine auffallende Art, sich plötzlich umzuschauen, als ob sie das Gefühl habe, beobachtet zu werden. Merkwürdig, dachte Miss Marple. Was wohl mit Anthea los ist?

Man setzte sich, und die Unterhaltung kam in Gang. Mrs Glynne verließ nach kurzer Zeit den Raum in Richtung Küche. Sie war offenbar für den Haushalt zuständig. Das Gespräch nahm einen ganz normalen Lauf. Clotilde Bradbury-Scott erzählte, dass dieses Haus schon immer in Familienbesitz gewesen sei. Es hatte zuerst ihrem Großonkel gehört, dann ihrem Onkel, und als er starb, habe er es ihr und ihren beiden Schwestern hinterlassen.

«Er hatte nur einen Sohn», sagte Miss Bradbury-Scott, «und er fiel im Krieg. Wir sind die letzten der Familie, abgesehen von ein paar ganz entfernten Verwandten.»

«Das Haus hat sehr schöne Proportionen», sagte Miss Marple. «Ihre Schwester erzählte mir, dass es um 1780 erbaut wurde.»

«Ja, das wird ungefähr stimmen. Schön ist es schon, aber es wäre besser, es wäre nicht ganz so groß und weiträumig.»

«Heutzutage kostet schon der Unterhalt soviel», sagte Miss Marple.

«Allerdings.» Clotilde seufzte. «Und deswegen haben wir vieles einfach verfallen lassen müssen, so traurig es ist. Auch draußen im Garten. Wir hatten früher ein sehr schönes, großes Gewächshaus.»

«Mit einem wunderschönen Weinstock», warf Anthea ein. «Und an den Wänden wuchs Heliotrop. Ich bedaure sehr, dass wir es nicht mehr haben. Im Krieg war natürlich kein Gärtner zu bekommen. Wir hatten einen ganz jungen, und der wurde dann auch einberufen. Mit der Zeit ist es schließlich immer mehr verfallen.»

«Und auch das kleine Treibhaus», fügte Clotilde hinzu. Beide Schwestern seufzten, und daraus sprach die Resignation von Menschen, die vieles mitgemacht und erlebt hatten, dass die Zeiten anders, aber nicht besser geworden waren.

Über dem Haus lag eine große Schwermut, stellte Miss Marple fest. Eine Traurigkeit, die durch nichts ausgelöscht werden konnte, denn sie saß zu tief. Sie fröstelte plötzlich.

8

Das Mittagessen war das übliche: ein kleines Stück Hammelfleisch, Röstkartoffel, dann ein Pflaumentörtchen mit etwas Sahne. Miss Marple benutzte die Gelegenheit, sich im Esszimmer umzusehen. An den Wänden hingen einige unbedeutende viktorianische Porträts, wahrscheinlich Familienbilder. Das Büfett war groß und schwer, aus dunklem Mahagoni. Die Vorhänge waren aus tiefrotem Damast. Der

Tisch, an dem sie aßen, war ebenfalls aus Mahagoni und so lang, dass sicher zehn Personen daran Platz hatten.

Miss Marple erzählte von der Reise, meinte aber, es gäbe noch gar nicht viel zu berichten, man sei ja erst drei Tage unterwegs.

«Ich nehme an, Mr Rafiel war ein alter Freund von Ihnen?», fragte die ältere Miss Bradbury-Scott.

«Nein, eigentlich nicht», sagte Miss Marple. «Ich habe ihn auf einer Kreuzfahrt nach Westindien kennen gelernt. Er ist wegen seiner Krankheit dort gewesen, glaube ich.»

«Ja, er war fast gelähmt, schon seit Jahren», sagte Anthea.

«Sehr traurig», meinte Miss Marple. «Wirklich sehr traurig. Ich habe immer bewundert, wie energisch er war. Er hat immer hart gearbeitet, trotz allem. Jeden Tag hat er seiner Sekretärin diktiert und Telegramme losgeschickt. Er hat nicht nachgegeben. Er wollte nichts von seiner Krankheit wissen.»

«O nein, das wollte er nicht», bestätigte Anthea.

«Wir haben ihn in den letzten Jahren kaum gesehen», sagte Mrs Glynne. «Aber er war ja so beschäftigt. Doch zu Weihnachten hat er immer sehr nett geschrieben.»

«Wohnen Sie in London?», fragte Anthea.

«Nein», sagte Miss Marple. «Ich lebe auf dem Land. Ein kleiner Ort in der Nähe von Loomouth. Eine knappe Autostunde von London entfernt. Früher war es ein sehr hübscher, rückständiger kleiner Ort. Aber jetzt ist es wie überall, man ist auch dort ‹fortschrittlich› geworden.» Sie fügte hinzu: «Mr Rafiel hat, glaube ich, in London gelebt?»

«Er hatte einen Landsitz in Kent», sagte Clotilde. «Dorthin hat er auch Gäste eingeladen. Geschäftsfreunde und Leute aus dem Ausland. Von uns ist, soviel ich weiß, nie jemand dort gewesen. Wir haben uns immer in London gesehen, aber das war sehr selten.»

«Es war eine nette Idee», sagte Miss Marple, «Ihnen vorzuschlagen, mich während meines Aufenthalts hier einzuladen. Dabei war er ein so beschäftigter Mann. Wirklich sehr nett.»

«Wir haben früher auch schon Freunde von ihm aufgenommen, die diese Reisen mitmachten. Im Allgemeinen ist alles gut durchdacht, aber natürlich kann man es nicht jedem recht machen. Die jungen Leute wollen viel unterwegs sein, und es macht ihnen nichts aus, wegen einer schönen Aussicht mal auf einen Hügel zu steigen. Die Älteren, denen das zu viel wird, bleiben dann in den Hotels, aber die sind hier in der Gegend ziemlich einfach. Sicher wäre die heutige Tagestour für Sie sehr anstrengend gewesen. Auch die morgige, nach St. Bonaventure, ist strapaziös. Für morgen ist auch eine Bootsfahrt zu einer Insel vorgesehen. Das kann sehr stürmisch werden.»

«Und auch die Schlossbesichtigungen sind manchmal sehr anstrengend», meinte Mrs Glynne.

«Ja, natürlich», stimmte Miss Marple zu. «Immer dieses Treppenlaufen und Herumstehen. Die Beine werden dabei so müde. Ich sollte eigentlich solche Reisen gar nicht mehr mitmachen, doch es ist so verlockend. All die schönen Häuser, die herrlichen Räume und Möbel. Und natürlich auch die prachtvollen Gemälde.»

«Und die Gärten», sagte Anthea. «Die lieben Sie doch auch, nicht wahr?»

«Sogar sehr. In dem Reiseprospekt sind ein paar historische Gärten beschrieben. Auf die freue ich mich ganz besonders.» Sie strahlte ihre Gastgeber an.

Alles verlief sehr angenehm, sehr natürlich, und doch hatte Miss Marple das Gefühl, dass irgendetwas Unheimliches in der Luft lag. Warum hatte sie bloß dieses Gefühl? Alles machte doch einen ganz normalen Eindruck, auch die

Schwestern. Miss Marple steckte den letzten Bissen ihres Pflaumentörtchens in den Mund und betrachtete ihr Gegenüber, Anthea. Zwar etwas ungepflegt und ein bisschen konfus, aber unheimlich? Ich bilde mir mal wieder etwas ein, dachte Miss Marple. Und das sollte ich nicht.

Nach dem Essen wurde der Garten besichtigt. Anthea spielte die Führerin. Eine traurige Angelegenheit, fand Miss Marple. Immerhin war es einmal ein gepflegter, wenn auch nicht außergewöhnlicher Garten gewesen. Wahrscheinlich in Viktorianischer Zeit angelegt. Eine Menge Büsche, Lorbeer, verwilderte Wege, die Reste eines einstigen Rasens, ein umfangreicher Küchengarten – viel zu groß für die drei Schwestern, die nun in dem Haus wohnten. Die Blumenbeete waren von Unkraut überwuchert, und Miss Marple musste sich beherrschen, um nicht selbst gleich in diesem Chaos Hand anzulegen.

Miss Antheas lange Haare flatterten im Wind, und hin und wieder löste sich eine Haarnadel und fiel zu Boden. Was sie sagte, kam sehr hektisch heraus.

«Sie haben wahrscheinlich einen sehr hübschen Garten?», fragte sie Miss Marple.

«Er ist nur ganz klein», sagte Miss Marple.

Sie waren einen Weg entlanggegangen und hielten jetzt vor einer hügelartigen Erhebung.

«Unser Gewächshaus», sagte Anthea traurig.

«Ach ja, wo Sie den schönen Weinstock hatten.»

«Drei», sagte Anthea. «Einer hatte rote Trauben, der andere weiße und der dritte herrliche Muskatellertrauben.»

«Und einen Heliotrop, sagten Sie. So ein schöner Duft. Übrigens, sind hier in der Nähe Bomben gefallen? Ist deswegen das Gewächshaus eingestürzt?»

«Nein, nein, das hat damit nichts zu tun. Hier sind keine Bomben gefallen. Nein, es ist im Laufe der Jahre verfallen.

Wir waren sehr lange nicht hier und hatten dann kein Geld
für die Instandsetzung. Es hätte auch keinen Sinn gehabt, es
wieder aufzubauen, wir hätten es nicht unterhalten können.
So haben wir es einfach verfallen lassen. Und nun, das sehen
Sie ja, ist es schon ganz überwachsen.»

«Ja, tatsächlich, es ist vollkommen überwuchert von…
wie heißt doch die Ranke, die da gerade zu blühen beginnt?»

«O ja, es ist eine ganz gewöhnliche Ranke. Wie heißt sie
gleich, sie beginnt mit einem P. Poly…, irgend so etwas.!»

«Natürlich», sagte Miss Marple. «Ich glaube, ich kenne
den Namen. Polygonum Baldschuanicum. Es wächst sehr
schnell und ist sehr nützlich, wenn man irgendein verfalle-
nes Gebäude oder ähnliche hässliche Dinge verdecken
will.»

Der Wall vor ihr war dicht mit der wuchernden Pflanze
überdeckt. Miss Marple wusste, dass diese Ranke alle anderen Pflanzen bedrohte, die neben ihr wachsen wollten. Polygonum wuchs über alles hinweg, und zwar innerhalb sehr
kurzer Zeit.

«Das Gewächshaus muss sehr groß gewesen sein», meinte
sie.

«O ja, es standen auch Pfirsichbäume darin und Nektari-
nen.»

Anthea sah traurig aus, und Miss Marple sagte tröstend:
«Aber es ist ja so auch sehr hübsch, mit all den kleinen weißen Blüten, nicht wahr?»

«Wir haben übrigens noch einen sehr hübschen Mag-
nolienbaum unten links am Weg», sagte Anthea hastig.
«Früher war hier, glaube ich, auch noch eine sehr schöne
Rabatte, aber auch die haben wir nicht richtig pflegen können. Es war zu schwierig. Alles ist zu schwierig. Nichts ist so
wie früher – alles ist verdorben, überall.»

Sie beschleunigte ihren Schritt, so dass Miss Marple

kaum folgen konnte. Als ob sie ihren Gast so schnell wie möglich von dem Polygonumhügel wegbringen wollte! Als sei damit irgendetwas Unangenehmes oder Hässliches verbunden. Ob sie sich schämte, dass der einstige Glanz vergangen war?

Miss Marples Aufmerksamkeit wurde auf einen verfallenen Schweinestall gelenkt, an dem sich Rosen emporrankten.

«Mein Großonkel hat immer ein paar Schweine gehalten», erklärte Anthea. «Heute würde natürlich niemand mehr auf so einen Einfall kommen. Schon allein die Geräusche! Beim Haus haben wir einige Floribunda-Rosen. Die sind so praktisch heute, bei all den Schwierigkeiten.»

«Ja, ich weiß», sagte Miss Marple.

Sie zählte ein paar Rosenarten auf, die in den letzten Jahren gezüchtet worden waren, doch keiner der Namen schien Anthea ein Begriff zu sein.

«Machen Sie diese Reisen oft mit?», fragte Anthea plötzlich.

«Sie meinen die Reisen von *Houses and Gardens?*»

«Ja. Manche Leute fahren jedes Jahr.»

«Nein, das könnte ich nicht. Dazu sind sie zu teuer. Es war das Geschenk eines Freundes, zu meinem nächsten Geburtstag.»

«Ich habe mich schon gefragt, weswegen Sie hierher gekommen sind. Ich meine – es ist doch sehr anstrengend. Aber wenn Sie so weite Reisen machen wie nach Westindien und –»

«Die Reise nach Westindien war auch ein Geschenk. Von einem Neffen. Ein lieber Junge. An seine alte Tante zu denken…»

«Ach, so ist das.»

«Ich weiß nicht, was wir ohne die junge Generation machen sollten», sagte Miss Marple. «Sie sind so nett, die jungen Leute, finden Sie nicht?»

«Ich – vermutlich. Ich weiß es nicht. Wir haben keine jungen Verwandten.»

«Hat Ihre Schwester, Mrs Glynne, keine Kinder?»

«Nein. Ihr Mann und sie hatten keine Kinder. Das ist vielleicht ganz gut so.»

Was sie damit wohl meint? fragte sich Miss Marple, als sie nun zum Haus zurückkehrten.

9

Am nächsten Morgen um halb neun klopfte es leise an die Tür, und auf Miss Marples «Herein» betrat eine ältere Frau das Zimmer. Sie brachte ein Tablett mit einer Teekanne, einer Tasse, einem Milchkännchen und einem Teller mit Brot und Butter.

«Der Morgentee, Madam», sagte sie fröhlich. «Das Wetter ist heute sehr schön. Ich sehe, Sie haben Ihre Vorhänge schon aufgezogen. Haben Sie gut geschlafen?»

«Ja, sehr gut», sagte Miss Marple und legte ein kleines Andachtsbuch weg, in dem sie gerade gelesen hatte.

«Wirklich ein schöner Tag. Besonders für die, die heute den Ausflug zu den Bonaventure-Felsen machen. Doch Sie haben Recht, dass Sie hier bleiben. Es ist sehr anstrengend.»

«Ja, ich bin sehr glücklich, dass ich hier sein kann», sagte Miss Marple. «Es war so nett von Miss Bradbury-Scott und Mrs Glynne, mich einzuladen.»

«Für die Damen selbst ist es auch nett. Es heitert sie etwas auf, wenn sie ein bisschen Gesellschaft haben. Es ist ja jetzt so traurig hier.»

Sie zog die Vorhänge zurecht, schob einen Stuhl zurück und stellte eine Kanne mit heißem Wasser in das Porzellanwaschbecken.

«Im nächsten Stock ist ein Badezimmer», sagte sie. «Aber wir glauben, dass es für ältere Leute bequemer ist, das heiße Wasser auf dem Zimmer zu haben. Wegen der Treppen.»

«Danke, das ist sehr freundlich von Ihnen. Sicher kennen Sie dieses Haus sehr gut?»

«O ja, ich war schon als junges Mädchen hier. Damals war ich Dienstmädchen. Sie hatten früher drei Angestellte, eine Köchin, ein Hausmädchen, ein Stubenmädchen und einmal auch ein Küchenmädchen. Das war noch zur Zeit des alten Colonels. Er hat auch Pferde gehalten und einen Burschen. Ja, das waren noch Zeiten. Und dann sind all diese traurigen Dinge passiert. Er hat seine Frau sehr früh verloren. Sein Sohn fiel im Krieg, und seine Tochter hat nach Neuseeland geheiratet. Sie ist bei der Geburt des Kindes gestorben, und das Kind war auch tot. Es war für ihn sehr traurig, so allein hier zu wohnen. Er hat das Haus verkommen lassen – es wurde nicht so gepflegt, wie es hätte sein sollen. Als er starb, hinterließ er den Besitz seiner Nichte, Miss Clotilde, und ihren beiden Schwestern. Sie und Miss Anthea kamen dann hierher und später auch Miss Lavinia, als sie ihren Mann verloren hatte.» Sie seufzte und schüttelte den Kopf. «Sie haben nie viel für das Haus getan, sie konnten es sich nicht leisten. Und der Garten ist dann auch verkommen…»

«Ja, das ist wirklich sehr schlimm», sagte Miss Marple.

«Und dabei sind es drei so reizende Damen. Miss Anthea ist ja ein bisschen wirr im Kopf, aber Miss Clotilde war auf der Universität und ist sehr intelligent – sie spricht drei Sprachen. Und Mrs Glynne ist auch eine sehr nette Dame. Als sie hierher kam, dachte ich, nun würde alles besser werden. Aber man weiß ja nie, was die Zukunft bringt. Manchmal habe ich das Gefühl, über dem Haus liegt ein Fluch.»

Miss Marple schaute sie fragend an.

«Erst das schreckliche Flugzeugunglück in Spanien, bei dem alle umkamen. Ich würde ja nie in ein Flugzeug steigen, das wäre mir viel zu gefährlich. Miss Clotildes Freunde sind dabei umgekommen, ein Ehepaar. Die Tochter war zum Glück im Pensionat, sonst wäre ihr vielleicht auch noch etwas passiert. Miss Clotilde hat sie dann zu sich genommen. Sie hat sie behandelt wie eine Tochter, hat mit ihr Reisen gemacht, nach Italien und Frankreich, sie hat für sie getan, was sie konnte. Es war so ein glückliches Mädchen – und so lieb. Keiner hätte gedacht, dass so etwas Furchtbares passieren würde –»

«Etwas Furchtbares? Was ist denn geschehen? Hier im Haus?»

«Nein, zum Glück nicht. Aber sie hat ihn hier kennen gelernt. Er wohnte in der Nähe – und die Damen kannten seinen Vater. Ein sehr reicher Mann. Er kam zu Besuch, und so fing alles an.»

«Sie haben sich verliebt?»

«Ja, Hals über Kopf. Er war ein gut aussehender Junge, charmant und unbekümmert. Man hätte nie gedacht – Sie hätten nie geglaubt –» Sie brach mitten im Satz ab.

«Eine große Liebe? Und sie ging nicht gut aus? Das Mädchen beging Selbstmord?»

«Selbstmord?» Die alte Frau schaute Miss Marple entgeistert an. «Wer hat Ihnen denn das erzählt? Mord war es, gemeiner Mord. Erwürgt und dann den Kopf eingeschlagen. Miss Clotilde musste hingehen und sie identifizieren – seitdem ist sie nicht mehr die alte. Man hat ihre Leiche hier in der Umgebung gefunden, etwa dreißig Meilen entfernt. Im

Gebüsch eines stillgelegten Steinbruchs. Es soll nicht der erste Mord gewesen sein, der auf sein Konto ging. Es wurden noch andere Mädchen ermordet. Sechs Monate war sie vermisst. Und die Polizei hat alles abgesucht. Nein, er war ein Teufel, schon von Geburt an. Heutzutage behauptet man ja, diese Leute wären nicht für ihre Taten verantwortlich, sie wären nicht ganz richtig im Kopf. Ich glaube kein Wort davon. Mörder sind Mörder. Und sie werden heute ja nicht mal mehr aufgehängt. Ich weiß, in alten Familien gibt es oft Verrückte. Zum Beispiel die Derwents drüben in Brassington, in jeder zweiten Generation starb bei denen jemand im Irrenhaus; oder die alte Mrs Paulett, die immer mit ihrer Diamantkrone auf dem Kopf herumirrte und glaubte, sie wäre Marie Antoinette. Aber die war ja keine Verbrecherin, nur eben etwas verrückt. Aber der Junge, der war wirklich ein Teufel.»

«Was ist mit ihm passiert?»

«Zu der Zeit hatte man das Aufhängen schon verboten, oder er war vielleicht auch zu jung. Ich kann mich nicht mehr genau erinnern. Man hat ihn schuldig gesprochen. Dann kam er ins Gefängnis. Bostol oder Broadsand…»

«Wie hieß er?»

«Michael. Den Nachnamen weiß ich nicht mehr. Es ist ja auch schon zehn Jahre her. Irgendetwas Italienisches, wie ein Malername. Raffle – so ähnlich.»

«Michael Rafiel?»

«Ja, richtig. Angeblich soll ihn sein Vater aus dem Gefängnis rausgeholt haben, denn er hatte viel Geld. Eine Flucht, wie die Bankräuber. Aber ich glaube, das war nur ein Gerücht.»

Also war es kein Selbstmord gewesen. Es war Mord. «Liebe» hatte Elizabeth Temple gesagt. In einer Hinsicht hatte sie Recht: Ein junges Mädchen hatte sich in einen Mörder verliebt und war aus Liebe zu ihm ahnungslos in den Tod gegangen.

Miss Marple schauderte.

Miss Marple kam an diesem Morgen früher die Treppe herunter, als man wohl erwartet hätte, denn sie fand unten keine ihrer Gastgeberinnen vor. Sie ging in den Garten und machte einen kleinen Rundgang. Zwar hatte sie diesen Garten nicht besonders schön gefunden, doch sie hatte irgendwie das Gefühl, dass es dort etwas gäbe, was wichtig für sie wäre. Irgendetwas, das ihr weiterhelfen könnte. Sie war ganz froh, dass sie noch keiner der drei Schwestern begegnet war. Sie brauchte jetzt ein wenig Ruhe, um sich alles noch einmal durch den Kopf gehen zu lassen, was ihr Janet vorhin erzählt hatte.

Ein kleines Seitentor stand offen, und Miss Marple trat hinaus auf die Straße. Sie kam an ein paar kleinen Läden vorbei und schlug dann den Weg zur Kirche und zum Friedhof ein. An ihrem Ziel stieß sie das Friedhofstor auf und begann zwischen den Gräbern herumzuwandern. Bestimmte Namen, stellte sie fest, kamen immer wieder vor, wie es in kleinen Orten üblich war. Viele Leute hießen Prince, darunter war auch eine Melanie Prince, die nur vier Jahre alt geworden war. Dann eine Familie Broad, Hiram Broad, Ellen Jane Broad und Eliza Broad mit einundneunzig Jahren. Sie war gerade dabei, sich einem anderen Grab zuzuwenden, als sie einen alten Mann entdeckte, der langsam zwischen den Gräbern herumging und sich ab und zu nach einem Unkraut bückte. Er begrüßte sie mit einem «Guten Morgen».

«Guten Morgen», erwiderte Miss Marple. «Ein schöner Tag heute.»

«Ja, aber es wird noch regnen.» Er sagte das mit der größten Überzeugung.

«Hier liegen viele Princes und Broads begraben», sagte Miss Marple.

Der Alte nickte bedeutungsvoll.

«Ja, Princes hat es hier immer gegeben. Die haben mal sehr viel Lind gehabt. Broads gab es auch ne ganze Weile.»

«Ich habe gesehen, dass hier auch ein Kind begraben ist. Das ist immer so traurig, ein Kindergrab.»

«Das wird wohl die kleine Melanie gewesen sein. Mellie haben wir sie genannt. Ja, das war ein trauriger Tod. Sie ist überfahren worden. Dabei war sie nur über die Straße gelaufen, um sich im Laden Bonbons zu holen. Es passiert ja heute so viel, mit den Autos.»

«Traurig», sagte Miss Marple, «dass immer soviele Leute sterben. Und man merkt das erst richtig, wenn man auf den Friedhöfen all die Inschriften liest. Krankheit, Alter, Verkehrsunfälle und manchmal noch schlimmere Dinge. Junge Mädchen, die getötet werden. Verbrechen, meine ich.»

«Ja, das kommt oft vor. Dumme Mädchen, das sind die meisten von ihnen. Und die Mütter haben heute keine Zeit, ordentlich auf sie aufzupassen, weil sie soviel arbeiten gehen.»

Miss Marple war ähnlicher Ansicht, aber sie hatte keine Lust, mit einem Gespräch über dieses Thema Zeit zu verlieren.

«Sie wohnen doch im Old *Manor House*, nicht wahr?», fragte der alte Mann. «Ich hab gesehen, wie Sie mit der Reisegesellschaft angekommen sind. Ist das nicht zu anstrengend für Sie?»

«Ja, es ist tatsächlich ziemlich anstrengend», gab Miss Marple zu. «Ein sehr guter Freund von mir, Mr Rafiel, hat aber vorgesorgt. Er hat seinen Freunden hier geschrieben, und die haben mich eingeladen, ein paar Tage bei ihnen zu bleiben.»

Der Name Rafiel schien dem alten Gärtner nichts zu sagen.

«Mrs Glynne und ihre beiden Schwestern sind sehr freundlich gewesen», sagte Miss Marple. «Ich glaube, sie leben schon lange hier.»

«Seit zwanzig Jahren. Das Haus gehörte früher dem alten Colonel Bradbury-Scott. Er war siebzig, als er starb.»

«Hatte er Kinder?»

«Ja, einen Sohn. Er ist im Krieg gefallen. Deswegen hat er den Besitz seinen Nichten hinterlassen. Sonst hat er niemand gehabt.»

Der Alte machte sich jetzt wieder an die Arbeit, und Miss Marple ging in die Kirche. Die Renovierung aus Viktorianischer Zeit, so stellte sie fest, hatte mit der Vergangenheit gründlich aufgeräumt. Außer einigen alten Grabplatten war aus früheren Jahrhunderten nichts mehr vorhanden.

Miss Marple setzte sich auf einen der unbequemen Kirchenstühle und dachte nach.

War sie auf der richtigen Spur? Die Dinge bekamen allmählich einen Zusammenhang, aber klar waren sie ihr immer noch nicht.

Ein junges Mädchen war ermordet worden – offensichtlich sogar mehrere junge Mädchen –, aber das war nun schon zehn oder zwölf Jahre her. Was konnte sie jetzt noch in dieser Sache unternehmen? Was hatte Mr Rafiel von ihr erwartet?

Elizabeth Temple. Sie musste unbedingt noch einmal mit ihr sprechen. Miss Temple hatte von einem jungen Mädchen erzählt, das mit Michael Rafiel verlobt gewesen war. Stimmte das eigentlich? Man hatte ihr im *Old Manor House* nichts davon gesagt.

Miss Marple wusste, wie sich die Dinge oft zutrugen… Erst lernte der Junge das Mädchen kennen, dann nimmt alles seinen üblichen Lauf, bis das Mädchen entdeckt, dass es ein Kind erwartet. Dann sagt sie dem Jungen, dass sie ihn heiraten möchte. Aber das will er vielleicht gar nicht, er hat das überhaupt nie vorgehabt. Oder man legt ihm auch Schwierigkeiten in den Weg, der Vater will von einer Heirat nichts wissen. Ihre Verwandten bestehen dann darauf, dass er «das tut, was richtig ist». Und mit der Zeit wird der Junge der Sache überdrüssig und hat vielleicht auch schon ein anderes Mädchen. Und dann greift er zu einem brutalen Mittel, er erwürgt sie und entstellt sie so, dass sie nicht mehr identifiziert werden kann.

Miss Marple schaute sich von ihrem Platz aus in der Kirche um. Alles sah so friedlich aus, dass es schwer fiel, an die Existenz des Bösen zu glauben. Mr Rafiel hatte gesagt, sie habe einen Spürsinn für das Böse. Sie stand auf, ging aus der Kirche und blickte noch einmal auf den Friedhof. Hier, zwischen den Grabsteinen mit ihren verwitterten Inschriften, hatte sie nicht das Gefühl von der Gegenwart des Bösen.

Doch war es das vielleicht, was sie gestern im *Old Manor House* gespürt hatte? Diese tiefe Niedergeschlagenheit und Trauer? Anthea Bradbury-Scott, die immer ängstlich über die Schulter blickte, als ob sie spürte, dass jemand hinter ihr stehe?

Diese drei Schwestern… Sie wussten irgendetwas – aber was? Wieder musste Miss Marple an Elizabeth Temple denken. Sie malte sich aus, wie Elizabeth Temple jetzt mit den andern unterwegs war, einen steilen Abhang hinaufkletterte und dann über die Klippen zum Meer hinabschaute.

Morgen, wenn sie wieder mit der Gesellschaft zusammentraf, wollte sie Elizabeth Temple bitten, ihr mehr zu erzählen.

Miss Marple kehrte langsam zum *Old Manor House* zurück, sie war inzwischen müde geworden. Sie stellte fest, dass dieser Morgen nicht so ergiebig gewesen war. Zwar hatte ihr Janet von dem tragischen Tod des Mädchens erzählt, aber welches Dienstmädchen hatte nicht einen ganzen Schatz solcher Geschichten parat, ob sie nun fröhlich waren oder traurig.

Als sie sich dem Gartentor näherte, sah sie zwei Frauen dort stehen. Die eine kam auf sie zu, es war Mrs Glynne.

«Oh, da sind Sie ja», sagte sie. «Wir haben uns schon gefragt, wo Sie stecken. Ich dachte mir fast, dass Sie einen Spaziergang machen, hoffentlich haben Sie sich nicht übernommen. Viel zu sehen gibt es allerdings nicht.»

«Ach, ich bin nur ein bisschen herumspaziert», sagte Miss Marple. «Zur Kirche und zum Friedhof. Kirchen interessieren mich immer. Manchmal gibt es da ganz merkwürdige Grabplatten. Die Kirche ist im letzten Jahrhundert restauriert worden, nicht wahr?»

«Ja. Leider hat man auch neue Bänke hineingestellt. Alles zwar sehr solide, aber gar nicht künstlerisch.»

«Hoffentlich ging nichts Wertvolles verloren?»

«Nein, das glaube ich nicht. Es ist ja keine sehr alte Kirche.»

«Es sind offenbar nicht mehr viele alte Grabplatten da», sagte Miss Marple.

«Interessieren Sie sich denn besonders für kirchliche Architektur?»

«Nur so nebenbei. Bei mir zu Hause, in St. Mary Mead, geschieht immer allerlei um die Kirche herum. Das war ja immer schon so. Jedenfalls in meiner Jugend. Heute ist das natürlich anders. Sind Sie hier in der Gegend aufgewachsen?»

«Ja, in Little Herdsley, etwa dreißig Meilen von hier. Mein Vater war pensionierter Offizier, Major der Artillerie. Wir sind öfter bei meinem Onkel zu Besuch gewesen, auch vorher bei meinem Großonkel. Meine Schwestern sind nach dem Tod meines Onkels hierhergezogen, aber damals lebte ich mit meinem Mann noch im Ausland. Er ist erst vor fünf Jahren gestorben.»

«Ach so, ich verstehe.»

«Sie wollten unbedingt, dass ich zu ihnen ziehe. Es schien auch tatsächlich die vernünftigste Lösung. Wir hatten einige Jahre in Indien gelebt, mein Mann war dort stationiert, als er starb.»

«Und Sie fühlten sich ja hier wie zu Hause, da Ihre Familie so lange in der Gegend gelebt hatte.»

«Ja, eben. Ich war mit meinen Schwestern in Verbindung geblieben, hatte sie hin und wieder besucht. Aber die Wirklichkeit sieht oft anders aus, als man es sich vorgestellt hat. Ich habe in der Nähe von London, bei Hampton Court, ein kleines Landhaus. Dort bin ich oft, und manchmal arbeite ich auch in London bei einer Wohlfahrtsorganisation.»

«So ist Ihre Zeit immer ausgefüllt. Das ist eine kluge Lösung.»

«In letzter Zeit hatte ich oft das Gefühl, ich sollte öfter herkommen. Ich habe mir Sorgen um meine Schwestern gemacht.»

«Aus gesundheitlichen Gründen?», fragte Miss Marple.

«Clotilde war immer sehr kräftig», sagte Mrs Glynne. «Oder vielmehr zäh. Aber Anthea, um sie mache ich mir Sorgen. Sie ist oft so geistesabwesend, manchmal läuft sie weg und weiß dann gar nicht mehr, wo sie ist.»

«Das ist aber sehr traurig.»

«Dabei wäre es gar nicht notwendig.»

«Vielleicht hat sie finanzielle Probleme», meinte Miss Marple.

«Nein, damit hat es nichts zu tun. Sie macht sich Sorgen um den Garten. Sie denkt immer daran, wie er einmal war, und sie möchte so gern Geld hineinstecken, damit er wieder so aussieht wie früher. Clotilde hat ihr erklärt, dass man sich so etwas heute nicht mehr leisten kann. Aber sie redet ständig vom Treibhaus, von den Pfirsichen, die dort wuchsen, von den Trauben und all diesen Dingen.»

«Und dem Heliotrop?», fragte Miss Marple.

«Dass Sie sich daran erinnern? Dieser herrliche Duft! Und die Weinstöcke mit den kleinen, süßen Trauben. Ach ja, man sollte nicht zu viel an die Vergangenheit denken.»

«Manchmal haben Sie es sicher nicht leicht mit Ihrer Schwester Anthea?»

«Nein, bestimmt nicht. Vor allem, weil sie Vernunftsgründe nicht gelten lässt. Clotilde ist ja immer sehr energisch mit ihr. Sie will von diesen Dingen nichts hören.»

«Es ist oft schwer zu entscheiden, wie man sich verhalten soll», sagte Miss Marple. «Soll man hart bleiben oder schimpfen oder versuchen zu verstehen? Soll man zuhören und Hoffnungen erwecken, die sich vielleicht nicht erfüllen lassen? Es ist wirklich nicht leicht.»

«Für mich ist es einfacher, ich fahre immer wieder weg und bin nur ab und zu da. Deswegen kann ich mir auch eher etwas vormachen und glauben, dass alles besser wird und man vielleicht bald etwas unternehmen kann. Aber neulich, als ich wieder einmal nach Hause kam, hatte Anthea tatsächlich die Idee, einen Gartenarchitekten zu bestellen, der den Garten wieder in Ordnung bringen sollte. Sie wollte die Gewächshäuser wieder aufbauen lassen, was natürlich Unsinn ist, denn selbst wenn man jetzt Weinstöcke setzte, würden sie erst in ein paar Jahren Trauben tragen. Clotilde hatte nichts davon gewusst und war wütend, als sie den Kostenvoranschlag für die Arbeiten auf Antheas Schreibtisch entdeckte.»

«Es gibt heutzutage so viele Probleme», sagte Miss Marple. Es war eine nützliche Redewendung, die sie gerne gebrauchte.

«Ich muss morgen ziemlich früh weg», sagte sie dann. «Ich habe mich beim *Golden Boar* erkundigt. Dort ist der Treffpunkt. Wir brechen früh auf, soviel man mir sagte, um neun Uhr.»

«Hoffentlich ist es nicht zu anstrengend für Sie.»

«Nein, das glaube ich nicht. Wir fahren zu einem Ort namens Stirling St. Mary oder so ähnlich. Das soll nicht sehr weit weg sein. Unterwegs besichtigen wir eine interessante Kirche und ein Schloss. Nachmittags sind wir in einem Garten mit seltenen Blumen. Nach dem schönen, ruhigen Aufenthalt hier wird es wohl nicht zu anstrengend werden. Aber ich wäre sicher sehr erschöpft, wenn ich die letzten zwei Tage mit all den Klettereien und Wanderungen mitgemacht hätte.»

«Aber dann müssen Sie sich wenigstens heute Nachmittag ausruhen, damit Sie morgen frisch sind», meinte Mrs Glynne, während sie ins Haus gingen. Als Clotilde ihnen entgegenkam, sagte sie: «Miss Marple hat sich eben die Kirche angesehen.»

«Leider gibt es da nicht viel zu sehen», sagte Clotilde. «Scheußliche Glasfenster aus der Zeit um die Jahrhundertwende, für die man keine Ausgaben gescheut hat. Mein Onkel ist zum Teil auch daran schuld. Er war von den grellen roten und blauen Farben sehr begeistert.»

«Sehr grell und sehr gewöhnlich», stimmte Lavinia Glynne zu. Miss Marple legte sich nach dem Mittagessen etwas schlafen und sah ihre Gastgeberinnen erst kurz vor dem Abendessen wieder. Nach dem Essen unterhielt man sich noch eine Weile, und dann war es Zeit, ins Bett zu gehen. Miss Marple hatte an diesem Abend viel von sich selbst erzählt, über ihre Jugend, ihre Reisen und die Menschen, die sie dabei kennen gelernt hatte.

Als sie ihr Zimmer betrat, war sie müde und hatte das Gefühl, nichts erreicht zu haben. Sie hatte nichts Neues erfahren – aber vielleicht gab es auch gar nichts mehr zu erfahren. Kein Fisch hatte angebissen – oder hatte sie bisher nur nicht den richtigen Köder ausgelegt?

10

Am nächsten Morgen wurde Miss Marple der Tee schon um halb acht gebracht, so dass sie genügend Zeit hatte, sich fertig zu machen und zu packen. Sie war gerade dabei, ihren kleinen Koffer zu schließen, als jemand heftig an die Tür klopfte. Clotilde trat aufgeregt ein.

«Oh, liebe Miss Marple, unten ist ein junger Mann, der Sie sprechen möchte. Emlyn Price heißt er. Er gehört zu Ihrer Reisegesellschaft.»

«Natürlich, ich erinnere mich. Ziemlich jung, nicht wahr?»

«Ja, und sehr modern, lange Haare und alles, was dazugehört. Er bringt eine schlechte Nachricht. Es tut mir Leid, es Ihnen sagen zu müssen, aber es hat einen Unfall gegeben.»

«Einen Unfall?» Miss Marple starrte sie entsetzt an. «Mit dem Omnibus? Haben sie einen Verkehrsunfall gehabt? Ist jemand verletzt?»

«Nein, nein. Nicht der Bus. Es ist während des Ausflugs gestern Nachmittag passiert. Es war sehr windig, obwohl das vielleicht nichts damit zu tun hat. Die Leute sind nicht alle denselben Weg gegangen – man kann ja auch querfeldein über die Hügel laufen, um zum Turm von Bonaventure zu kommen. Jeder ging, wie er wollte, es war kein Führer dabei, was wahrscheinlich nötig gewesen wäre. Der Abhang über der Schlucht ist sehr steil. Es haben sich Steinbrocken gelöst, und jemand wurde getroffen.»

«Mein Gott», sagte Miss Marple erschrocken. «Das ist ja schrecklich. Das tut mir sehr Leid. Wer ist denn verletzt worden?»

«Eine Miss Temple oder Tenderdon.»

«Elizabeth Temple», sagte Miss Marple. «Wie schrecklich! Ich habe mich viel mit ihr unterhalten, sie saß im Omnibus neben mir. Eine ehemalige Schullehrerin. Eine sehr bekannte Frau.»

«Ach ja, natürlich», sagte Clotilde, «ich kenne sie. Sie war Direktorin von Fallowfield, einer sehr guten Schule. Vor ungefähr zwei Jahren wurde sie pensioniert. Jetzt ist eine ziemlich junge Direktorin dort mit reichlich progressiven Ideen. Miss Temple ist noch gar nicht so alt, um die Sechzig, glaube ich. Sie ist sehr aktiv, klettert und wandert gern. Das ist wirklich schlimm. Hoffentlich wurde sie nicht schwer verletzt.»

«So, der ist fertig», sagte Miss Marple und schnappte das Schloss ihres Koffers zu. «Ich komme sofort hinunter.»

Clotilde griff nach dem Koffer. «Lassen Sie, er ist nicht schwer. Kommen Sie mit, und seien Sie auf der Treppe vorsichtig.»

Unten wartete Emlyn Price, dessen Haar noch wirrer aussah als sonst. Er trug eine Lederweste, leuchtendgrüne Hosen und Wildlederschuhe.

«Eine schreckliche Sache», sagte er, als er Miss Marple die Hand gab. «Ich dachte, ich komme lieber selbst, um es Ihnen zu sagen. Aber wahrscheinlich hat Miss Bradbury-Scott Ihnen schon alles erzählt. Es ist Miss Temple, die Lehrerin. Ich weiß nicht genau, wie es geschehen ist. Es haben sich Steine gelöst, und sie wurde getroffen. Der Hang ist steil, sie wurde umgerissen, man musste sie ins Krankenhaus brin-

65

gen. Es geht ihr ziemlich schlecht, sie hat eine Gehirnerschütterung. Der heutige Ausflug wurde abgesagt, wir bleiben noch eine Nacht hier.»

«Mein Gott, entsetzlich!», rief Miss Marple.

«Es wurde beschlossen, hier zu bleiben und abzuwarten, was die Ärzte sagen. Wir versäumen nur die Tour nach Grangmering, und die soll nicht so lohnend sein. Mrs Sandbourne fuhr heute früh zum Krankenhaus, um zu hören, was los ist. Sie kommt gegen elf Uhr ins Hotel. Ich dachte, Sie wollten dabei sein, wenn sie uns alles erzählt.»

«Ich komme sofort mit», sagte Miss Marple. Sie verabschiedete sich von Clotilde und Mrs Glynne, die das Gespräch mit angehört hatten. «Ich möchte mich sehr herzlich bei Ihnen bedanken. Sie waren sehr freundlich zu mir, und ich habe mich in den zwei Tagen so gut ausgeruht. Wie traurig, dass das geschehen musste.»

«Wenn Sie noch eine Nacht bleiben möchten», sagte Mrs Glynne, «selbstverständlich...» Sie schaute zu Clotilde hinüber.

Miss Marple entging nicht, dass Clotilde ihrer Schwester einen missbilligenden Blick zuwarf. Sie machte nur eine leichte verneinende Kopfbewegung, doch Miss Marple begriff, dass der Vorschlag keine Gegenliebe fand.

Mrs Glynne reagierte schnell. «Aber ich kann mir denken, dass Sie lieber bei den andern...»

Miss Marple fiel ihr ins Wort: «Ja, ich glaube, das ist besser. Ich weiß dann, wie es weitergeht, und kann vielleicht helfen. Also nochmals, vielen Dank. Es wird doch nicht schwierig sein, im *Golden Boar* ein Zimmer zu bekommen?»

Sie schaute Emlyn fragend an, und er sagte beruhigend:

«Nein, das ist kein Problem. Heute sind ein paar Zimmer frei geworden. Mrs Sandbourne hat, soviel ich weiß, für alle

Reiseteilnehmer reservieren lassen, und morgen werden wir sehen, wie es weitergeht.»

Miss Marple verabschiedete und bedankte sich noch einmal. Emlyn Price nahm ihren Koffer und ging mit großen Schritten neben ihr her.

«Es ist gleich um die nächste Ecke, und dann die erste Straße links», sagte er.

«Ja, ich weiß, ich ging gestern schon dort vorbei. Arme Miss Temple. Hoffentlich ist sie nicht schwer verletzt.»

«Ich fürchte, doch», sagte Emlyn Price. «Aber Sie wissen, was die Ärzte und Schwestern in so einem Fall immer sagen. ‹Es geht den Umständen entsprechend.› Es gibt hier kein Krankenhaus, man musste sie nach Carristown bringen. Das ist etwa acht Meilen entfernt. Bis Sie im Hotel ausgepackt haben, ist sie sicher wieder da.»

Als sie ankamen, war die Reisegesellschaft im Frühstückszimmer versammelt, und es wurden Kaffee, Brötchen und Gebäck serviert. Mr und Mrs Butler führten gerade das Wort:

«Ach, es ist wirklich schlimm, dass so etwas passieren musste», sagte Mrs Butler. «Gerade als wir alle so vergnügt waren und den Ausflug so genossen. Arme Miss Temple.»

«Ja», sagte nun ihr Mann. «Und ich frage mich, ob wir die Reise nicht besser abbrechen, wir haben sowieso so wenig Zeit. Wahrscheinlich wird es Schwierigkeiten geben, wenn sie stirbt. Untersuchungen und so weiter.»

«Aber Henry, an so schreckliche Dinge wollen wir gar nicht denken.»

«Ich glaube auch», meldete sich nun Miss Cooke, «dass Sie zu pessimistisch sind, Mr Butler.»

Jetzt fiel Mr Caspar mit seinem ausländischen Akzent ein: «Doch, die Sache ist sehr ernst. Ich hörte gestern Mrs Sandbourne am Telefon mit dem Arzt sprechen. Sehr, sehr ernst.

Der Arzt sagte, sie hat eine Gehirnerschütterung. Ein Spezialarzt wird kommen und prüfen, ob eine Operation möglich ist.»

«Wenn das so ist», sagte nun Miss Lumley, «sollten wir vielleicht doch nach Hause fahren, Mildred. Ich werde nachsehen, wie die Züge fahren.» Sie wandte sich an Mrs Butler. «Wissen Sie, ich habe meine Nachbarn gebeten, die Katzen zu versorgen. Und wenn ich später komme, gibt es vielleicht Unannehmlichkeiten.»

«Es hat keinen Sinn, wenn wir uns alle so aufregen», sagte Mrs Riseley-Porter mit ihrer tiefen, befehlsgewohnten Stimme. «Joanna, wirf dies Brötchen in den Papierkorb, bitte. Die Marmelade ist nicht zu essen. Ich möchte es nicht auf dem Teller lassen, damit es keinen Ärger gibt.»

Joanna tat, wie ihr befohlen, und sagte dann: «Meinst du, ich könnte mit Emlyn etwas spazieren gehen? Nur ein bisschen vor die Tür. Es hat keinen Sinn, herumzusitzen und Trübsal zu blasen. Wir können doch nichts ändern.»

«Sie haben vollkommen Recht», sagte Miss Cooke: Und ehe Mrs Riseley-Porter noch etwas einwenden konnte, sagte auch Miss Barrow:

«Ja, gehen Sie nur.»

Miss Cooke und Miss Barrow schauten einander an, seufzten und schüttelten den Kopf. Dann unterhielten sie sich über die schlechte Beschaffenheit des Weges gestern auf dem Ausflug.

«Als ich um eine Wegbiegung kam», sagte Miss Cooke, «rollten gerade eine ganze Menge kleiner Steine den Hang herunter. Einer hat mich sogar etwas an der Schulter getroffen.»

Als die Frühstückstische abgeräumt waren, saßen die Mitglieder der Reisegesellschaft ratlos da, und es breitete sich eine ungemütliche Stimmung aus. Es war wie immer, wenn eine Katastrophe passiert ist: Man wusste nicht gleich, wie man sich verhalten sollte. Jeder hatte seine Meinung geäußert und wartete nun auf weitere Neuigkeiten. Da das Mittagessen erst um ein Uhr serviert werden würde, war es schade, die Zeit nicht auszunützen. Es hatte keinen Sinn, tatenlos herumzusitzen.

Miss Cooke und Miss Barrow standen entschlossen auf und erklärten, dass sie jetzt Besorgungen machen würden. Sie wollten außerdem noch zur Post gehen, um sich ein paar Briefmarken zu holen.

«Ich möchte noch einige Postkarten wegschicken und mich auch nach dem Porto für einen Brief nach China erkundigen», sagte Miss Barrow.

«Und ich will noch ein paar Wollsachen besorgen», sagte Miss Cooke. «Außerdem habe ich am Marktplatz ein altes Gebäude gesehen, das ich mir gerne anschauen möchte.»

«Ich glaube, es würde uns allen gut tun, etwas an die Luft zu gehen», sagte Miss Barrow.

Colonel Walker und seine Frau standen ebenfalls auf und machten Mr und Mrs Butler den Vorschlag, sich doch auch draußen etwas umzusehen. Mrs Butler sagte, dass sie nach einem Antiquitätengeschäft Ausschau halten werde.

«Aber kein richtiges Antiquitätengeschäft, eher eine Art Trödlerladen. Manchmal kann man da recht nette Dinge finden.»

Alles machte sich nun auf den Weg. Emlyn Price hatte sich schon, ohne ein Wort zu verlieren, an die Tür gestellt und verschwand gemeinsam mit Joanna. Mrs Riseley-Porter, die einen verspäteten Versuch gemacht hatte, ihre Nichte zurückzurufen, erklärte jetzt, dass sie sich in die Halle setzen würde, da es angenehmer sei, dort zu warten. Miss Lumley stimmte ihr zu, und Mr Caspar begleitete die Damen ritterlich.

Professor Wanstead und Miss Marple blieben allein zurück.

«Ich glaube», sagte der Professor, «dass es nett wäre, sich vors Hotel zu setzen. Es ist eine kleine Terrasse da mit Blick auf die Straße. Haben Sie Lust mitzukommen?»

Miss Marple nickte und stand auf. Sie hatte bisher kaum ein Wort mit Professor Wanstead gewechselt. Er war meistens in eines seiner wissenschaftlichen Bücher vertieft gewesen und hatte sogar den Versuch gemacht, während der Omnibusfahrt zu lesen.

«Aber vielleicht wollen Sie auch lieber Einkäufe machen», sagte er. «Ich selbst möchte gerne irgendwo in Ruhe auf die Rückkehr von Mrs Sandbourne warten. Ich finde es wichtig zu erfahren, woran wir sind.»

«Ich bin ganz Ihrer Ansicht», sagte Miss Marple. «Und da ich mich gestern in der Stadt umgesehen habe, muss ich es heute nicht schon wieder tun. Ich möchte hier warten, falls ich gebraucht werde. Sicher ist es gar nicht nötig, aber man kann ja nie wissen.»

Sie gingen zur Hoteltür hinaus, und der Professor führte Miss Marple zu der kleinen Terrasse, auf der einige Korbstühle standen. Es war im Augenblick niemand dort, und so konnten sie es sich bequem machen. Miss Marple betrachtete den Professor nachdenklich, sein zerfurchtes Gesicht, die buschigen Augenbrauen und seine graue Haarmähne. Ihr war aufgefallen, dass er gebückt ging. Ein interessantes Gesicht, dachte sie. Seine Stimme war trocken und beißend.

«Ich irre mich doch nicht», sagte der Professor nun. «Sie *sind* Miss Jane Marple, nicht wahr?»

«Ja, ich bin Jane Marple.»

Sie war überrascht über diese Frage. Aber sie war ja auch zwei Tage nicht mit den andern zusammen gewesen, und

70

man hatte deshalb wenig Gelegenheit gehabt, sie kennen zu lernen.

«Das habe ich mir gedacht», meinte der Professor. «Sie sind mir nämlich beschrieben worden.»

«Beschrieben?», fragte Miss Marple ungläubig.

«Ja, Sie sind mir beschrieben worden», sagte er. Und fügte mit leiserer Stimme hinzu: «Von Mr Rafiel.»

«Ach», sagte Miss Marple erstaunt. «Von Mr Rafiel?»

«Überrascht Sie das?»

«Ja, etwas. Ich habe nicht erwartet, dass –», begann Miss Marple und brach ab.

Professor Wanstead schwieg und schaute sie forschend an. Gleich wird er mich fragen, wie sind die Symptome, dachte Miss Marple. Beschwerden beim Schlucken? Oder Schlaflosigkeit? Ist die Verdauung in Ordnung? Sie war fast sicher, dass er Arzt war.

«Wann hat er mich Ihnen denn beschrieben? Das muss –»

«Sie wollen sagen, es muss schon eine Weile, ein paar Wochen her sein. Ja, das war kurz vor seinem Tod. Er erzählte mir, dass Sie diese Reise mitmachen würden.»

«Und er wusste, dass Sie auch dabei sein würden? Dass Sie mitkommen würden?»

«Ja, so kann man es ausdrücken», antwortete Professor Wanstead. «Er sagte, dass er es so eingerichtet habe, dass Sie dabei seien.»

«Es war sehr freundlich von ihm», sagte Miss Marple. «Wirklich sehr freundlich. Ich war sehr überrascht, als ich davon erfuhr. So eine Reise hätte ich mir selbst nie leisten können.»

Professor Wanstead nickte.

«Es ist sehr traurig, dass nun so etwas passiert ist», sagte Miss Marple. «Da uns allen die Reise soviel Spaß gemacht hat.»

71

«Ja», meinte Professor Wanstead. «Sehr traurig. Und es kam so unerwartet, finden Sie nicht? Oder doch nicht ganz so unerwartet?»

«Wieso? Wie meinen Sie das, Professor Wanstead?»

Er lächelte.

«Mr Rafiel hat mir viel von Ihnen erzählt, Miss Marple», sagte er. «Er meinte, dass es gut wäre, wenn ich diese Reise mitmachte. Da sich die Reisenden einer solchen Tour nach ein paar Tagen automatisch kennen gelernt hätten, würde ich schon zur rechten Zeit Ihre Bekanntschaft machen. Er meinte außerdem, dass ich – nun sagen wir – ein Auge auf Sie haben sollte.»

«Ein Auge auf mich haben?», wiederholte Miss Marple leicht missbilligend. «Aus welchem Grund?»

«Wahrscheinlich, um Sie zu beschützen. Er wollte sicher sein, dass Ihnen nichts geschieht.»

«Aber was sollte mir denn geschehen? Das möchte ich wirklich wissen.»

«Vielleicht dasselbe, was Miss Temple passiert ist.»

In diesem Augenblick kam Joanna Crawford um die Ecke, in der Hand eine Einkaufstasche. Sie nickte, schaute etwas neugierig zu ihnen hinüber und ging dann die Straße hinunter. Professor Wanstead begann erst zu sprechen, als sie außer Sicht war. «Ein nettes Mädchen», sagte er. «Jedenfalls habe ich den Eindruck. Im Augenblick lässt sie es sich noch gefallen, den Lastesel für ihre herrschsüchtige Tante zu spielen. Aber vermutlich wird sie auch bald rebellisch werden.»

Miss Marple interessierte sich im Augenblick nicht für Joannas eventuelle Rebellion, sondern fragte: «Wie haben Sie das vorhin gemeint?»

«Ja, nach allem, was passiert ist, sollten wir wirklich darüber sprechen», sagte der Professor.

«Sie meinen den Unfall?»

«Ja. Wenn es ein Unfall war.»

«Glauben Sie, es war keiner?»

«Ich halte es immerhin für möglich.»

«Ich weiß natürlich gar nichts darüber», sagte Miss Marple zögernd.

«Nein. Sie waren nicht dabei. Sie haben – soll ich es mal so ausdrücken – woanders Ihre Pflicht getan?»

Miss Marple schwieg, schaute den Professor nachdenklich an und sagte dann:

«Ich glaube, ich weiß nicht genau, was Sie meinen.»

«Sie sind vorsichtig, das ist sehr gut.»

«Ich habe es mir angewöhnt», sagte Miss Marple.

«Vorsichtig zu sein?»

«Nein, so möchte ich es nicht ausdrücken. Ich bin bereit, jederzeit zu glauben, was man mir sagt, bin aber genauso auch bereit, es nicht zu glauben.»

«Sie haben Recht. Sie kennen mich ja nicht. Sie wissen meinen Namen nur aus der Passagierliste einer sehr vergnüglichen Besichtigungsreise, auf der es schöne Schlösser und Gärten zu sehen gibt. Ich nehme an, die Gärten interessieren Sie am meisten.»

«Vielleicht.»

«Es gibt noch andere Leute hier, die an Gärten interessiert sind.»

«Oder so tun.»

«Aha», rief der Professor. «Das ist Ihnen also aufgefallen.»

Dann fuhr er fort: «Es war meine Aufgabe, Sie zu beobachten und in der Nähe zu bleiben, falls – sagen wir einmal – irgendjemand einen schmutzigen Trick versucht. Doch jetzt sieht alles etwas anders aus. Sie müssen sich darüber klar werden, ob Sie mich als Ihren Feind oder Ihren Verbündeten betrachten wollen.»

73

«Vielleicht haben Sie Recht», sagte Miss Marple. «Sie haben sich sehr deutlich ausgedrückt, aber von sich selbst haben Sie mir noch nichts erzählt. Sie waren ein Freund von Mr Rafiel?»

«Nein», sagte Professor Wanstead, «das nicht. Ich bin ein paarmal mit ihm zusammengetroffen, in einem Krankenhauskomitee und bei irgendwelchen öffentlichen Anlässen. Er war mir ein Begriff, und ich ihm wohl auch. Wenn ich Ihnen sage, Miss Marple, dass ich auf meinem Gebiet eine Art Berühmtheit bin, werden Sie mich für einen eingebildeten Mann halten.»

«Wenn Sie das behaupten, wird es sicherlich stimmen. Sie sind Arzt?»

«Aha, Sie beobachten gut, Miss Marple. Ja, ich bin Mediziner, aber ich habe ein Spezialgebiet. Ich bin Pathologe und Psychologe. Ich habe keinen Ausweis bei mir, deswegen müssen Sie mir schon so glauben. Aber ich kann Ihnen Briefe zeigen, die an mich adressiert sind, und vielleicht auch andere Dokumente, die Sie überzeugen dürften. Ich arbeite auf dem Gebiet der Gerichtsmedizin. Um es allgemein verständlich zu sagen, ich interessiere mich für die verschiedenen Formen kriminellen Denkens. Ich habe mich sehr intensiv mit diesem Thema befasst und darüber auch Bücher geschrieben. Sie sind zum Teil sehr umstritten, zum Teil aber auch anerkannt. Im Augenblick mache ich es mir etwas leichter und beschäftige mich nur mit Dingen, die mich interessieren. Hin und wieder stoße ich auf besondere Fälle, mit denen ich mich intensiver befassen möchte. Das muss Ihnen natürlich sehr langweilig vorkommen.»

«Aber gar nicht», sagte Miss Marple. «Vielleicht können Sie mir sogar Verschiedenes erklären. Dinge, die Mr Rafiel mir wohl nicht erklären wollte. Er hat mich gebeten, eine ganz bestimmte Aufgabe für ihn zu übernehmen, aber er hat mir keine Informationen hinterlassen, an die ich mich halten könnte. Er hat mich vollkommen im Ungewissen gelassen, und ich finde das alles ziemlich verrückt.»

«Aber Sie haben die Aufgabe übernommen?»

«Ja. Ich will ehrlich sein. Es war ein finanzieller Anreiz dabei.»

«Spielte das für Sie eine Rolle?»

Miss Marple überlegte eine Weile, dann sagte sie langsam: «Sie werden es vielleicht nicht glauben, aber im Grunde nicht.»

«Das überrascht mich nicht. Ihr Interesse war geweckt. Das wollten Sie doch damit sagen.»

«Ja, mein Interesse war geweckt. Ich habe Mr Rafiel nicht gut gekannt, eigentlich nur flüchtig. Wir waren in Westindien einige Wochen zusammen. Aber das werden Sie wahrscheinlich schon wissen.»

«Ja, ich weiß, dass Mr Rafiel Sie dort kennen lernte. Dort haben Sie dann auch – nun sagen wir mal – zusammengearbeitet?»

Miss Marple schaute ihn fragend an. «Ach, das hat er gesagt?» Sie schüttelte den Kopf.

«Er meinte, dass Sie einen bemerkenswerten Spürsinn für kriminelle Dinge hätten.»

Miss Marple schaute ihn mit hochgezogenen Augenbrauen an. «Und das kommt Ihnen sehr unwahrscheinlich vor, nicht? Es überrascht Sie?»

«Ich habe es mir abgewöhnt, über irgendwelche Dinge überrascht zu sein», sagte der Professor. «Mr Rafiel war ein sehr kluger, aufrechter Mann, ein Menschenkenner. Und er war der Meinung, dass auch Sie die Gabe haben, Menschen richtig zu beurteilen.»

«Eine gute Menschenkennerin? Nein, das möchte ich nicht sagen», meinte Miss Marple. «Aber es ist so, dass mich gewisse Leute an gewisse andere Leute erinnern, die ich kannte, und deswegen setze ich voraus, dass sie auch ähnlich handeln. Wenn Sie meinen, dass ich genau weiß, was ich hier soll, irren Sie sich.»

«Zufällig sitzen wir an einem Platz», sagte der Professor, «der sehr geeignet ist, um verschiedene Dinge zu erörtern. Niemand scheint uns zu beobachten, man kann unser Gespräch nicht mithören, es ist kein Fenster oder Balkon über oder neben uns. Wir können also ungestört sprechen.»

«Das wäre mir sehr lieb», sagte Miss Marple. «Ich muss noch einmal betonen, dass mir völlig unklar ist, was man von mir will. Ich weiß wirklich nicht, weshalb Mr Rafiel es so haben wollte.»

«Ich kann es mir denken. Er wollte, dass Sie gewissen Tatsachen und Ereignissen unvoreingenommen gegenübertreten, von niemand beeinflußt.»

«Sie wollen mir also auch nichts verraten?», fragte Miss Marple irritiert. «Wirklich, es gibt Grenzen!»

Professor Wanstead lächelte. «Da muss ich Ihnen Recht geben. Mit diesen Grenzen wollen wir aufräumen. Ich werde Ihnen ein paar Dinge erzählen, durch die verschiedene Tatsachen für Sie verständlicher werden. Sie können mir dann vielleicht auch bestimmte Anhaltspunkte geben.»

«Das bezweifle ich», sagte Miss Marple. «Vielleicht ein paar Hinweise. Aber mehr wohl kaum.»

«Also fangen wir an», sagte der Professor.

«Erzählen Sie schon», sagte Miss Marple ungeduldig.

II

«Ich will mich kurz fassen und Ihnen nur sagen, wie alles anfing. Ich bin hin und wieder als Ratgeber für das Innenministerium tätig und stehe auch in Verbindung mit gewissen Institutionen. Es gibt da staatliche Einrichtungen, die eine bestimmte Art Verbrecher mit Essen und Wohnung versorgen, wenn sie verurteilt worden sind. Diese Kriminellen bleiben dort für eine gewisse Zeitdauer, die auch mit ihrem Alter zusammenhängt. Wenn sie ein bestimmtes Alter noch nicht erreicht haben, werden sie in besonderen Gefängnissen untergebracht. Sie verstehen, was ich meine?»

«Ja, ganz genau.»

«Meistens werde ich ziemlich bald, nachdem das Verbrechen begangen worden ist, zu Rate gezogen. Ich muss dann mein Urteil über die verschiedensten Dinge abgeben, Ratschläge für die Behandlung der Leute geben, Prognosen für ihre weitere Entwicklung stellen und so weiter. Manchmal werde ich aber von dem Direktor einer dieser Einrichtungen auch aus anderen Gründen zugezogen. In diesem bestimmten Fall bekam ich durch das Innenministerium die Aufforderung, mich mit dem Direktor einer dieser Institutionen in Verbindung zu setzen. Zufällig war es ein Freund von mir, ein Mann, den ich schon lange kenne, mit dem ich aber nicht oft zusammenkam. Ich fuhr also zu ihm, und er sagte mir, was er auf dem Herzen hatte. Es handelte sich um einen bestimmten Häftling. Ein Mann, der ihn sehr beschäftigte und der fast noch ein Junge war, als er eingeliefert wurde. Es ist schon ein paar Jahre her, dass dieser junge Mann dorthinkam. Damals war mein Freund noch nicht Direktor dieser Institution. Als er dann längere Zeit hindurch Gelegenheit hatte, ihn zu beobachten, fiel ihm einiges auf, was ihn nachdenklich machte. Es ist ein Mann, der sehr viel Erfahrung mit kriminellen Patienten und mit Gefangenen hat. Dieser Häftling war, um es ganz deutlich zu sagen, schon von früher Jugend an das, was man ‹missraten› nennt. Sie können es ausdrücken, wie Sie wollen: Missetäter, Rowdy, Taugenichts – es gibt eine Menge Bezeichnungen für diese Sorte Menschen. Auf jeden Fall war er kriminell veranlagt, das steht fest. Er hat sich verschiedenen Banden angeschlossen, war in Schlägereien verwickelt, hat gestohlen, unterschlagen und betrogen – ein Sohn, der für jeden Vater eine Prüfung sein musste.»

«Jetzt begreife ich!», sagte Miss Marple.

«Was begreifen Sie, Miss Marple?»

«Nun, ich denke, Sie sprechen von Mr Rafiels Sohn.»

«Sie haben vollkommen Recht, ich spreche von Mr Rafiels Sohn. Was wissen Sie über ihn?»

«Gar nichts», sagte Miss Marple. «Ich habe nur gehört – und zwar erst gestern –, dass Mr Rafiel einen missratenen oder, milde gesagt, unerfreulichen Sohn hatte. Einen Sohn mit krimineller Vergangenheit. Ist er Mr Rafiels einziger Sohn?»

«Ja. Aber er hatte noch zwei Töchter. Die eine starb mit vierzehn, die andere ist verheiratet, hat aber keine Kinder.»

«Wie traurig für ihn.»

«Vielleicht», sagte Professor Wanstead. «Seine Frau starb jung, und ich halte es für möglich, dass ihr Tod ihn sehr geschmerzt hat, obwohl er es nie zeigte. Ich weiß nicht, was er für ein Verhältnis zu seinen Kindern hatte, auf jeden Fall hat er für sie gesorgt. Er tat alles für sie, auch für den Sohn, aber was er für sie empfand, weiß ich nicht. Darin war er sehr verschlossen. Ich glaube, sein ganzes Leben galt dem Geldverdienen. Aber wie bei allen großen Finanzleuten war es das Geldmachen, das ihn interessierte, nicht das Geld selbst. Er hatte Spaß an seinem Beruf, er liebte ihn und hatte wenig andere Interessen.

Er tat für seinen Sohn, was in seiner Macht lag. Er holte ihn aus der Klemme, wenn er in der Schule etwas angestellt hatte, er griff in Gerichtsverfahren ein, wenn es möglich war. Bis es dann zu einer sehr üblen Sache kam. Der Junge wurde wegen Körperverletzung vor Gericht gestellt. Es hieß, er habe das Mädchen auch vergewaltigt, er kam für einige Zeit ins Gefängnis. Dank seiner Jugend bekam er damals mildernde Umstände. Doch später wurde dann noch einmal Anklage gegen ihn erhoben, in einer anderen, sehr ernsten Sache.»

«Er tötete ein Mädchen», sagte Miss Marple. «Das stimmt doch? So hat man es mir erzählt.»

«Er lockte ein Mädchen von zu Hause fort. Erst später wurde ihre Leiche gefunden. Sie war erwürgt worden. Und hinterher hatte man ihr den Kopf eingeschlagen und ihr Gesicht entstellt. Wahrscheinlich, um eine Identifizierung unmöglich zu machen.»

«Eine abscheuliche Tat», sagte Miss Marple.

Professor Wanstead schaute sie nachdenklich an.

«Meinen Sie das wirklich?»

«Ja», sagte Miss Marple. «Ich habe kein Verständnis für solche Dinge, habe es nie gehabt. Wenn Sie von mir erwarten, dass ich Mitgefühl habe oder Bedauern, dass ich die traurige Kindheit oder das schlechte Milieu berücksichtigen soll, wenn Sie von mir erwarten, dass ich Tränen vergieße über Ihren jungen Mörder, dann muss ich Sie enttäuschen. Ich mag keine bösen Menschen, die böse Dinge tun.»

«Das höre ich gern», sagte Professor Wanstead. «Sie ahnen nicht, was ich in meinem Beruf erlebe, wie viel Heulen und Jammern von Leuten, die alles und jedes in ihrer Vergangenheit für ihre Taten verantwortlich machen. Wenn die Leute wüssten, was es wirklich für schlimme Lebensbedingungen gibt, was andere Menschen an Lieblosigkeiten und Schwie-

79

rigkeiten im Leben mitmachen und trotzdem durchkommen, ohne Schaden zu nehmen, würden sie wohl kaum diese Ansichten teilen. Die Übeltäter sind zu bedauern, ja, sie sind zu bedauern wegen der Erbanlagen, mit denen sie geboren wurden und gegen die sie nichts machen können. Ebenso bedaure ich auch Epileptiker. Sie wissen, was Gene sind –»

«Ja, ungefähr», sagte Miss Marple. «Heute gehört das ja zur Allgemeinbildung. Natürlich weiß ich nichts Genaues über die chemische Zusammensetzung, über die Struktur und so weiter.»

«Der Direktor sagte mir dann, weshalb er meinen Rat brauche. Er sei im Lauf der Zeit zu der Ansicht gekommen, dass dieser Häftling kein Mörder sei. Er glaube nicht, dass er der Typ eines Mörders sei, er sei ganz anders als alle Mörder, die er bisher kennen gelernt habe. Er meinte, dass dieser junge Mann der Typ des Kriminellen sei, der nie anständig werden würde, ganz egal, wie man ihn behandle. Er würde sich nie bessern, und man könne eigentlich nichts für ihn tun, doch er habe das Gefühl, dass er zu Unrecht verurteilt worden sei. Er glaubte nicht, dass der Häftling ein Mädchen ermordet, es zuerst erwürgt und dann entstellt hatte. Er hatte sich die Unterlagen zu dem Fall noch einmal angesehen und festgestellt, dass alle nötigen Beweise vorlagen. Der junge Mann hatte das Mädchen gekannt und war öfter mit ihr gesehen worden. Wahrscheinlich hatten sie auch zusammen geschlafen. Sein Wagen war in der Nähe des Tatorts gesehen worden, und man hatte ihn selbst auch erkannt. Und so weiter. Offenbar ein ganz gerechtes Urteil. Und doch hatte mein Freund seine Zweifel. Er hat einen besonders gut ausgeprägten Gerechtigkeitssinn, und er wollte noch eine andere Meinung hören, nicht die der Polizei, sondern eines Mediziners. Das sei mein Gebiet, sagte er. Er wollte, dass ich

mit diesem jungen Mann spräche und mir ein Urteil bildete.»

«Sehr interessant», sagte Miss Marple. «Ja, das ist wirklich
sehr interessant.»

«Ich habe den Häftling besucht und ihm erklärt, dass sich
die Rechtsverhältnisse ändern könnten, dass es vielleicht
möglich wäre, für ihn einen Anwalt, einen Kronanwalt zu
bekommen, der sich seiner annähme. Ich habe mit ihm wie
ein Freund gesprochen, dann aber auch wieder wie ein Geg-
ner, um festzustellen, wie er auf mein verschiedenes Verhalten reagierte. Ich habe ein paar Tests durchgeführt, wie sie
heute von uns gemacht werden. Aber es würde zu weit führen, Ihnen das zu erklären.»

«Und zu welchem Ergebnis sind Sie gekommen?»

«Ich kam zu der Auffassung, dass mein Freund vielleicht
Recht hat», sagte Professor Wanstead. «Auch ich war der Ansicht, dass Michael Rafiel kein Mörder ist.»

«Und was ist mit dem früheren Verbrechen, das Sie er-
wähnten?»

«Das sprach natürlich gegen ihn. Für das Urteil der Ge-
schworenen war es aber nicht ausschlaggebend, denn die
erfuhren erst davon, als der Richter seine Schlussrede hielt.
Doch für den Richter spielte es eine Rolle. Diese Sache
sprach gegen ihn, aber ich habe dann selbst ein paar Nachforschungen angestellt. Er hatte ein Mädchen angegriffen.
Er hatte es offenbar vergewaltigt, doch er hat nicht den
Versuch gemacht, es zu erwürgen. Meiner Ansicht nach –
und ich habe eine Menge ähnlicher Fälle vor Gericht erlebt – hat es sich auch nicht um eine wirkliche Vergewaltigung gehandelt. Die Mädchen sind heute viel eher bereit,
sich vergewaltigen zu lassen, als früher. Die Mütter verlan-
gen dann oft von ihnen, dass sie es ‹Vergewaltigung› nennen. Das Mädchen, um das es sich hier handelt, hatte

mehrere Freunde – Verhältnisse, die alle über eine bloße ‹Freundschaft› hinausgingen. Ich glaube nicht, dass diese Sache als Beweis gegen ihn sehr ins Gewicht gefallen ist. Der richtige Mordfall dann – ja, das war wirklich Mord. Aber ich bin aufgrund der Tests – körperlicher, geistiger, psychologischer – allmählich immer mehr zu der Überzeugung gekommen, dass er die Tat nicht begangen haben konnte.»

«Und was haben Sie dann getan?»

«Ich habe mich mit Mr Rafiel in Verbindung gesetzt und habe ihm mitgeteilt, dass ich ihn wegen seines Sohnes sprechen wolle. Ich bin zu ihm gegangen und habe ihm meinen Standpunkt dargestellt und auch den des Direktors. Ich habe ihm erklärt, dass wir keine Beweise hätten, dass man im Augenblick keine Berufung einlegen könne, dass wir aber beide der Ansicht seien, es sei ein Fehlurteil ausgesprochen worden. Ich sagte ihm, dass man möglicherweise neue Untersuchungen anstellen, dass es eine teure Angelegenheit werden könne, dass sich aber dabei bestimmte Tatsachen ergeben könnten, die man dem Innenministerium vorlegen könne. Die Untersuchungen könnten erfolgreich sein; ebenso gut aber auch erfolglos. Vielleicht würde man auf irgendwelche Beweise stoßen, wenn man der Sache nachginge. Ich sagte, dass es eine Menge kosten würde, doch dies dürfe wohl für jemand wie ihn keine Rolle spielen.

Im Laufe des Gesprächs hatte ich schon gemerkt, dass er krank war, sehr krank sogar. Er sagte es mir auch. Er sagte, dass er bald sterben werde. Man habe ihm schon vor zwei Jahren erklärt, dass er nur noch ein Jahr zu leben habe, doch wegen seiner großen körperlichen Kräfte habe er länger durchgehalten. Ich fragte ihn dann, wie er über seinen Sohn denke.»

«Und was sagte er?», fragte Miss Marple.

«Das möchten Sie gerne wissen! Ja, mich hat es auch interessiert. Er war sehr ehrlich, wenn auch –»

«Unbarmherzig?»

«Ja, Miss Marple. Das ist der richtige Ausdruck. Er war ein unbarmherziger Mann, aber auch ein gerechter und aufrichtiger Mann. Er sagte: ‹Ich weiß schon lange, was mit meinem Sohn los ist, aber ich habe nicht versucht, ihn zu ändern, denn ich glaube nicht, dass irgendjemand ihn ändern kann. Er ist eben so veranlagt. Er ist verdorben, er ist ein Nichtsnutz. Er wird immer wieder in Schwierigkeiten geraten. Er ist unehrlich. Niemand wird ihn auf den rechten Weg bringen können, davon bin ich überzeugt. In gewisser Beziehung fühle ich mich nicht mehr verantwortlich für ihn. Natürlich nicht rechtlich und nach außen hin. Er hat immer Geld bekommen, wenn er welches brauchte. Oder juristischen Beistand. Ich habe immer getan, was ich konnte. Wenn ich einen Sohn hätte, der zum Beispiel Spastiker wäre oder Epileptiker, würde ich auch tun, was ich könnte. Wenn man einen Sohn hat, der, sagen wir mal, moralisch krank ist und für den es keine Hilfe gibt, dann tut man für ihn auch alles nur mögliche. Nicht mehr und nicht weniger. Was kann ich jetzt für ihn tun?›

Ich sagte ihm, dass es davon abhänge, was er tun wolle. ‹Das ist kein Problem für mich›, sagte er. ‹Ich möchte, dass er rehabilitiert wird, dass er aus der Haft entlassen wird. Ich möchte, dass er freikommt, um sein eigenes Leben zu leben, so gut er es eben kann. Wenn es aus noch mehr Unehrenhaftigkeit besteht, so ist das seine Sache. Ich werde Vorsorge treffen, dass alles für ihn getan wird, was getan werden kann. Ich möchte nicht, dass er weiter leiden und wegen eines Irrtums im Gefängnis sitzen muss. Wenn irgendjemand anderes, ein anderer Mann dieses Mädchen getötet hat, soll das bekannt und anerkannt werden. Ich möchte Gerechtigkeit für Michael, aber ich bin hilflos, ich bin sehr krank. Meine Tage sind gezählt. Es sind nicht mehr Jahre und Monate, sondern nur noch Wochen.›

Ich schlug ihm eine Anwaltsfirma vor, die ich kenne, doch er winkte ab. ‹Ihre Anwälte sind nutzlos. Sie können sie engagieren, aber sie sind nutzlos. Nein, ich muss es anders versuchen.› Er bot mir ein sehr hohes Honorar an, damit ich alles unternehmen könnte, um die Wahrheit herauszufinden. ‹Ich selbst kann nichts tun, der Tod kann jeden Augenblick kommen. Ich gebe Ihnen alle Vollmachten und werde Ihnen noch jemand nennen, der Sie unterstützen kann.› Er schrieb einen Namen auf: Miss Jane Marple. Dann sagte er: ‹Ich möchte Ihnen ihre Adresse nicht verraten. Sie sollen woanders mit ihr zusammenkommen.› Und dann erzählte er mir von dieser bezaubernden, harmlosen, unschuldigen Tour der *Houses and Gardens*. Er würde für mich einen Platz reservieren. ‹Miss Jane Marple›, sagte er, ‹wird auch mitfahren. Sie werden sie bei der Gelegenheit kennen lernen, und so wird alles wie eine ganz zufällige Begegnung aussehen.›

Er überließ es mir, die Zeit und den Augenblick zu bestimmen, mich mit Ihnen bekannt zu machen; oder, wenn ich es für besser hielte, es auch gar nicht zu tun. Sie haben mich gefragt, ob ich oder der Gefängnisdirektor irgendjemand verdächtigen.

Mein Freund hat natürlich keine Hinweise gegeben, aber er hat sich in dieser Sache mit dem Polizeibeamten in Verbindung gesetzt, der den Fall damals bearbeitet hat. Ein sehr zuverlässiger Mann mit viel Erfahrung.»

«Und es wurde kein anderer Name erwähnt? Es gab keinen anderen Freund dieses Mädchens?»

«Nein. Ich bat Mr Rafiel, mir etwas über Sie zu erzählen, aber er wollte nicht. Er sagte mir nur, dass Sie eine ältere

Dame seien. Dass Sie sich mit Menschen auskennen. Und dann sagte er noch etwas.»

Professor Wanstead schwieg.

«Was denn?», fragte Miss Marple. «Ich habe eine gewisse natürliche Neugierde, aber ich kann mir nicht vorstellen, was ich sonst noch für eine nützliche Gabe haben könnte. Im Gegenteil – ich bin etwas taub, und meine Augen sind auch nicht mehr das, was sie waren. Aber ich sehe ein bisschen verrückt und einfältig aus, und das ist vielleicht ein Vorteil. War es das, was er Ihnen sagte?»

«Nein», antwortete Professor Wanstead. «Er meinte, dass Sie ein sehr feines Empfinden für das Böse hätten.»

«Oh», machte Miss Marple verblüfft.

Professor Wanstead beobachtete sie.

«Sind Sie auch der Ansicht?», fragte er.

Miss Marple schwieg eine Weile, dann sagte sie: «Vielleicht stimmt es, ja, vielleicht hat er Recht. Es gab öfter Situationen in meinem Leben, da habe ich gespürt, dass etwas Böses in der Luft hing oder um einen Menschen war. Das war in ganz bestimmten Situationen.»

Sie schaute ihn lächelnd an und sagte: «Es ist ähnlich wie bei einem Menschen, der einen besonders guten Geruchssinn besitzt. Manche Leute riechen es gleich, wenn irgendwo Gas ausströmt, andere nicht. Und es gibt Leute, die ganz leicht alle Parfüms voneinander unterscheiden können. Ich hatte mal eine Tante», fuhr sie nachdenklich fort, «die behauptete, sie könne es riechen, wenn jemand lüge. Sie sagte, dass diese Leute einen ganz bestimmten Geruch hätten. Ich weiß nicht, ob das stimmt, aber manchmal war sie wirklich ganz erstaunlich. Eines Tages sagte sie zu meinem Onkel: ‹Jack, stell den jungen Mann nicht an, mit dem du heute Morgen gesprochen hast. Er hat dich ständig angelogen.› Und das hat sich dann als richtig herausgestellt.»

«Ein Gespür für das Böse», meinte Professor Wanstead. «Sagen Sie mir, wenn Sie so etwas merken. Ich bin froh, wenn ich es erfahre. Ich glaube nicht, dass ich selbst ein besonderes Organ dafür habe. Für Krankheiten ja, aber nicht für etwas Böses hier oben.» Er deutete auf seine Stirn.

«Ich möchte Ihnen kurz erzählen, wie ich mit der ganzen Sache in Berührung kam», sagte Miss Marple. «Als Mr Rafiel gestorben war, wurde ich von seinen Anwälten zu einem Gespräch gebeten. Sie erzählten mir von seinem Angebot. Dann bekam ich einen Brief von ihm, der nicht das geringste verriet. Ich habe dann eine Weile nichts weiter gehört, bis ich die Nachricht von der Reisegesellschaft erhielt. Man teilte mir mit, dass Mr Rafiel vor seinem Tod für mich einen Platz reserviert hatte, weil er wusste, dass ich mich darüber sehr freuen würde. Es sei als Überraschung gedacht. Ich war sehr erstaunt, nahm jedoch an, dass dies der erste Hinweis auf meine eigentliche Aufgabe sei. Ich dachte, dass ich dann im Verlauf der Reise weitere Hinweise bekommen würde. Und ich glaube, das stimmt. Gestern, nein, vorgestern bekam ich bei meiner Ankunft eine Einladung von drei Damen, die hier in einem alten Haus wohnen. Sie hatten von Mr Rafiel erfahren, dass eine alte Freundin von ihm an dieser Reise teilnehmen würde. Er hatte darum gebeten, sie für ein paar Tage aufzunehmen, da im Reiseprogramm eine sehr anstrengende Klettertour geplant sei, die sie nicht mitmachen könne. Das schrieb er ihnen einige Wochen vor seinem Tod.»

«Und das fassten Sie auch als Hinweis auf?»

«Natürlich», sagte Miss Marple. «Es kann keinen anderen Grund haben. Er war nicht der Mann, der sich nur aus lauter Mitleid mit einer Dame, die keine anstrengenden Wanderungen mehr unternehmen kann, diese Mühe gemacht hätte. Nein, er wollte, dass ich hingehe.»

«Und das taten Sie. Was weiter?»

«Nichts», sagte Miss Marple. «Nichts. Nur drei Schwestern.»

«Drei Nornen?»

«Vielleicht. Aber eigentlich machen sie einen ganz normalen Eindruck. Das Haus gehörte ursprünglich einem Onkel, sie sind erst vor einigen Jahren hierhergezogen. Sie leben in ziemlich ärmlichen Verhältnissen, sind nett, aber nicht besonders interessant. Alle drei sind sehr verschieden. Sie scheinen Mr Rafiel nicht gut gekannt zu haben. Jedenfalls hat sich das aus den Gesprächen ergeben.»

«Also haben Sie während Ihres Aufenthalts nichts erfahren?»

«Nur das, was Sie mir eben auch sagten, die reinen Tatsachen. Ein altes Dienstmädchen, das noch den Onkel erlebt hatte, erzählte es mir. Mr Rafiel kannte sie nur dem Namen nach. Aber über den Mord wusste sie genau Bescheid. Es begann alles mit dem Besuch von Mr Rafiels Sohn. Sie erzählte, dass er ein übler Bursche gewesen sei, wie das Mädchen sich in ihn verliebt und er das Mädchen erwürgt habe und wie traurig und tragisch und schrecklich alles gewesen sei. Eine ziemlich blumige Erzählung natürlich. Sie sagte, dass es nach Ansicht der Polizei nicht sein erster Mord gewesen sei.»

«Und für Sie schien die Sache keinen Zusammenhang mit den drei Nonnen zu haben?»

«Nein. Nur, dass sie das Mädchen in ihrer Obhut hatten und es sehr liebten.»

«Könnten sie nicht etwas wissen – irgendetwas über einen anderen Mann?»

«Ja – den brauchen wir, nicht wahr? Der andere Mann – so brutal, dass er keine Hemmungen hatte, dem Mädchen, nachdem er es getötet hatte, den Kopf einzuschlagen. Die

Sorte Mann, die vor Eifersucht wahnsinnig wird. Es gibt solche Männer.»

«Und sonst geschah gar nichts Seltsames in dem alten Haus?»

«Im Grunde nicht. Eine Schwester, ich glaube, es ist die jüngste, hat viel über den Garten gesprochen. Sie machte den Eindruck, als sei sie eine ganz leidenschaftliche Gärtnerin, aber das kann nicht stimmen, denn sie kannte die meisten Pflanzennamen gar nicht. Ich stellte ihr ein paar Fallen, nannte besonders seltene Sträucher und fragte sie, ob sie sie kenne. Und sie sagte ja, das seien doch ganz herrliche ‹Pflanzen›. Ich meinte, dass sie ziemlich empfindlich seien, und sie stimmte mir zu. Nein, sie wusste gar nicht Bescheid. Das erinnert mich –»

«An was?»

«Sie werden denken, dass ich mit meiner Garten- und Pflanzenliebe etwas übertreibe, aber über gewisse Dinge weiß man doch ein wenig Bescheid. Ich weiß einiges über Vögel, und ich weiß auch einiges über Gärten.»

«Und ich nehme an, dass es nicht die Vögel sind, sondern die Gärten, die Sie in diesem Fall beschäftigen?»

«Ja. Sind Ihnen die beiden Damen bei unserer Reisegesellschaft aufgefallen, die immer zusammen auftauchen, Miss Barrow und Miss Cooke?»

«Ja, zwei unverheiratete Damen mittleren Alters.»

«Die meine ich. Über Miss Cooke habe ich etwas Merkwürdiges herausgefunden. Das ist doch ihr Name? Jedenfalls der, den sie auf der Reise benützt?»

«Wieso – hat sie noch einen anderen Namen?»

«Ich glaube, ja. Sie hat mich nämlich besucht – das heißt, nicht eigentlich besucht, aber sie stand eines Tages in St. Mary Mead vor meinem Gartentor. Das ist der Ort, wo ich wohne. Sie lobte meinen Garten und sprach mit mir über die Gärtnerei. Sie erzählte mir, dass sie auch im Dorf wohne und bei einer Bekannten im Garten arbeite. Ich glaube aber, dass das alles gelogen war. Sie hatte auch keine Ahnung von Gartenarbeit. Sie tat nur so, aber es stimmte nicht.»

«Und warum ist sie dort gewesen?»

«Damals hatte ich keine Ahnung. Sie sagte, dass sie Bartlett heiße und bei einer Dame wohne, deren Namen mit ‹H› beginnt. Ich kann mich jetzt nicht mehr an den Namen erinnern. Sie hatte damals nicht nur eine andere Frisur, sondern ihre Haare waren auch gefärbt, und sie trug ein ganz anders geschnittenes Kleid. Ich erkannte sie auf der Reise zuerst nicht, aber ich habe mich gefragt, warum mir ihr Gesicht so bekannt vorkam. Und dann fiel es mir plötzlich ein. Das gefärbte Haar! Ich sagte ihr, dass wir uns schon einmal begegnet wären. Sie gab auch zu, damals in St. Mary Mead gewesen zu sein, aber sie behauptete, mich nicht erkannt zu haben. Lauter Lügen.»

«Und was halten Sie von der ganzen Sache?»

«Eins ist sicher: Miss Cooke, wie sie sich jetzt nennt, kam nach St. Mary Mead, um festzustellen, wie ich aussehe. Damit sie mich auch ganz sicher wieder erkennen würde, wenn wir uns wieder träfen.»

«Warum?»

«Das weiß ich nicht. Es gibt zwei Möglichkeiten. Eine davon ist mir nicht besonders sympathisch.»

«Ja», sagte Professor Wanstead. «Sie ist mir auch nicht sympathisch.»

Eine Weile schwiegen sie, dann sagte der Professor: «Ebensowenig wie mir gefällt, was Elizabeth Temple passiert ist. Haben Sie eigentlich während der Reise mit ihr gesprochen?»

«Ja. Wenn es ihr besser geht, möchte ich gern noch einmal mit ihr sprechen. Sie könnte mir, das heißt uns, einiges über die Ermordete erzählen. Sie war eine ihrer Schülerinnen und wollte Mr Rafiels Sohn heiraten, tat es dann aber doch nicht. Und dann war sie tot. Ich fragte, warum sie starb, und Miss Temple antwortete mit einem einzigen Wort: ‹Liebe›. Ich dachte, sie meinte Selbstmord, aber sie meinte Mord. Mord aus Eifersucht – das könnte stimmen. Ein anderer Mann. Irgendein Mann, den wir finden müssen. Miss Temple könnte uns vielleicht sagen, wer es war.»

«Es gibt keine anderen geheimnisvollen Zusammenhänge?»

«Was wir brauchen, sind ganz zufällige Hinweise. Ich glaube nicht, dass es bei unseren Mitreisenden oder bei den drei Schwestern irgendetwas Geheimnisvolles zu entdecken gibt. Aber eine der drei Schwestern erinnert sich vielleicht an irgendetwas, das das Mädchen oder Michael Rafiel gesagt haben. Clotilde hat das Mädchen öfters auf Auslandsreisen mitgenommen. Vielleicht ist auf einer dieser Reisen etwas passiert. Etwas, das das Mädchen tat, erzählte oder erwähnte. Oder ein Mann tauchte auf, den das Mädchen kennen lernte. Etwas, das mit dem *Old Manor House* gar nichts zu tun hat. Es ist sehr schwierig, denn wir können nur im Gespräch, so ganz nebenbei, einen Hinweis bekommen. Die zweite Schwester, Mrs Glynne, heiratete ziemlich jung und lebte dann in Indien und Afrika. Vielleicht hat sie durch ihren Mann etwas erfahren oder durch seine Verwandten. Sie besuchte ihre beiden Schwestern manchmal und kannte das Mädchen wahrscheinlich, wenn auch weniger gut als die beiden anderen. Das heißt aber nicht, dass sie nicht doch etwas weiß, das mit dem Mädchen zusammenhängt. Die dritte Schwester macht einen sehr verwirrten Eindruck und scheint das Mädchen nicht besonders gut gekannt zu haben. Aber auch sie könnte etwas wissen über irgendwelche Freunde, mit denen die Kleine zusammen war. Übrigens, das ist sie, dort, sie geht gerade am Hotel vorbei!»

Miss Marple hatte trotz der Unterhaltung nicht versäumt, alle Vorübergehenden zu mustern – eine Angewohnheit, die ihr in Fleisch und Blut übergegangen war.

«Anthea Bradbury-Scott – die mit dem großen Paket. Ich nehme an, sie geht zur Post. Die Poststelle ist um die Ecke.»

«Macht einen etwas verrückten Eindruck», sagte Professor Wanstead. «Dieses wallende, graue Haar – eine Art fünfzigjährige Ophelia.»

«Ja, ich habe auch gleich an Ophelia gedacht, als ich sie zum ersten Mal sah. Ach, ich wünschte, ich wüsste, was ich tun soll: Noch ein paar Tage hier im Hotel bleiben oder die Reise mitmachen? Genausogut könnte man eine Nadel im Heuhaufen suchen. Aber wer weiß, wenn man lange genug sucht, wird man sie vielleicht finden – auch wenn man dabei in den Finger gestochen wird.»

12

Mrs Sandbourne kehrte zurück, als die Gesellschaft gerade beim Mittagessen saß. Sie brachte keine guten Nachrichten. Miss Temple sei immer noch bewusstlos und in den nächsten Tagen nicht transportfähig.

Nachdem Mrs Sandbourne die Neuigkeit erzählt hatte, wandte sie sich praktischen Dingen zu. Sie hatte für die Reisenden, die nach London zurück wollten, die Abfahrtszeiten der Züge herausgesucht und machte den anderen Vorschläge für die Fortsetzung der Reise am nächsten oder übernächsten Tag. Für den Nachmittag hatte sie kleinere Ausflüge in die nähere Umgebung eingeplant. Man würde in mehreren Gruppen fahren und Mietwagen nehmen.

Professor Wanstead nahm Miss Marple beiseite, als die Gesellschaft den Esssaal verließ.

«Vielleicht wollen Sie sich heute Nachmittag ausruhen. Wenn nicht, würde ich Sie in etwa einer Stunde abholen. In der Nähe ist eine interessante Kirche. Vielleicht haben Sie Lust, sie zu besichtigen?»

«Ja, das wäre sehr nett», stimmte Miss Marple zu.

Miss Marple saß aufrecht in dem Wagen, mit dem Professor Wanstead sie abgeholt hatte. Er war zur vereinbarten Zeit erschienen.

«Ich dachte, Sie würden sich diese Kirche gern ansehen. Auch der Ort ist sehr hübsch. Ich sehe nicht ein, warum wir uns nicht die Umgebung etwas anschauen sollen.»

«Das ist sehr nett von Ihnen», hatte Miss Marple gesagt und ihn etwas unsicher angeblickt. «Wirklich sehr nett. Obwohl es fast etwas herzlos… Sie wissen schon, was ich meine.»

«Meine liebe Miss Marple, Miss Temple ist ja keine alte Freundin von Ihnen. So traurig diese Sache auch ist.»

Professor Wanstead hatte die Wagentür geöffnet, und Miss Marple war eingestiegen. Sie nahm an, dass dies ein Mietwagen war. Ein netter Einfall, eine alte Dame zu einer solchen Fahrt einzuladen. Er hätte sich ja auch eine jüngere und interessantere Begleiterin aussuchen können.

Während sie durch das Dorf fuhren, schaute sie ihn hin und wieder nachdenklich an, doch er erwiderte ihren Blick nicht und sah geradeaus.

Als sie auf eine kleine Landstraße kamen, wandte er seinen Kopf und sagte:

«Leider werden wir uns keine Kirche ansehen.»

«Das habe ich mir fast gedacht. Wohin fahren wir denn?»

«Ins Krankenhaus. Nach Carristown.»

«Wo man Miss Temple hingebracht hat?»

«Ja», sagte der Professor. «Mrs Sandbourne war bei ihr und hat mir einen Brief von der Krankenhausleitung mitgebracht. Ich habe vorhin mit den Leuten gesprochen.»

«Geht es ihr besser?»

«Nein. Es geht ihr nicht sehr gut.»

«Hoffentlich ...»

«Es ist ein sehr komplizierter Fall. Man kann gar nichts tun. Möglich, dass sie nicht wieder zu Bewusstsein kommt. Aber vielleicht wacht sie auch für kurze Zeit auf.»

«Und warum bringen Sie mich zu ihr? Ich bin keine Freundin von ihr. Ich habe sie erst auf dieser Reise kennen gelernt.»

«Das ist mir klar. Ich bringe Sie hin, weil sie in einem ihrer kurzen wachen Augenblicke nach Ihnen fragte.»

«Ach so. Warum sie mich wohl sprechen will? Wieso glaubt sie, dass ich ihr nützlich sein kann? Sie ist eine bemerkenswerte Frau. Als Direktorin von Fallowfield hatte sie in Fachkreisen einen bedeutenden Ruf.»

«Fallowfield ist, glaube ich, die beste Mädchenschule, die es gibt?»

«Ja. Miss Temple ist eine große Persönlichkeit und außerdem eine sehr gelehrte Frau. Ihr Fach ist die Mathematik, aber sie hat auch ein beachtliches Allgemeinwissen. Als gute Pädagogin kannte sie die Fähigkeiten ihrer Schülerinnen sehr genau und wusste, wie sie sie fördern konnte. Es wäre sehr traurig, wenn sie sterben müsste», sagte Miss Marple. «Es ist so sinnlos. Obwohl sie schon pensioniert war, hatte sie immer noch sehr viel Einfluss. Dieser Unfall ...» Sie brach plötzlich ab. «Aber vielleicht möchten Sie sich mit mir nicht über den Unfall unterhalten.»

«Doch, ich glaube, es ist besser. Ein großer Steinbrocken rollte den Abhang hinunter. Angeblich passiert so etwas ganz selten dort. Übrigens war deswegen schon jemand bei mir», sagte Professor Wanstead.

«Um mit Ihnen über den Unfall zu sprechen? Wer denn?»

«Die beiden jungen Leute. Joanna Crawford und Emlyn Price.»

«Und was sagten sie?»

«Joanna sagte, es sei jemand oben am Abhang gestanden. Ziemlich weit oben. Sie und Emlyn waren vom Hauptweg aus hinaufgeklettert und gingen einen anderen Weg. Als sie um eine Biegung kamen, sahen sie ganz deutlich die Silhouette eines Mannes oder einer Frau. Eine Gestalt, die versuchte, ein großes Felsstück loszustemmen. Der Stein bewegte sich, begann zu rollen, erst langsam und dann schneller. Miss Temple ging unten auf dem Hauptweg entlang, und dort wurde sie von dem Stein getroffen. Wenn es ein Anschlag auf ihr Leben war, ist er nur zu gut gelungen.»

«War es ein Mann, oder war es eine Frau?»

«Das konnte Joanna Crawford leider nicht sagen. Eine Gestalt in Hosen, mit einem leuchtend rot-schwarz karierten Pullover. Ein Pullover mit offenem Kragen. Die Gestalt ist sehr schnell wieder verschwunden, so dass sie sie nicht genau sehen konnten. Joanna meint, es sei ein Mann gewesen, aber sie ist sich nicht sicher.»

«Und sie glaubt, oder Sie glauben, dass es ein vorsätzlicher Anschlag auf Miss Temples Leben war?»

«Je mehr sie darüber nachdenkt, desto mehr glaubt sie es. Der Junge auch.»

«Und Sie können sich nicht denken, wer es gewesen ist?»

«Nein. Und die beiden auch nicht. Es könnte ein Mitreisender gewesen sein, irgendjemand, der an jenem Nachmittag allein spazieren ging. Oder ein völlig Unbekannter, der wusste, dass der Bus dort hielt, und der sich diese Stelle aus-suchte, um irgendeinen der Reisenden zu attackieren. Ir-gendein junger Gewalttäter. Oder es war ein geheimer Feind.»

«Es kommt mir sehr theatralisch vor, von einem ‹gehei-men Feind› zu sprechen», sagte Miss Marple.

«Ja, da haben Sie Recht. Wer würde schon eine pensio-nierte und geachtete Schulleiterin töten wollen? Das müssen wir herausbekommen. Es ist möglich, wenn auch unwahr-scheinlich, dass Miss Temple selbst uns diese Frage beant-worten kann. Vielleicht hat sie die Gestalt dort oben er-kannt. Oder sie kennt jemand, der ihr aus irgendeinem Grund feindlich gesinnt ist.»

«Ich kann es mir schlecht vorstellen.»

«Ja, eben. Doch andererseits – eine Schuldirektorin kennt eine Menge Leute. Es sind im Lauf ihres Lebens viele Men-schen durch ihre Hände gegangen, wenn man so sagen will.»

«Sie meinen, viele junge Mädchen?»

«Ja. Und ihre Angehörigen. Eine Schulleiterin erfährt sehr viel in ihrem Beruf. Über Liebesaffären, zum Beispiel, von denen die Eltern nichts wissen. Das kommt doch häufig vor, besonders heute, wo die Mädchen frühreif sind. In kör-perlicher Hinsicht, denn die wirkliche Reife kommt erst später. Sie bleiben länger kindlich. Kindlich, was ihre Mode betrifft und ihre langen Haare. Sogar die Miniröcke sind nichts anderes als eine Art Idolisierung der Kindlichkeit. Ihre Baby-Doll-Nachthemden, die kurzen Shorts – alles Kindermoden. Sie wollen nicht erwachsen werden, nicht die Verantwortung Erwachsener übernehmen. Und doch wollen sie – wie alle Kinder – als erwachsen gelten und die Freiheit haben, Dinge zu tun, die sie für erwachsen halten. Und so entstehen oft Tragödien.»

«Denken Sie an einen bestimmten Fall?»

«Nein, eigentlich nicht. Ich denke nur – nun, ich erwäge einige Möglichkeiten. Ich glaube nicht, dass Elizabeth Temple persönliche Feinde hatte. Jemand, der so grausam war, eine Gelegenheit zu suchen, um sie zu töten. Ich nehme an – aber wollen Sie nicht erst sagen, was Sie vermuten?»

«Ich glaube, ich weiß, was Sie meinen. Sie meinen, dass Miss Temple irgendetwas wusste, dass sie etwas erfahren hatte, das jemand gefährlich werden konnte, wenn es bekannt würde.»

«Ja, Sie haben Recht, das ist genau das, was ich denke.»

«Wenn es so ist», sagte Miss Marple, «wäre das doch ein Zeichen dafür, dass auf unserer Reise jemand dabei ist, der Miss Temple erkannt hat oder weiß, wer sie ist. Jemand, den Miss Temple selbst vielleicht gar nicht mehr erkannt hat, an den sie sich nicht mehr erinnert. Es scheint, als wäre der Täter einer unserer Mitreisenden.»

Und nach einer Pause sagte sie:

«Der Pullover, von dem Sie sprachen, er war rot-schwarz kariert, nicht wahr?»

«Ach ja, der Pullover.» Der Professor schaute sie fragend an. «Was ist damit?»

«Er ist sehr auffallend. Ihrer Erzählung nach jedenfalls. Man merkt ihn sich. Deshalb hat ihn Joanna auch besonders erwähnt.»

«Ja, aber was schließen Sie daraus?»

«Ein Signal», sagte Miss Marple nachdenklich. «Etwas, das auffällt, an das man sich erinnert.»

«Und was weiter?»

«Wenn man einen Menschen beschreibt, den man gesehen hat – den man von weitem gesehen hat –, wird man zuerst seine Kleidung beschreiben. Nicht das Gesicht oder den Gang oder die Hände. Etwas, das an der Kleidung besonders auffällt, eine Farbe vielleicht. Wenn nun diese Person das auffällige Kleidungsstück vernichtet oder in ein Paket packt und wegschickt oder es verbrennt oder in einen öffentlichen Papierkorb steckt, wird man es nicht mehr mit ihr in Zusammenhang bringen. Dieser auffällige schwarzrote Pullover wurde bewusst ausgewählt. Ein Muster, das man wieder erkennt; aber den Pullover wird dieser bestimmte Mensch nie mehr tragen.»

«Keine schlechte Idee», sagte der Professor. «Fallowfield ist nicht weit entfernt, etwa sechzehn Meilen. Elizabeth Temple ist hier zu Hause, sie wird hier bekannt sein und selbst auch viele Bekannte haben.»

«Ja, das erweitert den Kreis», sage Miss Marple. «Ich bin auch Ihrer Ansicht, der Mörder ist wahrscheinlich eher ein Mann. Der schwere Stein ist, wenn er absichtlich den Abhang hinuntergerollt wurde, sehr genau gezielt worden. Genauigkeit ist eher eine männliche Eigenschaft. Aber vielleicht hat jemand Miss Temple zufällig auf der Straße gesehen, eine frühere Schülerin, jemand, den sie nicht erkannt hat. Aber das Mädchen oder die Frau hat sie erkannt, weil eine Schulleiterin mit sechzig auch nicht sehr viel anders aussieht als mit fünfzig. Und die wusste, dass Miss Temple etwas von ihr wusste, was ihr schaden konnte.» Miss Marple seufzte. «Ich kenne diese Gegend überhaupt nicht. Sind Sie hier schon einmal gewesen?»

«Nein», sagte Professor Wanstead. «Ich war noch nie hier. Ich weiß nur durch Sie über einige Dinge Bescheid, die hier geschehen sind. Wenn Sie nicht wären, wäre mir vieles unklarer. Wir müssen uns Folgendes überlegen: Warum sind Sie hier? Das wissen Sie nicht. Und doch hat man Sie hierher geschickt. Mr Rafiel wollte, dass Sie diese Reise mitmachen und mich kennen lernen. Wir sind auch anderswo gewesen in der vergangenen Woche, haben anderswo übernachtet, doch er hat alles so eingerichtet, dass Sie einige Tage hier bei Freunden von ihm blieben, die seine Bitte nicht abschlagen konnten. Hatte er dafür einen Grund?»

«Damit ich bestimmte Dinge erfuhr, die für mich wichtig sind!», meinte Miss Marple.

«In Zusammenhang mit den Morden, die hier vor Jahren geschehen sind?», fragte Professor Wanstead zweifelnd.

«Nein, daran ist nichts Ungewöhnliches, das ist auch woanders schon passiert. Morde kommen oft serienweise vor. Zuerst findet man ein Mädchen, das überfallen und ermordet wurde. Dann, nicht weit davon entfernt, noch eines. Und noch ein ähnlicher Fall passiert in ein paar Meilen Entfernung. Alles nach dem gleichen Muster.»

«Zwei Mädchen wurden in Jocelyn St. Mary als vermisst gemeldet. Die eine, über die wir schon sprachen, deren Leiche erst nach sechs Monaten gefunden wurde und die man zuletzt in Begleitung von Michael Rafiel gesehen hatte –»

«Und die andere?»

«Sie hieß Nora Broad. Kein stilles Mädchen ohne Freunde. Vermutlich hatte sie einen zu viel. Man hat ihre Leiche nie gefunden.»

«Eines Tages wird man sie finden. Oft vergehen zwanzig Jahre, bis eine Leiche gefunden wird», sagte Wanstead. Er verlangsamte das Fahrtempo etwas und sagte: «Wir sind da. Das ist Carristown, und dort ist das Krankenhaus.»

Als sie das Krankenhaus betraten und sich meldeten, wurden sie in einen kleinen Raum geführt. Der Professor wurde offensichtlich erwartet. Eine Frau kam ihnen entgegen.

«O ja», sagte sie. «Professor Wanstead. Und dies ist...» Sie zögerte.

«Miss Jane Marple», sagte der Professor. «Ich habe mit Schwester Barker telefoniert.»

«Ach ja. Schwester Barker sagte mir, sie würde Sie begleiten.»

«Wie geht es Miss Temple?»

«Unverändert. Leider hat sich ihr Befinden nicht gebessert.» Sie ging zur Tür und sagte: «Ich werde Sie zu Schwester Barker bringen.»

Schwester Barker war groß und dünn. Sie hatte eine tiefe, energische Stimme und dunkelgraue Augen, mit denen sie jeden Fremden kurz und scharf musterte, so dass er sofort das Gefühl hatte, begutachtet und auch schon beurteilt worden zu sein.

«Ich weiß nicht, wie Sie vorgehen wollen», sagte Professor Wanstead zu ihr.

«Ich werde Miss Marple kurz erklären, wie ich es mir denke. Zuerst muss ich Sie darauf aufmerksam machen, dass die Patientin, Miss Temple, immer noch im Koma liegt und nur ganz selten zu sich kommt. Hin und wieder wacht sie auf, erkennt ihre Umgebung und kann ein paar Worte sprechen. Sie ist aber nicht direkt ansprechbar, man wird sehr viel Geduld haben müssen. Ich nehme an, dass Professor Wanstead es Ihnen schon erzählt hat: in einem ihrer wachen Momente sagte sie ganz deutlich: ‹Miss Jane Marple. Ich möchte mit ihr sprechen. Miss Jane Marple.› Dann wurde sie wieder bewusstlos. Der Arzt hielt es für richtig, sich mit der Reisegesellschaft in Verbindung zu setzen. Professor Wanstead kam und sagte, er würde Sie holen. Wir bitten Sie nun, in die Privatstation hinaufzugehen, wo sie liegt, und alles aufzuschreiben, was sie sagt, falls sie wieder zu Bewusstsein kommt. Die Diagnose ist leider nicht sehr günstig. Die Ärzte sind der Ansicht, dass sie schnell schwächer wird und sterben könnte, ohne noch einmal aufzuwachen. Gegen diese Gehirnerschütterung kann man nichts tun. Es ist wichtig, dass jemand hört, was sie sagt. Der Arzt meint, es sollten nicht zu viele Leute bei ihr sein, wenn sie noch mal zu sich kommt. Es wird noch eine Schwester im Zimmer sein, die man aber vom Bett aus nicht sieht. Sie sitzt in einer Ecke des Zimmers hinter einer Trennwand.» Dann fügte sie hinzu: «Es ist auch ein Polizeibeamter da, der alles notiert. Der Arzt hält es für richtig, dass auch er von Miss Temple nicht gesehen wird. Eine Person allein wird sie nicht beunruhigen, vor allem nicht jemand, den sie zu sehen erwartet. Ich hoffe, das ist nicht zu schwierig für Sie?»

«Aber nein», sagte Miss Marple. «Das kann ich ohne weiteres machen. Ich habe ein kleines Notizbuch und einen Kugelschreiber bei mir. Für kurze Zeit kann ich mir sehr gut merken, was ich höre, ich muss also nicht gleich aufschreiben, was sie sagt. Sie können sich auf mein Gedächtnis verlassen. Mein Gehör ist zwar nicht mehr so gut wie früher, aber wenn ich neben ihr am Bett sitze, kann ich alles hören, was sie sagt, auch wenn sie flüstert. Ich bin kranke Menschen gewohnt, ich habe viel mit Kranken zu tun gehabt.»

Wieder traf Miss Marple der schnelle Blick von Schwester Barker, doch diesmal deutete ein leichtes Kopfnicken an, dass sie zufrieden war.

«Sehr schön», sagte sie. «Sicher werden Sie uns eine große Hilfe sein – wenn man überhaupt helfen kann. Professor Wanstead, wenn Sie bitte unten im Wartezimmer Platz nehmen möchten – wir können Sie rufen, falls es nötig ist. Und nun, Miss Marple, kommen Sie bitte mit.»

Miss Marple folgte der Schwester einen Gang entlang bis zu einem kleinen Einzelzimmer. Der Raum war abgedunkelt, die Rollläden halb heruntergelassen. Elizabeth Temple lag vollkommen bewegungslos im Bett, doch sie machte nicht den Eindruck, als ob sie schliefe. Sie atmete unregelmäßig und schwer. Schwester Barker beugte sich über sie und bat Miss Marple, sich neben dem Bett auf einen Stuhl zu setzen. Dann ging sie zur Tür. Ein junger Mann mit einem Notizbuch in der Hand tauchte hinter einem Wandschirm auf.

«Anordnung des Doktors, Mr Reckitt», sagte Schwester Barker.

Eine Schwester, die in der anderen Ecke des Zimmers gesessen hatte, trat auf sie zu.

«Bitte rufen Sie mich, wenn es nötig ist, Schwester Edmonds», sagte Schwester Barker. «Und bringen Sie Miss Marple, was sie braucht.»

Miss Marple zog ihren Mantel aus und die Schwester nahm ihn ihr ab. Es war warm im Zimmer. Dann ging sie wieder zu ihrem Platz, und Miss Marple setzte sich auf den Stuhl. Sie schaute Elizabeth Temple an und es fiel ihr wieder auf, was für einen edel geformten Kopf sie hatte. Ihr graues Haar war zurückgestrichen und lag wie eine Kappe an. Eine schöne Frau, eine Persönlichkeit. Welch ein Jammer, dachte Miss Marple wenn die Welt Elizabeth Temple verlieren würde.

Sie schob sich das Kissen in ihrem Rücken zurecht, rückte den Stuhl etwas näher ans Bett und wartete. Zehn Minuten, zwanzig Minuten vergingen. Dann hörte sie plötzlich Elizabeth Temples Stimme, tief und deutlich, aber etwas heiser und nicht so voll wie früher. «Miss Marple.»

Elizabeth Temples Augen waren offen. Sie sah Miss Marple mit vollkommen klarem Blick an. Keine Überraschung lag darin oder irgendeine Gefühlsbewegung. Es war ein prüfender Blick, ein klarer, prüfender Blick.

«Miss Marple. Sie sind Jane Marple?»

«Ja, das bin ich», sagte Miss Marple.

«Henry hat oft von Ihnen gesprochen, er hat mir von Ihnen erzählt.» Dann machte sie eine Pause. Miss Marple sagte fragend: «Henry?»

«Henry Clithering – ein alter Freund von mir.»

«Ja, auch ein alter Freund von mir», sagte Miss Marple. «Henry Clithering.»

Sie dachte an die vielen Jahre ihrer Bekanntschaft, an Dinge, die er ihr erzählt hatte, und daran, wie oft sie sich gegenseitig geholfen hatten. Ein sehr alter Freund.

«Ich habe mich an Ihren Namen erinnert, als ich die Passagierliste las. Ich dachte mir, dass Sie es sein müssten. Sie könnten helfen. Das würde auch Henry sagen, wenn er hier wäre. Sie könnten es herausbekommen. Es ist wichtig, sehr wichtig, obwohl es schon so lange her ist. Lange – her.»

Ihre Stimme wurde schwächer, sie schloss die Augen. Die Schwester kam herbei, nahm ein Glas vom Nachttisch und hielt es Elizabeth Temple an die Lippen. Sie trank einen kleinen Schluck und machte eine abwehrende Kopfbewegung. Die Schwester stellte das Glas ab und ging zu ihrem Stuhl zurück.

«Wenn ich helfen kann, werde ich es tun», sagte Miss Marple. Sie stellte keine weiteren Fragen.

Miss Temple sagte: «Gut.» Und nach einer Weile wieder: «Gut.»

Einige Minuten lag sie mit geschlossenen Augen da, als ob sie schliefe, doch öffnete sie sie plötzlich wieder.

«Welche? Welche von ihnen? Das muss man herausbekommen. Wissen Sie, wovon ich spreche?», fragte sie.

«Ich glaube, ja. Von einem Mädchen, das gestorben ist – Nora Broad.»

Elizabeth Temple verneinte.

«Nein, nein. Das andere Mädchen. Verity Hunt.» Und nach einer Pause: «Miss Marple. Sie sind alt – älter als damals, als er mir von Ihnen erzählte. Aber Sie können immer noch versuchen, etwas herauszubekommen, nicht wahr?»

Ihre Stimme wurde etwas höher und der Ton dringlicher.

«Sagen Sie, dass Sie es können! Ich habe nicht mehr viel Zeit. Ich weiß es. Eine von ihnen, aber welche? Finden Sie es heraus. Henry hätte gesagt, dass Sie es können. Vielleicht ist es gefährlich – aber Sie werden es versuchen, nicht wahr?»

«Mit Gottes Hilfe, ja», sagte Miss Marple. Es war ein Versprechen.

«Ah.»

Ihre Augen schlossen sich, dann öffnete sie sie wieder.

«Der große Stein, der von oben kam. Der Stein des Todes!»

«Wer hat den Stein hinuntergerollt?»

«Ich weiß es nicht. Das ist unwichtig – nur – Verity. Das müssen Sie herausbekommen. Die Wahrheit. Ein anderer Name für Wahrheit – Verity.»

Miss Marple sah, dass ihre Kräfte nachließen. Sie flüsterte: «Tun Sie, was Sie können …»

Sie schloss die Augen. Die Schwester kam wieder ans Bett. Sie fühlte ihren Puls und gab Miss Marple einen Wink. Miss Marple stand auf und folgte ihr hinaus auf den Gang.

«Das war für sie eine große Anstrengung», sagte die Schwester. «Sie wird so schnell nicht wieder zu sich kommen. Vielleicht überhaupt nicht mehr. Ich hoffe, Sie haben etwas erfahren?»

«Ich glaube nicht», sagte Miss Marple. «Aber man kann nie wissen.»

«Haben Sie etwas herausbekommen?», fragte Professor Wanstead, als sie zum Wagen hinausgingen.

«Einen Namen», sagte Miss Marple. «Verity. War das der Name des Mädchens?»

«Ja, Verity Hunt.»

Elizabeth Temple starb eineinhalb Stunden später, ohne das Bewusstsein noch einmal wiedererlangt zu haben.

13

«Haben Sie heute schon die *Times* gelesen?», fragte Mr Broadribb seinen Partner Mr Schuster.

Mr Schuster erklärte, dass er sich die *Times* nicht leisten könne, er halte den *Telegraph*.

«Da steht es sicher auch», sagte Mr Broadribb. «Bei den Todesanzeigen. Miss Elizabeth Temple, Doktorin der Naturwissenschaften.»

Mr Schuster schaute ihn ratlos an.

«Schulleiterin von Fallowfield. Sie haben doch schon von Fallowfield gehört, oder?»

«Natürlich», sagte Schuster. «Die Mädchenschule. Wurde vor etwa fünfzig Jahren begründet. Erstklassig und phantastisch teuer. So, das war also die Schulleiterin. Ich glaube, sie ist vor einiger Zeit pensioniert worden, etwa vor einem halben Jahr. Damals habe ich es in der Zeitung gelesen. Es hat ja etwas Wirbel gegeben um die neue Leiterin. Eine verheiratete Frau, ziemlich jung, Mitte oder Ende Dreißig. Mit ganz modernen Ideen. Gibt den Mädchen Kosmetikunterricht und erlaubt ihnen, Hosen zu tragen und so weiter.»

Mr Broadribb räusperte sich und drückte damit sein Missfallen aus.

«Sie wird kaum je so einen Ruf haben wie Elizabeth Temple. Sie war wirklich eine Persönlichkeit. Und sie war sehr lange in Fallowfield.»

«Ja», sagte Mr Schuster etwas gelangweilt. Er wunderte sich, dass sich Broadribb auf einmal so für eine verstorbene Schulleiterin interessierte.

Beide Herren hatten kein besonderes Interesse an Schulen, denn ihre Kinder waren über das Alter hinaus. Mr Broadribbs einer Sohn war im Staatsdienst, der andere arbeitete bei einer Ölgesellschaft. Und Mr Schusters Sprösslinge besuchten die Universität, wo sie ihren Professoren so viele Schwierigkeiten wie möglich machten. Mr Schuster fragte:

«Was ist mit ihr los?»

«Sie hat eine Autobusreise gemacht», sagte Mr Broadribb.

«Immer die Autobusse», sagte Mr Schuster. «Ich würde keinem Familienmitglied erlauben, so eine Reise mitzumachen. Ein Bus ist erst letzte Woche in der Schweiz in eine Schlucht gestürzt, und vor zwei Monaten ist ein anderes Busunglück passiert, ein Zusammenstoß. Es gab zwanzig Tote. Weiß der Himmel, was die heutzutage für Fahrer haben.»

«Es war eine Reise von *Houses and Gardens* oder wie die sich nennen», sagte Mr Broadribb. «Sie wissen schon, was ich meine.»

«Ach ja, natürlich. Auf eine solche Reise schickten wir doch auch diese Miss Soundso. Die Reise, die der alte Rafiel noch buchte.»

«Miss Jane Marple, ja, die war dabei.»

«Aber sie ist doch nicht auch getötet worden?», fragte Mr Schuster.

«Soviel ich weiß, nicht», sagte Mr Broadribb. «Obwohl ich mir darüber auch schon Gedanken gemacht habe.»

«War es ein Verkehrsunfall?»

«Nein. Sie waren unterwegs zu einem Aussichtsturm. Ein schwieriger Weg, ziemlich steil, mit Felsbrocken und so weiter. Ein Stein hat sich gelöst, ist den Abhang hinabgerollt und hat Miss Temple getroffen. Sie wurde mit einer schweren Gehirnerschütterung ins Krankenhaus gebracht und starb dort.»

«So ein Pech», sagte Mr Schuster und wartete auf die Fortsetzung des Berichts.

105

«Es ist nur merkwürdig», meinte Mr Broadribb, «dass das Mädchen in Fallowfield war.»

«Welches Mädchen? Ich weiß wirklich nicht, wovon Sie reden, Mr Broadribb.»

«Das Mädchen, das der junge Michael Rafiel ermordete. Mir sind gerade ein paar Dinge eingefallen, die mit dieser seltsamen Jane-Marple-Angelegenheit zu tun haben könnten, die den alten Rafiel so beschäftigt hat. Hätte er uns nur mehr erzählt!»

«Sie meinen, da gibt es einen Zusammenhang?», fragte Mr Schuster. Er schaute seinen Partner interessiert an. Sein juristisch geschultes Gehirn begann zu arbeiten, und er machte sich bereit, Mr Broadribb seine eigene Meinung zu präsentieren.

«Dieses Mädchen. Ich kann mich jetzt nicht mehr an ihren Namen erinnern. Hope oder Faith oder so ähnlich. Verity, ja, das war es, Verity Hunt. Sie gehörte zu einer ganzen Mordserie. Man fand ihre Leiche in einem Tümpel, etwa dreißig Meilen von ihrem Heimatort entfernt. Sie war schon sechs Monate tot. Offensichtlich erwürgt, mit eingeschlagenem Kopf und Gesicht, wohl um eine Identifizierung zu verhindern. Doch man hat sie identifiziert. Kleider, Handtasche, Schmuck, auch irgendeine Narbe oder ein Muttermal. Ja, man hat sie ganz leicht identifizieren können.»

«Und um sie ging es in diesem Prozess, nicht wahr?»

«Ja. Man hat Michael im Verdacht gehabt, in jenem Jahr noch drei andere Mädchen getötet zu haben. Doch für die anderen Fälle gab es nicht genügend Beweismaterial, und so konzentrierte sich die Polizei auf diesen einen Fall. Michael hatte Vorstrafen – Körperverletzung und Vergewaltigung. Na ja, man weiß ja, was heute Vergewaltigung genannt wird. Die Mutter überredet das Mädchen, den jungen Mann der

Vergewaltigung zu beschuldigen. Dabei hat der meist so etwas gar nicht nötig: Sie quält ihn so lange, bis er mit ihr nach Hause geht und mit ihr schläft. Das ist meist kein Problem, wenn Vater und Mutter bei der Arbeit sind.» Mr Broadribb machte eine Pause. Dann sagte er: «Aber darauf kommt es im Augenblick gar nicht an. Ich frage mich, ob es da nicht einen Zusammenhang gibt. Ich könnte mir denken, dass diese Jane-Marple-Angelegenheit etwas mit Michael zu tun hat.»

«Man hat ihn doch für schuldig erklärt, nicht wahr? Und man hat ihm Lebenslänglich gegeben?»

«Daran kann ich mich nicht mehr erinnern, es ist schon zu lange her. Vielleicht ist er auch mit verminderter Zurechnungsfähigkeit weggekommen.»

«Und Verity Hunter oder Hunt wurde in dieser Schule erzogen, in Miss Temples Schule. War sie noch Schülerin, als sie ermordet wurde?»

«Nein, nein. Sie war achtzehn oder neunzehn und lebte bei Verwandten oder Freunden ihrer Eltern. Ein ordentliches Zuhause, nette Menschen, ein nettes Mädchen, was man so hörte. Die Art Mädchen, von der die Verwandten immer sagen: ‹Sie war ein sehr stilles Kind, ziemlich scheu, hat sich nicht mit fremden Leuten eingelassen und hatte keine Männerbekanntschaften.› Verwandte wissen oft nicht, ob die Kinder Freunde haben oder nicht; die Mädchen können das meistens sehr gut verheimlichen. Und der junge Rafiel soll sehr auf Mädchen gewirkt haben.»

«Man hat nie bezweifelt, dass er der Täter war?», fragte Mr Schuster.

«Nein. Im Zeugenstand hat er eine Menge Lügen erzählt. Sein Anwalt hätte verhindern sollen, dass er aussagte. Ein paar Freunde gaben ihm ein Alibi, das dann nicht standhielt. Alles gerissene Lügner, diese Freunde.»

«Und was haben Sie für ein Gefühl in dieser Sache, Broadribb?»

«Ich habe keine Gefühle», erklärte Mr Broadribb. «Ich frage mich nur, ob der Tod dieser Frau Bedeutung hat.»

«In welcher Hinsicht?»

«Nun, wissen Sie, was diese Steinbrocken anbetrifft, die von Klippen herunterfallen und jemand erschlagen. Das ist nicht unbedingt der natürliche Verlauf. Meiner Erfahrung nach bleiben solche Steine meist dort, wo sie hingehören.»

14

«Verity», sagte Miss Marple.

Elizabeth Margaret Temple war am vergangenen Abend gestorben. Es war ein friedlicher Tod gewesen. Miss Marple saß wieder inmitten der verblassten Chintzbezüge im Salon von *Old Manor House*. Sie hatte das rosa Babyjäckchen, an dem sie gestrickt hatte, durch einen purpurroten Schal ersetzt. Dieser Anflug von Halbtrauer gehörte zu Miss Marples viktorianischem Taktgefühl angesichts eines tragischen Todesfalles.

Am nächsten Tag sollte eine gerichtliche Untersuchung stattfinden. Man hatte den Vikar benachrichtigt, und er hatte sich einverstanden erklärt, in der Kirche einen kurzen Gottesdienst abzuhalten. Leichenbestatter in dunklen Anzügen mit dazu passenden Trauergesichtern kümmerten sich um alles Notwendige, zusammen mit der Polizei. Die Untersuchung war für elf Uhr festgesetzt. Die Mitglieder der Reisegesellschaft hatten sich einverstanden erklärt, ihr beizuwohnen. Und einige von ihnen hatten beschlossen, noch länger zu bleiben, um auch am Gottesdienst teilnehmen zu können.

Mrs Glynne war zum *Golden Boar* gekommen und hatte Miss Marple gedrängt, ins *Old Manor House* zurückzukehren, bis die Reise weiterginge. «So können Sie den Reportern entkommen», hatte sie gemeint.

Miss Marple hatte sich bei den Schwestern herzlich bedankt und die Einladung angenommen.

Der Omnibus sollte anschließend an den Gottesdienst für die Reisegesellschaft bereitstehen. Zuerst würde man nach South Bedestone fahren, das fünfunddreißig Meilen entfernt war, und in einem guten Hotel absteigen, das ursprünglich nur für eine kurze Rast vorgesehen gewesen war. Dann würde die Reise weitergehen wie geplant.

Miss Marple nahm an, dass einige Teilnehmer die Reise nicht fortsetzen würden. Beide Entscheidungen hatten etwas für sich. Entweder eine Reise abbrechen, die voll trauriger Erinnerungen war, oder eine Reise wieder aufnehmen, für die man schon bezahlt hatte und die nur durch einen Zwischenfall unterbrochen worden war, wie er überall hätte geschehen können.

Miss Marple hatte mit ihren Gastgeberinnen eine Unterhaltung begonnen, wie sie der Situation angemessen war, dann hatte sie sich ihrem purpurroten Schal gewidmet und überlegt, wie sie weiter vorgehen sollte. Und so kam es, dass sie, ihre Finger immer noch beschäftigt, das eine Wort aussprach: «Verity.» Sie warf es hin wie einen Köder, um zu beobachten, wie die Reaktion sein würde. Falls es überhaupt eine Reaktion gäbe. Würde dieses Wort auf ihre Gastgeberinnen eine Wirkung haben? Vielleicht, vielleicht auch nicht. Wenn nicht, würde sie es heute Abend beim Essen mit den anderen Mitgliedern der Reisegesellschaft noch einmal probieren. Es war eines der letzten Worte, die

Elizabeth Temple ausgesprochen hatte. Also hieß die Devise: Verity.

Miss Marple wartete. Was würde passieren? Sicher würde es irgendeine Reaktion geben. Ja, sie hatte sich nicht getäuscht. Ihre wachen Augen hatten sofort eine Veränderung im Verhalten der drei wahrgenommen.

Mrs Glynne hatte das Buch, das sie in der Hand gehalten hatte, hingelegt und schaute Miss Marple überrascht an. Überrascht offenbar, weil dieses Wort aus Miss Marples Mund gekommen war.

Clotilde reagierte anders. Ihr Kopf fuhr hoch, sie beugte sich vor, und dann schaute sie nicht zu Miss Marple hinüber, sondern auf eines der Fenster. Ihre Hände krampften sich zusammen, aber sonst blieb sie still sitzen. Miss Marple, die ihren Kopf etwas gesenkt hatte, als ob sie nicht hinsähe, bemerkte, wie ihr die Tränen in die Augen traten. Clotilde saß bewegungslos da und weinte. Sie holte kein Taschentuch hervor und sagte kein Wort. Miss Marple war von ihrem Kummer sehr beeindruckt.

Anthea reagierte sehr merkwürdig. Es war eine schnelle, erregte, fast freudige Reaktion.

«Verity? Sagten Sie Verity? Haben Sie sie gekannt? Das wusste ich nicht. Meinen Sie Verity Hunt?»

Lavinia Glynne sagte: «Ist das ein Vorname?»

«Ich kenne niemand, der so heißt», sagte Miss Marple. «Aber ich meinte einen Vornamen. Ein sehr ungewöhnlicher Name, finde ich: Verity.»

Sie ließ ihr rotes Wollknäuel fallen und schaute die anderen entschuldigend und etwas bestürzt an, als habe sie einen Fauxpas begangen und wisse nicht, warum.

«Ich – es tut mir Leid. Habe ich irgendetwas Falsches gesagt? Es sollte …»

«Nein, natürlich nicht», sagte Mrs Glynne. «Es ist nur,

weil wir diesen Namen kennen, weil er uns etwas bedeutet.»

«Er fiel mir gerade ein», sagte Miss Marple, «weil die arme Miss Temple ihn ausgesprochen hatte. Ich habe sie gestern Nachmittag noch besucht. Professor Wanstead hat mich hingebracht. Er dachte, dass ich sie – ich weiß nicht, wie ich es ausdrücken soll - wieder zum Bewusstsein bringen könnte. Sie war im Koma, und so dachte man… Nicht, dass ich eine Freundin von ihr gewesen wäre, aber wir hatten uns auf der Reise miteinander unterhalten und saßen oft nebeneinander. Und da dachte der Professor, ich könnte irgendwie helfen. Leider konnte ich das aber nicht. Ich saß nur da und habe gewartet, und dann sagte sie ein paar Worte, ganz zusammenhanglos. Als ich gehen musste, öffnete sie die Augen und schaute mich an. Ich weiß nicht, ob sie mich mit irgendjemand verwechselte, sie sagte nur das eine Wort: Verity! Und das habe ich mir natürlich gemerkt. Es muss irgendjemand gewesen sein, an den sie gedacht hatte. Aber es könnte – es könnte natürlich auch ganz einfach ‹Wahrheit› bedeuten. Verity bedeutet doch auch Wahrheit?»

Sie schaute von Clotilde zu Lavinia und dann zu Anthea.

«Es war der Vorname eines jungen Mädchens, das wir kannten», sagte Lavinia Glynne. «Deswegen hat es uns überrascht.»

«Vor allem wegen ihres schrecklichen Todes», sagte Anthea.

Clotilde fiel nun mit ihrer tiefen Stimme ein: «Anthea. Es ist nicht nötig, dass du darüber sprichst.»

«Ach, es weiß ja doch jeder, was los war», sagte Anthea. Sie schaute Miss Marple an. «Ich dachte, Sie wüssten es vielleicht, weil Sie Mr Rafiel kannten. Er hat doch Ihretwegen geschrieben, deswegen müssten Sie ihn gekannt haben. Und ich dachte, dass er Ihnen vielleicht alles erzählt hat.»

«Es tut mir Leid», sagte Miss Marple, «aber ich verstehe nicht ganz, wovon Sie sprechen.»

«Man hat ihre Leiche in einem Tümpel gefunden», sagte Anthea.

Wenn Anthea einmal loslegt, ist sie nicht aufzuhalten, dachte Miss Marple. Sie merkte aber auch, dass Antheas aufgeregte Erzählung auf Clotilde nicht ohne Wirkung blieb. Sie hatte ihr Taschentuch hervorgeholt, sich die Tränen abgewischt und aufrecht hingesetzt.

«Verity», sagte sie, «war ein Mädchen, das wir sehr liebten. Sie hat eine Weile hier bei uns gelebt. Ich habe sie sehr gern gehabt –»

«Und sie dich», sagte Lavinia.

«Ich war mit ihren Eltern befreundet», erklärte Clotilde. «Sie kamen bei einem Flugzeugunglück ums Leben.»

«Sie war in Fallowfield», sagte Lavinia. «Wahrscheinlich hat Miss Temple deswegen an sie gedacht.»

«Ach, ich verstehe», sagte Miss Marple. «Wo Miss Temple Schulleiterin war! Ich habe natürlich schon oft von Fallowfield gehört. Eine sehr gute Schule, soviel ich weiß.» .

«Ja», sagte Clotilde. «Verity war dort Schülerin. Als ihre Eltern starben, kam sie eine Weile zu uns, um sich zu entscheiden, was sie werden wollte. Sie war damals achtzehn oder neunzehn. Ein sehr liebes und anhängliches Mädchen. Sie hatte daran gedacht, Krankenschwester zu werden, aber Miss Temple war dafür, dass sie auf die Universität ging, denn sie war sehr intelligent. Sie hat sich hier auf das Studium vorbereitet – bis diese schreckliche Sache passierte.»

Sie wandte ihr Gesicht ab.

«Ich – haben Sie etwas dagegen, wenn wir im Augenblick nicht weiter darüber sprechen?»

«Aber nein, natürlich nicht», sagte Miss Marple. «Es tut mir sehr Leid, dass ich dieses tragische Thema berührt habe.

Ich wusste nicht… Ich dachte…» Was sie sagte, wurde immer zusammenhangloser.

Am Abend erfuhr sie noch etwas mehr. Mrs Glynne kam in ihr Zimmer, gerade als sie sich zum Essen umziehen wollte.

«Ich dachte, ich müsste heraufkommen, um es Ihnen zu erklären», sagte sie. «Wegen des Mädchens, wegen Verity Hunt. Sie konnten natürlich nicht wissen, dass unsere Schwester Clotilde sie so gerne hatte und ihr Tod ein schrecklicher Schock für sie war. Wir erwähnen ihren Namen möglichst nicht, doch es wird besser sein, wenn ich Ihnen alles erzähle, damit Sie es verstehen. Wie sich damals zeigte, hatte sich Verity ohne unser Wissen mit einem wenig erfreulichen, ja sogar gefährlichen jungen Mann befreundet, der vorbestraft war. Er machte uns einen Besuch, als er gerade in der Gegend war. Wir kannten seinen Vater sehr gut.» Sie machte eine Pause. «Ich sage Ihnen wohl besser die ganze Wahrheit, wenn Sie sie nicht schon wissen, was anscheinend nicht der Fall ist. Es war Michael, Mr Rafiels Sohn –»

«Ach je», sagte Miss Marple. «Ich wusste seinen Namen nicht mehr, aber ich kann mich erinnern, dass es einen Sohn gab, der nicht sehr erfreulich gewesen sein soll.»

«Mehr als das», sagte Mrs Glynne. «Er hat immer Scherereien gemacht und stand auch schon vor Gericht wegen der verschiedensten Dinge, Überfall auf ein junges Mädchen und ähnliche Sachen. Leider sind die Behörden zu nachsichtig. Man will das Universitätsstudium eines jungen Mannes nicht gefährden und gewährt ihm Strafaufschub oder wie man das nennt. Wenn man diese jungen Leute gleich ins Gefängnis steckte, würden sie sich vielleicht doch nach besinnen. Er war außerdem ein Dieb. Er hat gestohlen und Schecks gefälscht. Ein durch und durch übler Bursche. Wir waren mit seiner Mutter befreundet. Es war wohl ein Glück für sie, dass sie so jung starb und nicht erleben musste, wie dieser Sohn sich entwickelte. Mr Rafiel hat getan, was er konnte. Er hat versucht, passende Arbeit für den Jungen zu bekommen, hat Bußgelder gezahlt und so weiter. Ich glaube, es war ein großer Schlag für ihn, obwohl er so tat, als sei es ihm gleichgültig, als gehöre es zu den Dingen, die nun mal passieren. Wir hatten – und das können Sie auch von den Leuten im Dorf hören – eine Serie schlimmer Gewalttaten und Morde hier im Bezirk. Und nicht nur hier, sondern auch in der weiteren Umgebung, zwanzig, fünfzig Meilen entfernt. Das Zentrum scheint jedoch hier bei uns gewesen zu sein. Nun, Verity verließ eines Tages das Haus, um eine Freundin zu besuchen – und kam nicht zurück. Wir gingen zur Polizei, es wurde nach ihr gesucht, die ganze Gegend durchgekämmt, aber es war keine Spur von ihr zu finden. Es wurden Suchanzeigen aufgegeben, und die Polizei meinte schließlich, dass sie mit einem Freund durchgegangen sei. Dann wurde bekannt, dass sie mit Michael Rafiel zusammen gesehen worden war. Zu der Zeit verdächtigte man Michael schon der verschiedensten Verbrechen, doch es gab keine Beweise. Verity war mit einem jungen Mann gesehen worden, dessen Beschreibung auf Michael passte. Auch sein Wagen wurde richtig beschrieben. Weitere Anhaltspunkte gab es jedoch nicht, bis sechs Monate später ihre Leiche entdeckt wurde. Dreißig Meilen von hier entfernt, in einer unzugänglichen Waldgegend, in einem Tümpel, bedeckt mit Steinen und Erde. Clotilde musste hingehen, um sie zu identifizieren. Es war tatsächlich Verity. Sie war erwürgt worden, ihr Gesicht war entstellt und der Kopf eingeschlagen worden. Clotilde ist über den Schock nie hinweggekommen. Man hat das Mädchen an verschiedenen Dingen erkannt, an einem Mal, Narben, ihrer Kleidung und der Handtasche. Miss Temple hatte Verity sehr gern. Wahrscheinlich hat sie deshalb kurz vor ihrem Tod an sie gedacht.»

«Es tut mir Leid», sagte Miss Marple. «Sehr, sehr Leid. Bitte sagen Sie Ihrer Schwester, dass ich das nicht wusste. Ich hatte keine Ahnung davon.»

15

Miss Marple ging langsam die Dorfstraße hinunter, in Richtung auf den Marktplatz. Dort, in einem der alten Gebäude, sollte die Untersuchung stattfinden. Sie schaute auf ihre Uhr und stellte fest, dass sie noch zwanzig Minuten Zeit hatte. Sie sah sich ein paar Schaufenster an und blieb vor einem Laden stehen, in dem Wolle und Babywäsche verkauft wurden. Sie beobachtete, wie eine Verkäuferin gerade zwei Kindern Wollmäntel anprobierte. Hinter dem Ladentisch stand eine ältere Frau.

Miss Marple betrat den Laden, ging auf die ältere Frau zu und holte aus ihrer Handtasche einen rosa Wollfaden. Ihr sei die Wolle ausgegangen, sagte sie, sie müsse ein kleines Jäckchen fertigstricken. Nach wenigen Minuten war die passende Wolle gefunden. Miss Marple ließ sich noch einige andere Wollstränge zeigen, die sie vorher bewundert hatte, und bald steckte sie in einer angeregten Unterhaltung. Das schreckliche Unglück, das sich gerade ereignet hatte, war das Thema. Mrs Merrypit – dieser Name stand jedenfalls außen über der Ladentür – war erfüllt von diesem Ereignis und beklagte sich über die Behörden, die es nicht fertigbrächten, die Fußwege zu sichern.

«Wenn es regnet, wird die ganze Erde weggewaschen, und dann lockern sich die Felsen und fallen herunter. In einem Jahr ist das dreimal passiert, und es gab drei Unfälle. Zuerst war es ein Junge, der beinahe getötet wurde, dann, ein halbes Jahr später, ein Mann, der sich dabei den Arm brach, und dann die arme alte Mrs Walker. Sie war blind und auch schon ziemlich taub. Sie hat nichts gehört, denn sonst hätte sie noch weglaufen können. Jemand hatte sie gesehen und sie gewarnt, aber es war zu weit entfernt. Sie hat das Rufen nicht gehört. Und deswegen musste sie sterben.»

«Wie traurig», sagte Miss Marple. «Wie tragisch. Das sind Dinge, die man nicht leicht vergisst, nicht wahr?»

«Ja, wirklich nicht. Der Untersuchungsrichter wird es sicher heute auch erwähnen.»

«Ja, das wird er sicher tun», sagte Miss Marple. «Aber so schrecklich es auch ist, das sind eben Dinge, die passieren. Natürlich gibt es auch andere Fälle, wo so etwas mit Absicht geschieht. Jemand, der absichtlich Steine ins Rollen bringt.»

«Ja, natürlich, den Dorfjungen ist alles zuzutrauen. Aber ich habe sie dort oben so etwas noch nie tun sehen.»

Miss Marple ging zu einem anderen Thema über: Pullover. Pullover in grellen Farben.

«Er soll nicht für mich selbst sein», sagte sie. «Er ist für einen Großneffen. Wissen Sie, er möchte einen Pullover mit offenem Kragen, und er liebt leuchtende Farben.»

«Ja, heutzutage sind grelle Farben Mode», meinte Mrs Merrypit. «Aber nicht bei den Jeans, da sind nur dunkle gefragt. Schwarze oder dunkelblaue. Aber oben muss alles bunt sein.»

Miss Marple erklärte, sie wolle einen karierten Pullover in leuchtenden Farben. Es war ein ganzer Stapel Pullover und Jacken da, aber keiner war rot-schwarz kariert. Auch war in letzter Zeit so etwas offenbar nicht am Lager gewesen. Miss Marple prüfte die Sachen und wandte sich dann zum Gehen. Vorher brachte sie das Gespräch noch geschickt auf die Morde, die in der Gegend passiert waren.

«Sie haben den Kerl dann doch erwischt», sagte Mrs Merrypit. «Ein hübscher Junge, man hätte das nicht von ihm gedacht. Gut erzogen war er, und studiert hat er auch. Der Vater soll sehr reich gewesen sein. Vielleicht war der Junge nicht ganz richtig im Kopf. Man hat ihn zwar nicht in eine Anstalt geschickt, aber sicher hätte er dorthin gehört. Fünf oder sechs Mädchen sollen es gewesen sein! Die Polizei hatte verschiedene Männer in Verdacht. Zuerst Geoffrey Grant. Der war schon immer etwas eigenartig, schon als Junge. Hat kleine Mädchen auf dem Schulweg belästigt, ihnen Süßigkeiten gegeben und gesagt, sie sollten mit ihm kommen, er würde ihnen schöne Blumen zeigen. Ja, den hatten sie stark in Verdacht, aber er war es nicht. Und dann war noch einer da. Bert Williams – aber der war zu der Zeit nicht hier, er hatte ein Alibi. So nennt man das. Und dann kam man schließlich auf diesen – wie hieß er noch gleich, Luke, glaube ich. Nein, Mike hieß er. Sah sehr nett aus, wie ich schon sagte, aber er war vorbestraft. Diebstähle, Scheckfälschungen und so weiter. Und zwei Vaterschaftsklagen. Sie wissen schon. Wenn ein Mädchen ein Kind bekommt und der Vater verklagt wird und zahlen muss. Bevor das geschah, wurden zwei Mädchen von ihm schwanger.»

«Und dieses Mädchen – war es auch in anderen Umständen?»

«O ja. Zuerst, als man die Leiche fand, dachten wir, es sei Nora Broad. Die Nichte von Mrs Broad unten bei der Mühle. Die war bekannt dafür. Hat sich immer mit Jungens herumgetrieben. Sie wurde auch vermisst. Niemand wusste, wo sie war. Als dann sechs Monate später diese Leiche auftauchte, dachte man zuerst, sie sei es.»

«Sie war es aber nicht?»

«Nein, es war jemand ganz anderes.»

«Hat man denn ihre Leiche nicht gefunden?»

«Nein, aber ich glaube, eines Tages wird man sie noch finden. Kann aber auch sein, dass sie in den Fluss geworfen wurde. Man weiß ja nie. Man ahnt ja auch nicht, was man zum Beispiel alles beim Pflügen in einem Acker finden kann. Ich bin mal mitgenommen worden und hab mir die ganzen Schätze angesehen. Lutton Loo hieß der Ort; irgendwo im Osten. Und alles lag in einem gepflügten Feld: Goldschiffe und Wikingerschiffe und goldenes Geschirr, riesige Teller. Nein, man weiß das nie. Eine Leiche oder ein goldener Teller – jeden Tag kann so etwas auftauchen. Und es kann viele hundert Jahre alt sein wie dieses goldene Geschirr oder nur drei oder vier Jahre wie die Leiche von Mary Lucas. Das Mädchen, das vier Jahre lang vermisst wurde. Irgendwo in der Nähe von Reigate ist sie gefunden worden. Ach ja, so viele schreckliche Dinge. Ein trauriges Leben. Man weiß nie, was kommt.»

«War da nicht noch ein Mädchen?», fragte Miss Marple. «Das hier gelebt hat und auch ermordet wurde?»

«Sie meinen die Leiche, die man zuerst für Nora Broad hielt? Ich weiß nicht mehr, wie das Mädchen hieß. Hope, glaube ich. Hope oder Charity. Irgend so ein altmodischer Name, den man heute nicht mehr oft hört. Sie hat im *Manor House* gewohnt. Als ihre Eltern starben, hat sie eine Weile dort gelebt.»

«Ihre Eltern sind verunglückt, nicht wahr?»

«Ja. Bei einem Flug nach Spanien oder Italien, irgendwo da unten.»

«Und sie hat hier gelebt? Sind die Damen im *Manor House* denn mit ihr verwandt?»

«Das weiß ich nicht. Die jetzige Mrs Glynne war, glaube ich, eine Freundin ihrer Mutter. Mrs Glynne war verheiratet und lebte im Ausland, die konnte sich natürlich nicht um sie kümmern. Aber Miss Clotilde, die älteste, die dunkle, die nahm sich ihrer an, die hatte das Mädchen sehr gern. Sie hat Reisen mit ihr gemacht, nach Italien und Frankreich und überallhin, und sie hat ihr etwas Maschinenschreiben beigebracht und Stenographie und hat ihr Kunstunterricht gegeben. Miss Clotilde ist künstlerisch sehr begabt. Ja, sie hat das Mädchen sehr gerne gehabt. Sie war ganz gebrochen, als die Kleine verschwand. Anders als Miss Anthea –»

«Miss Anthea ist die jüngste, nicht wahr?»

«Ja, und nicht ganz richtig im Kopf. Ein bisschen sonderbar, wissen Sie. Oft spricht sie mit sich selbst und macht ganz komische Kopfbewegungen. Die Kinder haben manchmal Angst vor ihr. Man sagt, sie sei ein bisschen verrückt. Ich weiß es ja nicht, in so einem Dorf hört man so manches. Auch der Großonkel, der früher hier gelebt hat, war etwas eigenartig. Hat im Garten mit dem Revolver herumgeschossen, ganz ohne Grund. Er sei stolz auf seine Schießkünste, hat er gesagt.»

«Aber Miss Clotilde ist ganz normal?»

«Aber ja, die ist sehr intelligent. Ich glaube, sie kann Latein und Griechisch. Sie hätte gerne studiert, aber sie musste sich um die Mutter kümmern, die lange krank war. Aber sie hat Miss – wie hieß sie denn noch? – sehr geliebt. Hieß sie Faith? Sie hat sie sehr geliebt und wie eine Tochter behandelt. Und dann kam dieser junge Mann, Michael hieß er, und sie ging mit ihm auf und davon, ohne ein Wort zu sagen. Ich weiß gar nicht, ob Miss Clotilde überhaupt wusste, dass das Mädchen in anderen Umständen war.»

«Aber Sie wussten es?», fragte Miss Marple.

«Na ja, ich hab ne Menge Erfahrung. Ich sehe das den Mädchen an. Es ist ja nicht so, dass sie nur dicker werden, man sieht es an ihren Augen, an der Art, wie sie sich bewegen. Und dann die Schwindelanfälle. Ja ja, habe ich mir gedacht, die hat es auch erwischt. Miss Clotilde musste die Leiche identifizieren. Sie war ganz gebrochen. Sie hat das Mädchen sehr geliebt.»

«Und die andere, Miss Anthea?»

«Ja, das war ganz komisch. Sie hatte so einen vergnügten Blick hinterher, so, als ob sie sich freute. Nicht sehr nett, nicht wahr? Ich kannte mal jemand, die Tochter vom Bauern Plummer, die hat auch diesen Blick gehabt. Die ist überall hingerannt wo Schweine abgestochen wurden. Das hat ihr Spaß gemacht. Na ja, es kommen in manchen Familien merkwürdige Dinge vor.» Miss Marple verabschiedete sich, stellte fest, dass sie noch zehn Minuten Zeit hatte, und machte sich auf den Weg zur Poststelle, die sich in einem Gemischtwarenladen am Marktplatz befand. Miss Marple ging zum Postschalter, kaufte Briefmarken, schaute sich Ansichtskarten an und interessierte sich dann für einen Ständer mit Taschenbüchern. Die Frau hinter dem Postschalter – etwa vierzig, mit einem säuerlichen Gesicht – half ihr, eines der Bücher herauszunehmen.

«Sie stecken oft zu dicht drin. Die Leute tun sie nicht wieder richtig rein.»

Im Augenblick war das Geschäft leer. Miss Marple schaute sich angewidert einen Buchumschlag an: ein nacktes Mädchen mit blutverschmiertem Gesicht, und darübergebeugt der finster blickende Mörder mit einem blutbefleckten Messer.

«Schrecklich», sagte sie. «Diese Schauergeschichten heutzutage.»

«Ja, sie gehen manchmal ein bisschen zu weit mit ihren Umschlägen», sagte Mrs Essiggesicht. «Ist nicht jedermanns Geschmack. Aber man liebt ja heute die Gewalt, in jeder Hinsicht.»

Miss Marple zog noch ein Buch aus dem Ständer. «Was geschah mit Baby Jane?», stand darauf. «Ach ja, wir leben wirklich in einer traurigen Welt.»

«Ja ja. Gestern habe ich auch wieder so was in der Zeitung gelesen. Eine Frau hat den Kinderwagen mit ihrem Baby draußen vor dem Supermarkt stehen gelassen, und dann kommt jemand vorbei und nimmt es mit. Und alles offenbar ohne Grund. Die Polizei hat es dann gefunden. Diese Leute sagen immer dasselbe, ob sie im Supermarkt stehlen oder Babys rauben. Sie sagen, sie wüssten nicht, was über sie gekommen ist.»

«Vielleicht wissen sie es wirklich nicht», sagte Miss Marple.

Die Frau schaute noch mürrischer aus.

«Na, es gehört schon eine ganze Menge dazu, mich davon zu überzeugen», sagte sie. Miss Marple sah sich um. Der Raum war immer noch leer.

«Wenn Sie gerade nicht zu viel zu tun haben», sagte sie, «hätte ich Sie gern etwas gefragt. Ich habe etwas furchtbar Dummes angestellt. In meinem Alter irrt man sich manchmal. Es handelt sich um ein Paket, das ich einer Wohltätigkeitsorganisation geschickt habe. Es waren Kleidungsstücke darin, Pullover und Kindersachen. Ich habe es verpackt, und dann wurde es abgeschickt. Erst heute Morgen fiel mir ein, dass ich etwas falsch gemacht habe; ich habe die falsche Adresse daraufgeschrieben. Ich glaube ja nicht, dass es irgendeine Liste gibt, auf der die Adressen notiert werden, aber ich habe mir gedacht, dass sich vielleicht jemand erinnert. Die Adresse, die ich hätte daraufschreiben müssen, ist Theo Dockyard and Thames Side Welfare Association.»

Die Frau sah auf einmal sehr freundlich aus, sie war gerührt über Miss Marples Zerstreutheit.

«Haben Sie das Paket selbst gebracht?»

«Nein. Ich wohne im Old Manor *House*, und eine der Damen, Mrs Glynne, sagte, dass sie oder ihre Schwester es zur Post bringen würde. Sehr lieb von ihr –»

«Einen Augenblick mal. Das muss am Dienstag gewesen sein. Es war aber nicht Mrs Glynne. Miss Anthea hat es gebracht.»

«Ja, es ist möglich, dass es am Dienstag war.»

«Ich kann mich sogar noch sehr gut erinnern: ein ziemlich großer und schwerer Kleiderkarton. Aber die Adresse war anders. Es war für Reverend Mathews – The East Ham Women's and Children's Clothing Appeal.»

«Ja, natürlich», sagte Miss Marple und drückte ihr erleichtert die Hand. «Wie gut, dass Sie sich erinnern. Ich weiß jetzt auch, wie es zu dem Versehen kam. Zu Weihnachten habe ich tatsächlich an diese Organisation Wollsachen geschickt und habe jetzt die falsche Adresse abgeschrieben. Können Sie es bitte noch einmal wiederholen?» Sie notierte die Adresse sorgfältig in ihrem kleinen Notizbuch.

«Leider ist das Paket schon abgegangen.»

«Ja, natürlich, aber ich kann dorthin schreiben, den Irrtum erklären und sie bitten, die Sachen stattdessen zu der Dockyard Association zu schicken. Vielen Dank.»

Miss Marple ging eilig hinaus.

Die Frau holte Briefmarken für den nächsten Kunden aus ihrer Mappe und bemerkte zu einem Kollegen: «Ganz konfus, die alte Frau. Wahrscheinlich passieren ihr solche Sachen öfters.»

Miss Marple hatte kaum die Poststelle verlassen, da liefen ihr schon Emlyn Price und Joanna Crawford über den Weg.

Joanna sah sehr blass aus und machte einen aufgeregten Eindruck.

«Ich soll eine Aussage machen», sagte sie. «Ich weiß nicht – was werden sie mich fragen? Ich habe solche Angst. Ich mag so etwas nicht. Ich habe es dem Polizeisergeanten gesagt, ich habe ihm gesagt, was wir gesehen haben.»

«Reg dich nicht auf, Joanna», sagte Emlyn Price. «Das ist doch nur eine amtliche Untersuchung. Der Beamte ist ein netter Mann, ein Arzt, glaube ich. Er wird dir nur ein paar Fragen stellen, und du sagst ihm, was du gesehen hast.»

«Du hast es ja auch gesehen», sagte Joanna. «Ja, natürlich», antwortete Emlyn. «Zumindest habe ich gesehen, dass da oben bei dem Felsen jemand stand. Jetzt komm, Joanna!»

«Man hat unsere Hotelzimmer durchsucht», sagte Joanna. «Sie haben um Erlaubnis gefragt, aber sie hatten einen Durchsuchungsbefehl. Sie haben sich die Zimmer angesehen und auch die Sachen in unseren Koffern.»

«Wahrscheinlich wollten sie den karierten Pullover finden, den Sie beschrieben haben», sagte Miss Marple. «Aber Sie brauchen sich wirklich nicht aufzuregen. Wenn Sie einen rot-schwarz-karierten Pullover hätten, dann hätten Sie bestimmt nicht davon gesprochen. Er war doch rot und schwarz, nichtwahr?»

«Ich weiß es nicht», sagte Emlyn Price. «Ich kenne mich mit Farben nicht so aus. Es war eine grelle Farbe, mehr kann ich nicht sagen.»

«Sie haben keinen Pullover gefunden», sagte Joanna. «Es hat ja auch keiner von uns sehr viel zum Anziehen dabei. Auf einer Busreise nimmt man nicht viel mit. Ich habe kein ähnliches Kleidungsstück bei einem Mitreisenden gesehen, niemand hat so etwas angehabt. Bisher jedenfalls nicht. Oder hast du so einen Pullover gesehen?»

«Nein, aber ich wüsste die Farbe auch nicht, wenn ich ihn gesehen hätte», sagte Emlyn Price. «Ich kann rot und grün nicht immer unterscheiden.»

«Du bist etwas farbenblind, nicht wahr?», sagte Joanna. «Es ist mir schon gestern aufgefallen.»

«Wieso, wann denn?»

«Mein rotes Tuch. Ich fragte dich, ob du es gesehen hättest, und du sagtest, du hättest irgendwo ein grünes gesehen. Und brachtest mir das rote! Ich hatte es im Speisesaal vergessen. Es war dir nicht klar, dass es rot ist.»

«Na ja, aber trotzdem brauchst du nicht herumzuerzählen, dass ich farbenblind bin. Das mag ich nicht. Die Leute sind da so komisch.»

«Männer sind öfter farbenblind als Frauen», sagte Joanna. «Das gehört zu den Dingen, die geschlechtsgebunden sind», erklärte sie belehrend. «Es wird durch Frauen vererbt und kommt dann bei den Männern heraus.»

«Das klingt ja, als ob ich Aussatz hätte», spottete Emlyn. «So, jetzt sind wir da.»

«Dir scheint das gar nichts auszumachen», meinte Joanna, als sie die Stufen hinaufgingen.

«Nein, eigentlich nicht. Ich war noch nie bei einer gerichtlichen Untersuchung. Es wird bestimmt sehr interessant.»

Dr. Stokes war ein Mann Mitte vierzig mit Brille und grauen Haaren. Zuerst gab die Polizei das Ergebnis ihrer Untersuchung bekannt, dann wurde der medizinische Befund verlesen, mit allen Details über die Verletzungen, die zum Tod geführt hatten. Mrs Sandbourne berichtete über Einzelheiten der Reise, über den Ausflug, der für diesen bestimmten Nachmittag geplant gewesen war, und erzählte, wie das Unglück geschehen war. Miss Temple, sagte sie, sei sehr gut zu Fuß gewesen, obwohl sie nicht mehr ganz jung gewesen sei. Die Gruppe habe einen vielbegangenen Fußweg benützt, der um einen Hügel herumführe und langsam bis zu der alten Moorlandkirche ansteige. Auf einer benachbarten Anhöhe läge das so genannte Bonaventure Memorial. Der Aufstieg sei ziemlich steil, die jungen Leute würden meistens vorauslaufen und wären sehr schnell oben, die älteren gingen langsamer. Sie selbst hielte sich meistens ganz am Schluss einer Gruppe auf. Miss Temple habe sich mit Mr und Mrs Butler unterhalten. Obwohl sie schon über sechzig gewesen sei, habe sie das langsame Tempo der beiden ungeduldig gemacht, und sie sei vorausgegangen. Sie sei immer müde und ungeduldig geworden, wenn sie auf andere habe warten müssen. Dann habe man auf einmal einen Schrei gehört und sei zu ihr hingelaufen. Da Miss Temple gerade um eine Wegbiegung gegangen sei, habe man sie aus dem Auge verloren gehabt. Ein großer Steinbrocken hätte sich gelöst und sie beim Herabfallen getroffen. Es sei ein sehr unglücklicher und tragischer Unfall gewesen.

«Und Sie vermuteten nicht, dass es sich um etwas anderes als einen Unfall gehandelt haben könnte?»

«Nein, wirklich nicht.»

«Sie sahen niemand oben am Hang stehen?»

«Nein. Wir sind den Hauptweg gegangen, aber natürlich gibt es immer Leute, die querfeldein laufen. Doch an dem Nachmittag ist mir niemand aufgefallen.»

Dann wurde Joanna Crawford aufgerufen. Nachdem alle Angaben zu ihrer Person geklärt waren, fragte Dr. Stokes:

«Sie sind nicht bei der Gruppe geblieben?»

«Nein, wir sind nicht den Hauptweg gegangen. Wir liefen etwas weiter oberhalb.»

«Sie waren in Begleitung?»

«Ja. Mr Emlyn Price.»

«Sonst war niemand bei Ihnen?»

«Nein. Wir haben uns unterhalten und Blumen angesehen. Emlyn interessiert sich für Botanik, und dort oben gibt es ein paar seltene Pflanzen.»

«Hatten Sie die Übrigen ganz aus den Augen verloren?»

«Nein. Ab und zu sahen wir die anderen, die unter uns auf dem Weg entlanggingen.»

«Auch Miss Temple?»

«Ich glaube, ja. Sie ging den anderen voraus und verschwand dann um eine Wegbiegung. Wir konnten sie nicht mehr sehen, weil sie vom Hügel verdeckt wurde.»

«Sahen Sie jemand über sich auf dem Hügel gehen?»

«Ja. Oben, zwischen den Findlingen. Es gibt eine Stelle, wo ziemlich viele Steine sind.»

«Ja», sagte Dr. Stokes, «ich weiß genau, welche Stelle Sie meinen. Es sind große Granitblöcke. Sie werden hier in der Gegend ‹Die Hammel› genannt oder ‹Die grauen Hammel›.»

«Vielleicht sehen sie von weitem wie Schafe aus, aber wir waren nicht so weit entfernt.»

«Und Sie sahen dort jemand?»

«Ja. Zwischen den Findlingen.»

«Und derjenige versuchte, einen Stein wegzurollen?»

«Ja. Ich sah es und wunderte mich darüber. Er beugte sich über einen der Steine, die an der Außenkante stehen, nahe am Abhang. Sie sind so groß und schwer, dass man sie kaum fortwälzen kann. Der Stein, den er oder sie losstemmte, schien nicht ganz fest in der Erde gesteckt zu haben.»

«Zuerst haben Sie ‹er› gesagt und nun ‹sie›, Miss Crawford. Wer war es denn, ein Mann oder eine Frau?»

«Zuerst – zuerst dachte ich, es sei ein Mann, aber eigentlich dachte ich in dem Augenblick gar nicht darüber nach. Er oder sie trug Hosen und einen Pullover, eine Art Männerpullover mit offenem Kragen.»

«Welche Farbe hatte dieser Pullover?»

«Er war rot-schwarz kariert, ein sehr leuchtendes Rot. Und unter einer Art Baskenmütze sah langes Haar hervor, wie das Haar einer Frau. Aber es kann auch das Haar eines Mannes gewesen sein.»

«Natürlich», sagte Dr. Stokes trocken. «Heutzutage ist es nicht ganz einfach, Männer und Frauen an ihren Haaren zu unterscheiden. Und was geschah weiter?»

«Dann fing der Stein an zu rollen. Erst langsam, dann immer schneller. Ich hörte ein krachendes Geräusch und von unten einen Schrei. Aber das kann ich mir auch eingebildet haben.»

«Und weiter?»

«Wir sind um den Hügel herumgelaufen, um zu sehen, wo der Stein geblieben war.»

«Und was sahen Sie?»

«Der Stein lag unten auf dem Weg und darunter ein Mensch. Wir beobachteten, wie Leute herbeigelaufen kamen.»

«War es Miss Temple, die den Schrei ausgestoßen hatte?»

«Ich glaube, ja. Vielleicht aber auch jemand von den anderen, der sie dort liegen sah. Es war schrecklich.»

«Das glaube ich Ihnen. Aber was geschah mit der Gestalt, die Sie oben gesehen hatten? Der Mann oder die Frau im schwarzroten Pullover. Stand diese Gestalt immer noch oben bei den Steinen?»

«Ich weiß es nicht, ich habe nicht mehr hingeschaut. Ich rannte hinunter, um zu helfen. Ich war zu sehr mit dem Unfall beschäftigt. Vielleicht schaute ich ganz kurz noch einmal hinauf, aber ich sah nichts. Nur die Steine. Es sind so viele dort oben, dass man einen Menschen leicht aus den Augen verlieren kann.»

«Hätte es jemand von der Reisegesellschaft sein können?»

«Nein. Ganz bestimmt nicht, es war keiner von uns. Das hätte ich gewusst, ich hätte ihn an der Kleidung erkannt. Es hat aber niemand so einen Pullover getragen.»

«Vielen Dank, Miss Crawford.»

Als nächstes wurde Emlyn Price aufgerufen. Seine Geschichte wich kaum von Joannas Bericht ab.

Nach ein paar nebensächlicheren Aussagen wurde die Untersuchung abgeschlossen. Der Coroner sagte, dass nicht genug Beweismaterial vorliege, um zu klären, wie Elizabeth Temple den Tod gefunden habe. Vierzehn Tage später sollte eine weitere Untersuchung stattfinden.

16

Der Rückweg zum Hotel verlief sehr schweigsam. Professor Wanstead begleitete Miss Marple, und da sie nicht sehr schnell gingen, blieben sie bald hinter den anderen zurück.

«Und was geschieht jetzt?», fragte Miss Marple nach einer Weile.

«Meinen Sie die gerichtliche Untersuchung oder uns?»

«Beides. Das eine wird sicher das andere nach sich ziehen», sagte Miss Marple.

«Wahrscheinlich wird jetzt die Polizei den Fall übernehmen und überprüfen, was die beiden jungen Leute ausgesagt haben.»

«Ja, das ist möglich.»

«Nachforschungen sind auf jeden Fall nötig. Die Untersuchung musste vertagt werden, das ist klar. Man konnte kaum erwarten, dass der Beamte ein Urteil fällt, das auf ‹Tod durch Unfall› lautet.»

«Nein, das ist verständlich», sagte Miss Marple. «Was halten Sie denn von den Aussagen der beiden?»

Professor Wanstead blickte sie unter seinen buschigen Augenbrauen scharf an.

«Ist Ihnen zu dem Thema irgendetwas eingefallen, Miss Marple?», fragte er. «Natürlich wussten wir schon vorher, was die beiden sagen würden.»

«Ja.»

«Sie wollen wissen, was ich über die beiden denke, über ihren Eindruck von der Sache?»

«Es war jedenfalls interessant», sagte Miss Marple. «Sehr interessant. Der rot-schwarz karierte Pullover. Der ist sehr wichtig, finden Sie nicht?»

«Ja. Genau.»

Wieder warf er ihr einen scharfen Blick zu. «Und was schließen Sie daraus?»

«Ich glaube», sagte Miss Marple, «dass diese Beschreibung für uns ein sehr wertvoller Hinweis ist.»

Sie kamen zum *Golden Boar.* Es war erst halb eins, und Mrs Sandbourne schlug vor, dass man vor dem Essen noch eine kleine Erfrischung zu sich nehmen sollte. Bei Tomatensaft, Sherry und anderen Getränken machte Mrs Sandbourne verschiedene Vorschläge.

«Ich habe mir einen Bericht von Dr. Stokes und von Inspektor Douglas geben lassen», sagte sie. «Da medizinisch alles geklärt ist, wird morgen um elf ein Gedenkgottesdienst stattfinden. Ich werde alles mit Mr Courtney, dem Vikar, besprechen. Übermorgen werden wir dann wohl unsere Reise fortsetzen. Das Programm wird etwas geändert, da wir drei Tage verloren haben, doch ich denke, das wird alles keine Schwierigkeiten machen. Einige Mitreisende möchten, wie ich hörte, nach London zurückkehren. Das kann ich natürlich verstehen, und ich möchte niemand zu irgendetwas zwingen. Miss Temples Tod ist sehr traurig. Ich glaube immer noch, dass es ein Unfall war. Auf dem Fußweg ist so etwas schon früher vorgekommen. Zwar hat es im Augenblick keine starken Wetterumschläge gegeben, die das Herabfallen des Steines verursacht haben könnten. Wahrscheinlich müssen noch sehr gründliche Nachforschungen angestellt werden. Natürlich ist es möglich, dass ein Spazier-

129

gänger dem Stein einen Stoß gegeben hat, ohne zu ahnen, was er damit anrichtete. Wenn sich herausstellt, wer das gewesen ist, kann der Fall sicher schnell aufgeklärt werden, aber man weiß im Augenblick noch nicht, ob man denjenigen findet. Es ist kaum anzunehmen, dass wir über den Unfall nicht weiter sprechen. Die Untersuchungen werden von den hiesigen Behörden geleitet, das ist ihre Aufgabe. Wir werden sicher alle gern an dem Gedenkgottesdienst teilnehmen, der morgen stattfindet. Und dann hoffe ich, dass wir im weiteren Verlauf der Reise doch noch über den Schock hinwegkommen. Wir werden noch einige sehr interessante und berühmte Bauwerke besichtigen und wunderschöne Gärten sehen.»

Anschließend wurde das Mittagessen eingenommen, und man sprach nicht weiter über dieses Thema. Jedenfalls nicht offen. Nach dem Essen, als man in der Halle Kaffee trank, bildeten sich kleine Gruppen, und man unterhielt sich über die weiteren Pläne.

«Werden Sie die Reise fortsetzen?», fragte Professor Wanstead Miss Marple.

«Nein», sagte sie nachdenklich. «Ich glaube, dass ich noch eine Weile hier bleibe, nach allem, was vorgefallen ist.»

«Im Hotel oder im *Old Manor House*?»

«Das hängt davon ab, ob man mich wieder ins *Old Manor House* einlädt. Von mir aus werde ich es natürlich nicht vorschlagen, denn ursprünglich hatte man mich ja nur für zwei Tage eingeladen. Ich glaube, es wäre das beste, im *Golden Boar* zu bleiben.»

«Sie wollen nicht nach Hause fahren, nach St. Mary Mead?»

«Noch nicht», sagte Miss Marple. «Ich glaube, es gibt hier noch einiges für mich zu tun. Ich habe sogar schon eine Sache erledigt.» Als sie seinen fragenden Blick bemerkte, sagte sie: «Wenn Sie die Reise mit den anderen fortsetzen wollen, erzähle ich Ihnen, was ich bereits unternommen habe, und wäre Ihnen dann für eine kleine Nachforschung unterwegs sehr dankbar. Später werde ich Ihnen auch sagen, weswegen ich vor allem hier bleiben will. Es gibt Verschiedenes, was ich nur hier an Ort und Stelle nachprüfen kann. Es kann sein, dass ich gar keinen Erfolg habe, deswegen hat es keinen Sinn, dass ich es Ihnen jetzt schon erkläre. Und was haben Sie vor?»

«Ich möchte nach London zurück. Ich habe dort zu tun, es wartet Arbeit auf mich. Es sei denn, ich könnte Ihnen hier helfen.»

«Nein», sagte Miss Marple. «Im Augenblick wohl nicht. Ich nehme an, Sie wollen selbst vielleicht auch noch einige Nachforschungen anstellen.»

«Ich bin hierher gekommen, um Sie zu treffen, Miss Marple.»

«Und nun haben Sie mich getroffen und wissen, was ich weiß oder beinahe alles, was ich weiß, und nun müssen Sie sich um andere Dinge kümmern. Das verstehe ich. Aber ehe Sie abreisen, sind da noch ein oder zwei Punkte, die ... nun, die vielleicht ein Hinweis sein könnten.»

«Aha! Sie haben eine Vermutung?»

«Ich denke an das, was Sie über mich gesagt haben.»

«Sie haben irgendwo den Hauch des Bösen gespürt?»

«Es ist schwierig», sagte Miss Marple, «dahinter zu kommen, was es wirklich bedeutet, wenn etwas Böses in der Luft liegt.»

«Aber Sie haben das Gefühl, dass etwas nicht stimmt?»

«Ja, sehr sogar.»

«Und besonders seit Miss Temples Tod, dessen Ursache natürlich kein Unfall war, ganz gleich was Mrs Sandbourne darüber denkt.»

«Ja», sagte Miss Marple. «Es war kein Unfall. Ich glaube,

ich habe Ihnen noch nicht berichtet, was Miss Temple mir erzählte. Sie sagte, sie sei auf einer Pilgerfahrt.»

«Interessant», meinte der Professor. «Wirklich interessant. Aber sie hat Ihnen nicht gesagt, was für eine Pilgerfahrt das war? Wohin oder zu wem?»

«Nein. Wenn sie noch etwas länger gelebt hätte und nicht so schwach gewesen wäre, hätte sie es mir vielleicht gesagt. Doch sie starb vorher.»

«Und deswegen haben Sie nun keine Ahnung, was Sie von der Sache halten sollen?»

«Ja. Ich habe nur das sichere Gefühl, dass ihrer ‹Pilger-fahrt› in böser Absicht ein Ende gemacht wurde. Irgend-jemand wollte nicht, dass sie ihr Ziel erreichte, wer oder was das auch war. Man kann nur hoffen, dass der Zufall oder die Vorsehung Licht in die Sache bringen werden.»

«Das ist der Grund, weswegen Sie hier bleiben?»

«Nein, nicht nur deswegen», sagte Miss Marple. «Ich möchte über diese Nora Broad noch einiges herausfinden.»

Der Professor schaute sie überrascht an. «Nora Broad?»

«Das andere Mädchen, das ungefähr zur gleichen Zeit verschwand wie Verity Hunt. Sie erinnern sich doch, dass Sie mir davon erzählten? Ein leichtes Mädchen mit vielen Männerbekanntschaften. Ein dummes Mädchen, das sehr auf Männer gewirkt haben soll. Ich glaube, dass es mir wei-terhilft, wenn ich etwas mehr über sie herausbrächte.»

«Ganz wie Sie wünschen, Inspektor Marple», sagte Pro-fessor Wanstead.

Der Gottesdienst fand am nächsten Morgen statt. Alle Mit-glieder der Reisegesellschaft hatten sich eingefunden. Miss Marple schaute sich in der Kirche um. Mrs Glynne war da und ihre Schwester Clotilde. Anthea, die jüngste, war nicht dabei. Auch einige Dorfbewohner schienen gekommen zu sein, denn Bekannte von Miss Temple konnten es kaum sein, eher Leute, die die Neugierde hergetrieben hatte. Außerdem entdeckte sie einen alten Geistlichen, einen breitschultrigen Mann mit einer schönen weißen Haarmähne. Er musste kranke Beine haben, denn nicht nur das Knien machte ihm Mühe, sondern auch das Stehen. Ein feines Gesicht, dachte Miss Marple und überlegte, wer er war. Vielleicht ein alter Freund von Elizabeth Temple, der von weither gereist war, um am Gottesdienst teilzunehmen?

Als sie die Kirche verließen, wechselte sie ein paar Worte mit den anderen Reiseteilnehmern. Sie wusste inzwischen genau über deren Pläne Bescheid. Die Butlers kehrten nach London zurück.

«Ich habe Henry erklärt, dass ich einfach nicht mehr weiterreisen kann», sagte Mrs Butler «Ich habe immer das Gefühl, dass hinter jeder Ecke jemand lauert, der auf uns schießen oder uns mit Steinen bewerfen will. Vielleicht jemand, der etwas gegen die englischen Schlösser hat.»

«Aber, aber, Mami», sagte Mr Butler. «Glaubst du nicht, dass deine Phantasie mit dir durchgeht?»

«Ach, man weiß doch nie! Es passieren so viele Raubüberfälle, Entführungen, Einbrüche, dass man sich nirgends mehr sicher fühlt.»

Die alte Miss Lumley und Miss Bentham wollten die Reise fortsetzen, denn sie hatten sich inzwischen wieder beruhigt.

«Wir haben so viel für diese Reise bezahlt, es wäre ein Jammer, etwas zu versäumen, nur weil dieses schreckliche Unglück passiert ist. Wir haben gestern Abend unsere Nachbarn angerufen, sie werden sich um die Katze kümmern, so dass wir uns keine Sorge zu machen brauchen.» In Miss Lumleys und Miss Benthams Augen war das Ganze ein Unfall. Es war bequemer, an keine andere Möglichkeit zu denken.

Auch Mrs Riseley-Porter setzte die Reise fort. Colonel Walker und seine Frau erklärten, es könne sie nichts davon abhalten, sich die Sammlung seltener Fuchsien anzusehen, die übermorgen in einem der Gärten besichtigt werden sollten. Auch Architekt Jameson ließ sich nicht beirren, denn er wollte einige alte Bauten nicht versäumen, die für ihn besonders interessant waren. Mr Caspar jedoch erklärte, er werde mit dem Zug abreisen. Miss Cooke und Miss Barrow schienen unschlüssig zu sein.

«Man kann so schöne Wanderungen hier in der Gegend machen», sagte Miss Cooke. «Ich denke, wir bleiben noch eine Weile. Das haben Sie doch auch vor, Miss Marple?»

«Ja, ich glaube, das werde ich tun», sagte Miss Marple. «Mir ist doch nicht nach Reisen zumute, nach allem, was geschehen ist. Ein paar Tage Ruhe werden mir gut tun.»

Nachdem sich die Gruppe aufgelöst hatte, ging Miss Marple ihre eigenen Wege. Sie nahm einen Zettel aus ihrer Tasche, auf dem sie zwei Adressen notiert hatte. Ihr erstes Ziel war eine Mrs Blackett, die in einem Häuschen am Ende der Dorfstraße wohnte. Eine kleine, adrette Frau öffnete ihr die Tür.

«Mrs Blackett?»

«Ja, bitte?»

«Könnte ich Sie wohl einen Augenblick sprechen? Ich war gerade beim Gottesdienst, und mir ist etwas schwindlig. Dürfte ich mich ganz kurz etwas ausruhen?»

«Aber natürlich, kommen Sie herein. Sie Arme, setzen Sie sich. Ich hole Ihnen schnell ein Glas Wasser. Oder möchten Sie lieber eine Tasse Tee?»

«Nein, vielen Dank», sagte Miss Marple. «Ein Glas Wasser wird mir sehr gut tun.»

Mrs Blackett kam mit einem Glas Wasser zurück, ganz aufgeregt über Miss Marples Schwindelanfall.

«Wissen Sie, ich habe einen Neffen, dem es auch immer so geht. Eigentlich ist er ja noch nicht in dem Alter, er ist erst Anfang Fünfzig, aber manchmal wird ihm ganz plötzlich schwindlig, dann muss er sich schnell hinsetzen, sonst fällt er um. Schrecklich, schrecklich. Und die Ärzte können gar nichts dagegen tun. Hier ist Ihr Glas Wasser.»

«Ah», sagte Miss Marple und nahm einen Schluck. «Jetzt fühle ich mich schon besser.»

«Sie waren bei dem Gottesdienst für die arme Frau, die den Unfall hatte? Manche sagen, es sei Mord gewesen. Aber ich bin bei so einer Sache immer der Ansicht, es war ein Unfall. Verhöre und Untersuchungsrichter – da sieht alles gleich nach Verbrechen aus.»

«Ja», sagte Miss Marple. «Es ist wirklich schrecklich! Ich habe in letzter Zeit viel von solchen Dingen gehört. Denken Sie nur an dieses Mädchen, diese Nora. Nora Broad.»

«Ach, Nora. Ja, sie war die Tochter meiner Kusine. Das ist aber alles schon eine Weile her. Die ist fortgelaufen und nicht mehr wiedergekommen. Diese Mädchen sind ja nicht zu halten. Wie oft habe ich zu Nancy – das ist meine Kusine – gesagt: ‹Du arbeitest den ganzen Tag, und was tut Nora? Du weißt, sie ist der Typ, der hinter den Männern her ist. Das gibt eines Tages Ärger. Du wirst sehen, ich habe Recht.› Und ich hatte Recht.»

«Sie meinen…»

«Na ja, das übliche. Sie erwartete ein Kind. Nancy hat nichts davon gewusst. Aber ich bin fünfundsechzig und weiß, was los ist, und sehe es den Mädchen an. Ich glaube auch, ich weiß, wer es war, aber ich bin mir nicht sicher.»

«Sie ist durchgebrannt?»

«Sie hat sich von einem Fremden im Wagen mitnehmen lassen. Ich habe das Fabrikat vergessen, irgendein ganz komischer Name. Audit oder so ähnlich. Man hat sie ein- oder zweimal in dem Wagen gesehen. Und das arme Mädchen, das ermordet wurde, ist auch in dem Wagen gesehen worden. Ich glaube aber nicht, dass das Nora auch passiert ist. Wenn Nora ermordet worden wäre, hätte man die Leiche gefunden. Meinen Sie nicht auch?»

«Ja, wahrscheinlich», sagte Miss Marple. «War sie übrigens eine gute Schülerin?»

«Nein, gar nicht. Sie war sehr eitel und nicht besonders intelligent und schon mit zwölf hinter den Jungen her. Sicher ist sie dann auch mit einem von ihnen durchgegangen. Man hat nie mehr etwas von ihr gehört. Keine Postkarte und gar nichts. Wahrscheinlich ist sie mit jemand weg, der ihr Versprechen gemacht hat. Sie wissen schon! Ich kannte mal ein Mädchen, das mit einem Afrikaner durchgebrannt ist. Er hatte ihr erzählt, sein Vater sei ein Scheich. Irgendwo in Afrika oder Algier. Ja, es war Algier. Das Blaue vom Himmel hat er ihr versprochen. Sein Vater hätte sechs Kamele und einen ganzen Stall voll Pferde, und sie würden in einem herrlichen Haus leben, die Wände voller Teppiche. Teppiche an den Wänden – verrückt! Und mit dem zog sie los. Drei Jahre später kam sie wieder… Sie hatte eine fürchterliche Zeit hinter sich. In einer Lehmhütte haben sie gehaust und nichts anderes gegessen als Mehlbrei. Dann hat er ihr schließlich erklärt, sie sei nicht gut genug für ihn, und er würde sich von ihr trennen. Er müsste nur dreimal ‹Ich scheide mich von dir› sagen, und alles sei erledigt. Das hat er dann getan und ist verschwunden. Irgendeine Organisation hat sich um sie gekümmert und ihr das Fahrgeld nach England gegeben. Und eines Tages stand sie wieder vor der Tür. Aber das ist schon dreißig oder vierzig Jahre her. Aber das mit Nora passierte erst vor sieben oder acht Jahren. Ich glaube ja immer noch, dass sie eines Tages zurückkommt. Dann hat sie ihre Erfahrungen gemacht und weiß, was man von all diesen feinen Versprechungen zu halten hat.»

«Hat sie jemand, zu dem sie gegangen sein könnte, außer ihrer Mutter – ich meine, Ihrer Kusine?»

«Ach ja, es gibt eine ganze Reihe von Leuten, die nett zu ihr waren. Die Leute im *Old Manor House* zum Beispiel. Mrs Glynne war damals noch nicht dort, aber Miss Clotilde war immer nett zu den Schulmädchen. Sie hat ihr öfter schöne Geschenke gemacht. Einmal hat sie ihr ein sehr hübsches Tuch und ein schönes Kleid geschenkt. Ein Sommerkleid aus Seide. Ja, Miss Clotilde war immer sehr nett. Sie versuchte, Nora mehr für die Schule zu interessieren und auf den richtigen Weg zu bringen. Ich sage es nicht gerne, aber sie ist keine nahe Verwandte – Nancy ist auch nicht meine direkte Kusine… Schrecklich, wie scharf Nora auf Jungen war. Jeder konnte sie haben. Ich habe immer gesagt, eines Tages wird sie auf der Straße enden. So war es. Aber vielleicht ist das immer noch besser, als ermordet zu werden wie Miss Hunt, die im Old *Manor House* lebte. Grauenhaft war das. Sie hatten gedacht, sie sei mit jemand davongelaufen, und die Polizei suchte nach ihr. Überall fragten sie herum, man verhörte auch die jungen Männer, die das Mädchen gekannt hatte. Geoffrey Grant, Billy Thompson und Harry Langford. Keiner von denen arbeitete, dabei hätten sie alle Arbeit gekriegt, wenn sie gewollt hätten. Als ich jung war, war das ganz anders. Die Mädchen waren anständig, und die jungen Männer wussten, dass sie arbeiten mussten, wenn sie zu etwas kommen wollten.»

Miss Marple unterhielt sich noch eine Weile mit Mrs Blackett, erklärte dann, dass sie sich nun wieder wohl fühle, bedankte sich und verließ das Haus.

Ihr nächstes Ziel war ein Mädchen, das sie gerade beim Salatpflanzen antraf.

«Nora Broad? Oh, die war seit Jahren nicht mehr hier. Die ist mit jemand auf und davon. Sie hatte es immer schon mit den Männern! Ich habe mich oft gefragt, wie sie noch mal enden würde. Wollten Sie sie aus einem bestimmten Grund sprechen?»

«Ich habe einen Brief von einer ausländischen Freundin bekommen», schwindelte Miss Marple. «Eine sehr nette Familie, die eine Miss Nora Broad anstellen will. Offensichtlich war sie in Schwierigkeiten. Hat irgendeinen Kerl geheiratet, der sie dann im Stich ließ und mit einer anderen Frau durchging. Sie wollte eine Arbeit, bei der sie mit Kindern zu tun hätte. Meine Freundin wusste nichts Näheres über sie, aber ich habe herausbekommen, dass sie von hier stammt. Deswegen wollte ich jemand sprechen, der mir etwas über sie erzählen kann. Sie sind mit ihr zur Schule gegangen?»

«Ja, wir waren in derselben Klasse. Ich war nicht mit allem einverstanden, was Nora trieb. Sie war verrückt auf Jungen. Ich hatte selbst einen sehr netten Freund damals, einen ständigen, und habe ihr gesagt, dass es nicht gut sei, sich von jedem x-beliebigen Mann im Auto mitnehmen zu lassen oder mit ihm ins Wirtshaus zu gehen. Sie hat die Männer immer angeschwindelt und sich älter gemacht, als sie war. Sie war auch schon sehr reif und sah älter aus.»

«Hatte sie dunkle oder helle Haare?»

«Nora hatte dunkles Haar, sehr schönes Haar. Sie trug es immer offen.»

«Suchte die Polizei nach ihr, als sie verschwand?»

«Ja. Sie hatte ja nichts hinterlassen, niemand ein Wort gesagt. Sie ging eines Abends weg und kam nicht mehr zurück. Man hat beobachtet, wie sie in ein Auto stieg, aber niemand hat dieses Auto später wieder gesehen, und sie auch nicht. Zu der Zeit waren gerade eine Menge Morde passiert. Nicht nur hier in der Gegend, sondern überall, in ganz England.

Die Polizei hatte eine Reihe junger Männer in Verdacht. Man glaubte zuerst, Nora könnte auch ermordet worden sein. Aber das hätte ihr gar nicht ähnlich gesehen, die war zu der Zeit bestimmt ganz munter. Sie war wahrscheinlich irgendwo in London und hat mit Striptease Geld gemacht. So eine war die.»

«Ich glaube», sagte Miss Marple, «dass das doch nicht ganz das richtige für meine Freundin wäre, wenn es sich um dieselbe junge Frau handelt.»

«Nein, die müsste sich erst noch ein bisschen ändern, um für eine Stellung in Frage zu kommen», sagte das Mädchen.

17

Als Miss Marple etwas atemlos und ziemlich müde zum *Golden Boar* zurückkehrte, kam ihr das Mädchen von der Rezeption schon entgegen.

«Oh, Miss Marple, da sind Sie ja. Es ist jemand hier, der Sie sprechen möchte. Erzdiakon Brabazon.»

«Erzdiakon Brabazon?», fragte Miss Marple erstaunt.

«Ja, er hat versucht, Sie zu sprechen. Er hörte, dass Sie bei dieser Reisegesellschaft seien, und wollte Sie sprechen, bevor Sie nach London zurückkehren. Ich habe ihm gesagt, dass einige Teilnehmer heute Nachmittag mit dem Spätzug nach London fahren. Er möchte Sie unbedingt vorher sprechen. Ich habe ihn in den Fernsehraum geschickt. Dort ist es ruhiger. In der Halle ist es im Augenblick sehr laut.»

Miss Marple, immer noch überrascht, ging in das Fernsehzimmer und sah dort den älteren Geistlichen sitzen, der ihr bei dem Gottesdienst für Miss Temple aufgefallen war. Er erhob sich und kam ihr entgegen.

«Miss Marple? Miss Jane Marple?»

«Ja, das bin ich. Sie wollten …»

«Ich bin Erzdiakon Brabazon. Ich kam heute früh hierher, um am Gottesdienst für eine sehr alte Freundin teilzunehmen. Miss Elizabeth Temple.»

«Ach ja?», sagte Miss Marple. «Bitte setzen Sie sich wieder!»

«Ja, gern. Ich bin nicht mehr ganz so kräftig wie früher.» Er setzte sich bedächtig in einen Sessel, und Miss Marple setzte sich ihm gegenüber.

«Sie wollten mich sprechen?»

«Zunächst muss ich Ihnen erklären, weshalb. Sie kennen mich ja nicht. Bevor ich zum Gottesdienst kam, machte ich schnell einen Besuch im Krankenhaus von Carristown und unterhielt mich mit der Oberin. Sie sagte mir, dass Elizabeth Temple vor ihrem Tode darum gebeten hatte, eine ihrer Mitreisenden zu sprechen. Miss Jane Marple. Sie habe sie besucht und sei ganz kurz vor ihrem Tod bei ihr gewesen.»

Er schaute sie fragend an.

«Ja», sagte Miss Marple, «das stimmt. Es hat mich sehr überrascht, dass sie nach mir fragte.»

«Sie sind eine alte Freundin von ihr?»

«Nein. Ich lernte sie erst auf dieser Reise kennen. Deswegen war ich so erstaunt. Wir saßen während der Fahrt gelegentlich nebeneinander, unterhielten uns und freundeten uns etwas an. Aber ich war sehr erstaunt, dass sie mich sprechen wollte, während sie so krank war.»

«Ja, das kann ich mir vorstellen. Sie war, wie ich schon sagte, eine sehr alte Freundin von mir. Sie war auf dem Wege zu mir, sie wollte mich besuchen. Ich lebe in Fillminster, dort werden Sie auf Ihrer Reise übermorgen hinkommen. Wir hatten vereinbart, dass sie mich besucht. Sie woll-

140

te mit mir über verschiedene Dinge sprechen und mich um Rat fragen.»

«Darf ich Ihnen eine Frage stellen? Ich hoffe, es ist keine zu persönliche Frage.»

«Natürlich, Miss Marple. Fragen Sie, was Sie wollen.»

«Miss Temple erzählte mir, dass sie diese Reise nicht nur wegen der Besichtigung der Schlösser und Gärten mitmache. Sie benützte ein sehr ungewöhnliches Wort, sie sprach von einer ‹Pilgerfahrt›.»

«Ach, tatsächlich? Das hat sie gesagt? Interessant! Und vielleicht auch bedeutsam.»

«Nun meine Frage: Glauben Sie, dass sie mit der ‹Pilgerfahrt› die Reise zu Ihnen, den Besuch bei Ihnen meinte?»

«Wahrscheinlich wird sie das gemeint haben», sagte der Erzdiakon. «Ja, wahrscheinlich war es so.»

«Wir hatten damals über ein junges Mädchen gesprochen», berichtete Miss. Marple. «Ein junges Mädchen, das Verity hieß.»

«Verity Hunt.»

«Ich kannte ihren Nachnamen nicht. Miss Temple sprach nur von einer Verity.»

«Verity Hunt ist tot. Sie starb schon vor einigen Jahren. Wussten Sie das?»

«Ja. Miss Temple erzählte es mir. Noch etwas anderes: Sie sagte, Verity sei mit Mr Rafiels Sohn verlobt gewesen. Mr Rafiel ist oder vielmehr war ein Freund von mir. Er hat auch diese Reise für mich bezahlt. Ich glaube, er wollte, dass ich auf diese Weise Miss Temple kennen lerne. Er war wohl der Ansicht, dass sie mir gewisse Informationen geben könnte.»

«Informationen über Verity?»

«Ja.»

«Deswegen wollte sie zu mir kommen. Sie wollte von mir über bestimmte Dinge Auskunft haben.»

«Sie wollte wahrscheinlich wissen», sagte Miss Marple, «weshalb Verity ihre Verlobung mit Mr Rafiels Sohn löste.»

«Verity hat ihre Verlobung nicht gelöst», sagte Brabazon. «Das glaube ich nicht, ganz sicher nicht.»

«Aber das wusste Miss Temple nicht?»

«Nein. Wahrscheinlich beunruhigte sie diese ganze Sache, und sie wollte von mir wissen, warum die Hochzeit nicht stattfand.»

«Und warum fand sie nicht statt?», fragte Miss Marple. «Bitte, denken Sie nicht, dass ich aus reiner Neugier frage. Es hat einen anderen Grund. Ich bin zwar nicht auf einer Pilgerfahrt, aber ich habe eine Mission zu erfüllen. Ich möchte ebenfalls wissen, warum Michael Rafiel und Verity Hunt nicht geheiratet haben.» Brabazon schaute sie nachdenklich an.

«Sicher sind Sie in irgendeiner Weise auch in diese Angelegenheit verwickelt…»

«Ja», antwortete Miss Marple. «Weil ich Michael Rafiels Vater einen Wunsch erfüllen möchte. Er bat mich darum, bevor er starb.»

«Ich habe keinen Grund, Ihnen irgendetwas vorzuenthalten», sagte Brabazon langsam. «Sie fragen mich das, was Elizabeth Temple mich gefragt hätte, aber eine Antwort weiß ich nicht. Die zwei jungen Leute wollten heiraten, Miss Marple. Sie hatten alle Vorbereitungen getroffen, ich sollte sie trauen. Ich nehme an, dass sie die Hochzeit geheim halten wollten. Ich kannte sie alle beide, Verity und Michael. Verity, dieses liebe Kind, kannte ich schon sehr lange. Ich habe sie auf die Konfirmation vorbereitet, in Elizabeth Temples Schule. Eine prachtvolle Schule – und eine bemerkenswerte Frau. Sie war eine wunderbare Lehrerin und hatte ein sicheres Gefühl für die Fähigkeiten ihrer Schülerinnen. Für das, was aus ihnen zu machen war. Sie war eine großartige Frau und eine sehr liebe

Freundin. Verity war eines der schönsten Mädchen, das ich je gesehen habe. Und nicht nur schön in ihrer äußeren Erscheinung, sondern auch innerlich. Sie hatte ja das große Unglück, ihre Eltern sehr früh verloren zu haben. Bei einem Flugzeugunglück; sie waren auf dem Weg nach Italien. Verity lebte dann, als sie mit der Schule fertig war, bei einer Miss Clotilde Bradbury-Scott. Sie kennen sie vielleicht, sie wohnt hier am Ort. Sie war eine gute Freundin von Veritys Mutter. Es sind drei Schwestern, aber die eine war damals im Ausland verheiratet. Clotilde, die älteste, hing ganz besonders an Verity. Sie tat alles, um sie glücklich zu machen. Sie reiste mit ihr ins Ausland, machte auch eine Bildungsreise nach Italien und war in jeder Weise um sie besorgt. Auch Verity liebte sie sehr, wohl ebenso sehr, wie sie ihre eigene Mutter geliebt haben könnte. Sie war sehr abhängig von Clotilde, die übrigens eine intelligente und gebildete Frau ist. Clotilde hat nicht auf einem Universitätsstudium bestanden – vielleicht, weil Verity keine große Neigung dazu hatte. Verity zog es zur Kunst, zur Musik. Sie war, glaube ich, sehr glücklich, dass sie hier im *Old Manor House* lebte. Aber sie machte ja immer einen glücklichen Eindruck. Natürlich habe ich sie in der Zeit, als sie hier war, nicht gesehen, denn ich war damals in Fillminster, das ist etwa sechzig Meilen entfernt. Ich schrieb ihr zu Weihnachten und anderen Festen, und sie schickte mir jedes Jahr eine Weihnachtskarte. Doch bis zu dem Tag, als sie plötzlich mit Mr Rafiels Sohn Michael auftauchte, hatte ich sie nicht mehr wiedergesehen. Sie war in der Zwischenzeit sehr schön und fraulich geworden. Michael war ein attraktiver junger Mann, ich kannte ihn flüchtig. Sie kamen zu mir, weil sie sich liebten und heiraten wollten.»

«Und Sie waren bereit, sie zu trauen?»

«Ja, Miss Marple. Vielleicht sind Sie der Ansicht, dass ich das nicht hätte tun sollen. Sie waren heimlich zu mir gekommen, das war mir klar. Wahrscheinlich hatte Clotilde Bradbury-Scott versucht, die beiden auseinanderzubringen. Das wäre auch ihr gutes Recht gewesen. Michael Rafiel war, offen gesagt, nicht der Mann, den man sich für die eigene Tochter oder eine Verwandte gewünscht hätte. Verity war eigentlich noch viel zu jung, um so einen Entschluss zu fassen. Michael hatte immer Schwierigkeiten gemacht, schon in ganz früher Jugend. Er stand öfter vor dem Jugendgericht und hatte schlechte Freunde. Er hatte eine ganze Reihe von Freundinnen und musste an verschiedene Alimente zahlen. Ja, er trieb es schlimm mit den Mädchen und in anderer Hinsicht, aber er war sehr attraktiv. Die Mädchen waren verrückt nach ihm. Zweimal saß er für kurze Zeit im Gefängnis, er war vorbestraft. Ich kannte seinen Vater, wenn auch nicht sehr gut. Er tat alles, was er konnte – was ein Mann seiner Art tun konnte, um seinem Sohn zu helfen. Er hat dafür gesorgt, dass er wieder freikam, er hat ihm passende Arbeit verschafft, seine Schulden bezahlt und so weiter. Ich weiß nicht –»

«Aber Sie glauben, dass er noch mehr hätte tun können?»

«Nein», sagte der Erzdiakon. «Heute sehe ich ein, dass man die Menschen so nehmen muss, wie sie sind, oder, um mich modern auszudrücken, wie ihre Erbanlagen beschaffen sind. Ich glaube nicht, dass Mr Rafiel an seinem Sohn gehangen hat, zu keiner Zeit. Er liebte ihn nicht. Ich weiß nicht, ob es für Michael besser gewesen wäre, wenn sein Vater ihm hätte Liebe geben können. Vielleicht hätte das gar nichts geändert. Auf jeden Fall war alles sehr traurig. Der Junge war nicht dumm, er besaß eine gewisse Intelligenz und war nicht unbegabt. Wenn er gewollt hätte, hätte aus ihm etwas werden können. Doch er war, um es ganz deutlich zu sagen, von Natur aus ein Übeltäter. Dabei hatte er auch nette Eigenschaften. Er hatte Humor, konnte großzügig sein und freundlich. Er hätte seinen Freunden immer geholfen, sie nie im Stich gelassen. Doch die Mädchen behandelte er schlecht, ließ sie sitzen, wenn sie ein Kind bekamen, und ging mit einer anderen davon. Ich stand also bei den beiden vor einem schweren Entschluss, und doch war ich bereit, sie zu trauen. Ich erklärte Verity ganz offen, wen sie da heiraten wollte. Er hatte ihr – das muss ich zugeben – nichts verheimlicht. Er hatte ihr gestanden, dass er ständig in Schwierigkeiten war, nicht nur mit der Polizei, sondern auch sonst. Aber nun wollte er, wie sie mir sagte, ein ganz neues Leben beginnen. Alles sollte anders werden. Ich warnte sie, dass er sich nicht ändern würde. Die Menschen ändern sich nicht. Sicher, er hatte vielleicht den guten Vorsatz dazu. Ich glaube, Verity ahnte das auch. Sie sagte zu mir: ‹Ich weiß, wie Mike veranlagt ist. Ich weiß, dass er wahrscheinlich immer so bleiben wird, aber ich liebe ihn. Vielleicht kann ich ihm helfen, vielleicht auch nicht. Auf jeden Fall will ich es versuchen.›

Und ich kann Ihnen eines sagen, Miss Marple, ich erkenne, wenn zwei Menschen sich wirklich lieben. Ich habe schon so viele junge Leute getraut, habe auch erlebt, welchen Kummer sie oft miteinander hatten und wie dann plötzlich alles besser wurde. Nein, ich täusche mich da nicht – und ich meine nicht die sexuelle Liebe. Es wird viel zu viel über Sex geredet, man nimmt das alles viel, zu wichtig. Damit möchte ich natürlich nicht sagen, dass der Sex gar keine Rolle spielen sollte. Das ist Unsinn. Aber er kann nicht die Stelle der Liebe einnehmen, er ist an die Liebe gebunden, aber ohne sie ist er bedeutungslos. Im Ehesakrament kommt deutlich zum Ausdruck, was Liebe sein soll. In guten und in schlechten Zeiten, in Armut und Reichtum, in gesunden und kranken Tagen soll man zusammenstehen. Das nimmt man auf sich, wenn man sich liebt und sich heiraten möchte. Diese beiden haben einander geliebt.

Und das», sagte Brabazon, «ist das Ende meiner Geschichte. Ich kann Ihnen nicht mehr erzählen, weil ich nicht mehr weiß. Ich erklärte mich bereit, ihren Wunsch zu erfüllen, und traf alle notwendigen Vorbereitungen. Wir setzten einen bestimmten Tag fest, Stunde und Ort. Wahrscheinlich muss ich mir vorwerfen, dass ich auf ihre Bitte, alles geheim zu halten, einging.»

«Es sollte niemand davon erfahren?»

«Verity wollte es nicht, und ich nehme an, Michael auch nicht. Sie hatten Angst, dass ihnen jemand einen Strich durch die Rechnung machen könnte. Für Verity war es außer der Liebe vielleicht auch das Gefühl, fliehen zu wollen. Das war ganz natürlich bei ihren damaligen Lebensumständen. Sie hatte ihre Eltern verloren, und nach ihrem Tod war sie in einem Alter, in dem junge Mädchen gewöhnlich für jemand schwärmen. Für irgendeine attraktive Lehrerin oder eine ältere Schülerin. Ein Stadium, das nicht sehr lange dauert und von einem anderen abgelöst wird, in dem die jungen Mädchen erkennen, dass sie eine Ergänzung brauchen, die Verbindung mit einem Mann. Sie schauen sich nun nach einem Partner um: Und wenn sie klug sind, lassen sie sich dabei Zeit und warten auf ‹den Richtigen›. Clotilde Bradbury-Scott war sehr gut zu Verity, und ich nehme an, dass Verity sie verehrte. Sie war eine Persönlichkeit, sah gut aus, war gebildet und interessant. Veritys Verehrung war wahrscheinlich mehr ein romantisches Gefühl, und Clotilde liebte sie wie ihre eigene Tochter. Und so wuchs Verity in einer Atmosphäre liebevoller Fürsorge auf und hatte ein interessantes, geistig anregendes Leben. Es war ein glückliches Leben – und doch begann in ihr, mehr oder weniger bewusst, das Bedürfnis zu erwachen, dem allem zu entfliehen. Die Flucht vor dem Geliebtwerden. Nur wusste sie nicht, wohin ihre Flucht gehen sollte. Doch als sie Michael kennen lernte, wusste sie es auf einmal. Die Flucht in das Leben zu zweit, mit einem Mann, die Flucht in das nächste Lebensstadium. Doch sie wusste, dass sie Clotilde niemals klarmachen konnte, was sie empfand. Clotilde wäre niemals dazu bereit gewesen, ihre Liebe zu Michael ernst zu nehmen, sie hätte ihr größte Widerstände entgegengesetzt. Und Clotilde wäre nicht im Unrecht gewesen – das weiß ich jetzt. Michael war nicht der Mann, der zu Verity passte. Der Weg, den sie einschlagen wollte, hat nicht ins Leben hineingeführt, er hat ihr Entsetzen, Qual und den Tod gebracht. Und deswegen fühle ich mich sehr schuldig, Miss Marple. Ich hatte damals gute Gründe für meinen Entschluss, aber leider habe ich nicht gewusst, was ich unbedingt hätte wissen müssen: Ich kannte Verity, aber Michael kannte ich nicht. Ich habe Veritys Wunsch nach Geheimhaltung verstanden, weil ich wusste, welch starke Persönlichkeit Clotilde Bradbury-Scott war. Ihr Einfluss auf Verity war so stark, dass sie sie hätte überreden können, Michael nicht zu heiraten.»

«Glauben Sie denn, dass sie es tat? Dass Clotilde ihr so viel von Michael erzählte, bis sie schließlich überzeugt war, dass diese Ehe keinen Sinn hätte?»

«Nein, das glaube ich nicht. Das hätte mir Verity gesagt. Sie hätte mich benachrichtigt, wenn es so gewesen wäre.»

«Was geschah denn an dem Tag, an dem die Hochzeit stattfinden sollte?»

«Ja, das habe ich Ihnen noch nicht erzählt. Es war also alles genau festgelegt, der Tag, die Stunde, der Ort. Ich wartete. Ich habe auf eine Braut und einen Bräutigam gewartet, die nicht kamen, mir keine Nachricht schickten, keine Entschuldigung, gar nichts. Ich wusste nicht, warum. Ich habe es nie erfahren. Es ist mir unerklärlich. Nicht, dass sie nicht kamen, aber dass sie mir keine Nachricht schickten. Irgendein paar rasch hingekritzelte Worte. Deswegen hatte ich gehofft, dass Elizabeth Temple Ihnen vor ihrem Tod noch etwas gesagt hätte. Dass sie mir vielleicht durch Sie irgendeine Nachricht zukommen lassen wollte. Wenn sie wusste, dass sie sterben würde, hätte sie ja den Wunsch haben können, mir irgendetwas mitteilen zu lassen.»

«Nein», sagte Miss Marple, «sie wollte von Ihnen etwas erfahren. Ich glaube ganz sicher, dass das der Grund war, warum sie Sie besuchen wollte.»

«Möglicherweise haben Sie Recht. Ich dachte nur, dass Verity vielleicht Miss Temple etwas erzählt hätte. Miss Temple hatte großen Einfluss auf sie, und Verity verehrte sie sehr. Dass sie Clotilde und Anthea Bradbury-Scott nichts verriet, ist erklärlich, denn die beiden hätten sie an ihrem Entschluss hindern können.»

«Ich glaube, Verity erzählte es ihr», sagte Miss Marple.

«Tatsächlich?»

«Ja. Sie teilte ihr mit, dass sie Michael Rafiel heiraten würde. Miss Temple hat es gewusst, denn sie sagte zu mir: ‹Ich kannte ein Mädchen, das Verity hieß und Michael Rafiel heiraten wollte.› Das konnte sie nur von Verity selbst erfahren haben. Verity hat es ihr wohl geschrieben. Als ich sie dann fragte: ‹Und warum hat sie ihn nicht geheiratet?›, sagte sie: ‹Sie ist gestorben.›»

«Dann kann uns nichts mehr weiterhelfen.» Brabazon seufzte. «Elizabeth und ich wussten nichts weiter als diese beiden Tatsachen. Elizabeth wusste, dass Verity Michael heiraten wollte, und ich wusste, dass sie heiraten würden, dass sie alle Vorbereitungen getroffen hatten und an einem bestimmten Tag, zu einer bestimmten Stunde zu mir kommen würden. Die Hochzeit fand nicht statt. Keine Braut, kein Bräutigam, keine Nachricht.»

«Und Sie haben nicht die geringste Ahnung, was passiert sein könnte?» fragte Miss Marple.

«Ich glaube nicht daran, dass die beiden ihren Entschluss geändert haben, dass sie die Verlobung gelöst haben.»

«Aber irgendetwas muss ja geschehen sein. Vielleicht erfuhr Verity doch noch etwas über Michael, das ihr die Augen öffnete.»

«Und wenn es so gewesen wäre – warum ließ sie es mich nicht wissen? Nein, das ist keine Lösung. Sie hätte mich niemals warten lassen. Sie war sehr gut erzogen, hatte sehr gute Manieren – sie hätte mich bestimmt benachrichtigt. Nein, ich fürchte, da gibt es nur eine einzige Lösung.»

«Sie ist tot», rief Miss Marple. Sie dachte an das Wort, das Elizabeth Temple gesagt hatte.

«Ja», antwortete Brabazon. «Tot.»

«Liebe», sagte Miss Marple nachdenklich.

«Sie meinen –» Er zögerte.

«Es ist das Wort, das Miss Temple gebrauchte. Ich fragte sie: ‹Weshalb starb sie?› Und sie antwortete mit diesem Wort: ‹Liebe›. Und dann sagte sie, dass es das furchtbarste Wort sei, das es auf der Welt gäbe.»

«Ja, ich verstehe», sagte Brabazon. «Ich glaube, ich verstehe.»

«Und was ist nun Ihre Meinung?»

«Eine gespaltene Persönlichkeit», sagte er und seufzte. «Etwas, das nur jemand bemerkt, der einen geschulten Blick dafür hat. Jekyll und Hyde sind keine reinen Produkte der Phantasie, sie waren nicht Stevensons Erfindung. Michael Rafiel muss schizophren gewesen sein, seine Persönlichkeit war gespalten. Ich besitze keine großen medizinischen Kenntnisse oder psychoanalytischen Erfahrungen, aber er muss diese Ambivalenz gehabt haben. Auf der einen Seite der gutwillige, fast liebenswerte Junge, der nur den einen Wunsch hatte, glücklich zu sein. Und dann die andere Seite – der krankhafte Trieb, den Menschen zu töten, den er

149

liebte. Und deshalb musste Verity sterben. Er tat es vielleicht, ohne zu wissen, was er tat. Es gibt ja so viele Krankheiten, seelische Störungen, Veränderungen des Gehirns. Ich hatte einmal in meiner Gemeinde so einen Fall. Zwei ältere Frauen, die pensioniert waren und zusammen lebten. Sie hatten früher beruflich zusammengearbeitet und waren befreundet. Sie machten einen durchaus glücklichen Eindruck. Und dann tötete die eine ihre Freundin. Sie rief den Vikar der Gemeinde und erklärte ihm: ‹Ich habe Louisa getötet. Ich habe den Teufel aus ihren Augen blicken sehen und sollte sie töten.› Solche Dinge lassen einen manchmal am Leben verzweifeln. Man fragt immer wieder nach der Ursache, und eines Tages wird man es wissen. Die Mediziner werden irgendeine kleine Veränderung in der Erbsubstanz feststellen, oder irgendeine Drüse, die falsch funktioniert.»

«Das ist also Ihre Erklärung», sagte Miss Marple.

«Es kann gar nicht anders gewesen sein. Ich weiß, die Leiche wurde erst sehr viel später gefunden. Verity verschwand ganz einfach. Sie ging von zu Hause fort und kam nicht mehr wieder.»

«Aber es muss genau an *dem* Tag passiert sein.»

«Sicher ist doch vor Gericht…»

«Sie meinen, als die Leiche gefunden worden war und die Polizei Michael schließlich verhaftete?»

«Er war einer der ersten, die von der Polizei verhört wurden. Man hatte ihn ja mit dem Mädchen zusammen gesehen, in seinem Wagen. Die Polizei war von Anfang an sicher, dass er der Gesuchte war. Man hat ihn als ersten verdächtigt, und der Verdacht blieb bestehen. Die anderen jungen Leute, die Verity gekannt hatten, wurden auch verhört, aber sie hatten Alibis, oder es lagen keine Beweise gegen sie vor. Michael stand immer unter Verdacht, und schließlich wurde dann die Leiche gefunden. Erwürgt, mit eingeschlagenem Kopf und entstelltem Gesicht. Die Tat eines Verrückten. Er war nicht gesund, als er auf sie einschlug. Oder anders ausgedrückt: Mr Hyde hatte sich seiner bemächtigt.»

Miss Marple erschauerte.

Brabazons Stimme wurde leise und traurig: «Und doch hoffe ich selbst heute noch, dass es irgendein anderer junger Mann war. Ein Verrückter, der seelisch tatsächlich gestört war, ohne dass man es wusste. Vielleicht ein Fremder, der sie im Wagen mitnahm, und dann …» Er schüttelte den Kopf.

«Ja», sagte Miss Marple. «So könnte es auch geschehen sein.»

«Mike machte vor Gericht einen sehr schlechten Eindruck», meinte Brabazon. «Er erzählte dumme und sinnlose Lügen. Auch als man ihn fragte, wo sein Wagen sei, log er. Er hatte seine Freunde veranlasst, ihm ganz unmögliche Alibis zu geben. Er hatte Angst. Er verschwieg seine Heiratsabsichten. Wahrscheinlich fand sein Anwalt, das würde gegen ihn sprechen. Dass sie ihn vielleicht dazu zwingen wollte, ihn zu heiraten, und er sich weigerte. Ich kann mich an die Einzelheiten nicht mehr genau erinnern, es ist schon zu lange her. Auf jeden Fall sprach alles gegen ihn. Er wurde für schuldig erklärt, und er machte den Eindruck, als ob er schuldig sei.

Sie verstehen nun, Miss Marple, dass ich sehr deprimiert bin. Ich habe die Situation falsch beurteilt. Wegen mir ist ein sehr liebes junges Mädchen in den Tod gegangen. Weil ich nicht genug über die menschliche Natur Bescheid wusste. Von dieser Gefahr ahnte ich nichts. Ich glaubte, sie würde zu mir kommen und mir alles erzählen, wenn sie plötzlich Angst vor ihm bekäme oder etwas Schlimmes entdeckte. Doch sie tat es nicht. Warum tötete er sie? Weil er wusste, dass sie ein Kind bekam? Weil er schon mit einem anderen

Mädchen eine Verbindung eingegangen war und nicht wollte, dass er zur Ehe mit Verity gezwungen würde? Nein, das kann ich nicht glauben. Vielleicht hatte sie plötzlich Angst vor ihm bekommen, sah eine Gefahr in ihm, und löste daraufhin ihr Versprechen? Wurde er deshalb so wütend, dass er blindlings auf sie einschlug? Man weiß es nicht.»

«Wirklich nicht?», sagte Miss Marple. «Etwas wissen Sie doch ganz genau und glauben auch daran, nicht wahr?»

«Wie meinen Sie das? ‹Glauben› im religiösen Sinn?»

«O nein», antwortete Miss Marple. «So meinte ich es nicht. Ich habe das Gefühl, dass Sie überzeugt davon sind, dass die beiden sich wirklich geliebt haben, dass sie heiraten wollten und durch irgendein Ereignis daran gehindert wurden, das mit Veritys Tod endete. Dass sie aber beide an diesem Tag auf dem Weg zu Ihnen waren, um sich trauen zu lassen.»

«Sie haben Recht, liebe Miss Marple. Ja, ich glaube immer noch daran, dass die beiden sich liebten, dass sie heiraten wollten und die Absicht hatten, in guten und schlechten Zeiten, in Armut und in Reichtum, in gesunden und kranken Tagen einander beizustehen. Sie liebte ihn, und sie hätte ihn geheiratet, was auch geschehen würde, wie schlimm es auch kommen würde. Sie war zu allem bereit – und das war ihr Tod.»

«Sie müssen weiter daran glauben», sagte Miss Marple. «Sicher wissen Sie, dass ich auch daran glaube?»

«Aber was dann?»

«Das weiß ich noch nicht», antwortete Miss Marple. «Ich bin mir nicht ganz sicher, aber ich glaube, dass Elizabeth Temple wusste oder ahnte, was damals geschehen ist. ‹Liebe›, sagte sie, sei ein furchtbares Wort. Ich dachte, sie meinte damit, dass Verity wegen einer Liebesaffäre Selbstmord begangen habe. Weil sie etwas über Michael erfahren hatte oder etwas entdeckte, das sie erschreckte und abstieß. Aber es konnte ja kein Selbstmord gewesen sein.»

«Nein. Das war nicht möglich. Beim Prozess wurden die Verletzungen genau beschrieben. Man kann nicht Selbstmord begehen, indem man sich seinen Kopf einschlägt.»

«Fürchterlich», sagte Miss Marple. «Fürchterlich. Man kann doch nicht jemand, den man liebt, auf so schreckliche Art und Weise umbringen, selbst wenn man ‹aus Liebe› töten muss. Wenn er sie tötete, dann sicher nicht so. Erwürgen – ja, vielleicht, aber man schlägt einem Menschen, den man liebt, nicht den Kopf ein oder entstellt sein Gesicht.» Dann murmelte sie: «Liebe, Liebe – ein furchtbares Wort.»

18

Am nächsten Morgen stand der Omnibus abfahrtbereit vor dem Hotel. Miss Marple kam herunter, um sich von den Abreisenden zu verabschieden. Sie traf Mrs Riseley-Porter in entrüsteter Stimmung an.

«Nein, diese Mädchen heutzutage», sagte sie. «Keine Energie, keine Ausdauer.»

Miss Marple schaute sie fragend an.

«Ich meine Joanna, meine Nichte.»

«O je. Fühlt sie sich nicht wohl?»

«Sie behauptet es. Dabei ist ihr gar nichts anzusehen. Sie hat angeblich Halsweh und Fieber. Alles purer Unsinn, meiner Meinung nach.»

«Das tut mir aber Leid», sagte Miss Marple. «Kann ich etwas für sie tun? Soll ich mal nach ihr schauen?»

«Nein, lassen Sie nur! Es ist ja sowieso nur ein Vorwand.»

Wieder schaute Miss Marple sie fragend an.

«Mädchen sind so albern. Immer müssen sie sich verlieben.»

«Emlyn Price?»

«Aha, Sie haben es also auch gemerkt. Ja, die beiden sind ganz verliebt ineinander. Ich finde ihn nicht besonders sympathisch. Auch so einer von diesen langhaarigen Studenten, die immer zu ‹Demos› gehen müsssen und so weiter. Warum können sie ‹Demonstration› nicht aussprechen? Ich kann Abkürzungen nicht ausstehen. Was soll ich nun tun? Niemand ist da, der sich um mein Gepäck kümmert. Es ist wirklich eine Schande. Dabei habe ich diese Reise bezahlt, mit allen Nebenkosten.»

«Ich hatte immer den Eindruck, dass sie sich sehr nett um Sie kümmerte», meinte Miss Marple.

«Aber nicht in den letzten Tagen. Die Mädchen haben eben kein Verständnis dafür, dass man ein bisschen Beistand braucht, wenn man nicht mehr die Jüngste ist. Sie haben eine verrückte Idee, sie und der junge Price. Sie wollen zu irgendeinem Berg oder einem Denkmal. Hin und zurück ein Weg von acht oder neun Meilen.»

«Aber wenn sie Halsweh hat und Fieber…»

«Sie werden sehen, kaum ist der Bus weg, ist das Halsweh besser und von Fieber keine Rede mehr», antwortete Mrs Riseley-Porter. «So, wir müssen jetzt fort. Auf Wiedersehen, liebe Miss Marple, ich habe mich gefreut, Sie kennen zu lernen. Schade, dass Sie nicht mitkommen.»

«Ja, es tut mir auch Leid», erwiderte Miss Marple. «Aber ich bin nicht mehr so jung und leistungsfähig wie Sie, Mrs Riseley-Porter, und nach diesem Schock und all den Aufregungen der letzten Tage habe ich das Bedürfnis, einige Tage vollkommen auszuspannen.»

«Nun, vielleicht sehen wir uns irgendwo wieder.»

Sie reichten sich die Hand, und Mrs Riseley-Porter verschwand im Bus.

«*Bon voyage* und auf Nimmerwiedersehn!», sagte eine Stimme hinter Miss Marple.

Sie drehte sich um. Emlyn Price grinste.

«Galt das Mrs Riseley-Porter?», fragte Miss Marple.

«Natürlich. Wem sonst?»

«Es tut mir Leid, dass Joanna sich nicht wohl fühlt.»

Emlyn lachte. «Der wird es bald besser gehn. Wenn der Bus weg ist.»

«Ach so», sagte Miss Marple. «Sie meinen –»

«Genau», sagte Emlyn Price. «Joanna hat restlos genug von dieser Tante, die sie ständig herumkommandiert.»

«Dann bleiben Sie wohl auch hier?»

«Ja. Noch ein paar Tage. Ich will mir die Gegend ansehen und Ausflüge machen. Schauen Sie mich nicht so missbilligend an, Miss Marple. Sie sind doch gar nicht so, oder?»

«Nun», sagte Miss Marple. «In meiner Jugend war das auch nicht viel anders. Allerdings gab es da andere Entschuldigungen, und es wurde einem nicht alles so leicht gemacht wie Ihnen heute.»

Colonel Walker und seine Frau traten auf Miss Marple zu.

«Wir haben uns so gefreut, Sie kennen zu lernen und die vielen interessanten Gespräche über Gärten mit Ihnen führen zu können», sagte der Colonel. «Übermorgen – das wird sicher ein Hochgenuss! Wenn nichts dazwischenkommt, natürlich. Es ist wirklich zu traurig, dass dieser Unfall passieren musste. Meiner Meinung nach war es nämlich einer. Der Untersuchungsbeamte ist wirklich zu weit gegangen in seinen Vermutungen.»

«Ja», sagte Miss Marple. «Aber es ist doch merkwürdig, dass niemand gefunden wurde, der dort oben war und mit den Steinen herumgespielt hat. Es hätte sich doch jemand melden können.»

«Die denken, sie werden bestraft», sagte der Colonel. «Es

meldet sich bestimmt niemand, ganz bestimmt nicht. Also, auf Wiedersehen. Ich schicke Ihnen einen Steckling von der Magnolia highdownensis und auch von der Mahonia japonica. Obwohl ich nicht ganz sicher bin, ob sie in dem Klima bei Ihnen zu Hause gut gedeihen.»

Als sie in den Bus gestiegen waren, drehte Miss Marple sich um und sah Professor Wanstead hinter sich stehen, der den Abfahrenden zuwinkte. Mrs Sandbourne kam als letzte aus dem Hotel, verabschiedete sich von Miss Marple und stieg ebenfalls ein. Miss Marple nahm Professor Wanstead am Arm.

«Ich möchte mit Ihnen sprechen», sagte sie. «Können wir irgendwohin gehen, wo man sich in Ruhe unterhalten kann?»

«Ja, natürlich. Wie wäre es mit der Terrasse, auf der wir schon einmal saßen?»

«Ja, oder die Veranda auf der anderen Seite des Hotels.»

Während sie zur Veranda gingen, hörten sie den abfahrenden Bus fröhlich hupen.

«Ich wünschte», sagte Professor Wanstead, «Sie wären nicht hier geblieben. Der Gedanke, Sie sicher im Bus zu wissen, wäre mir sympathischer gewesen.» Er schaute sie prüfend an. «Warum bleiben Sie hier? Nervöse Erschöpfung oder etwas anderes?»

«Etwas anderes», sagte Miss Marple. «Ich fühle mich nicht besonders mitgenommen, aber das ist natürlich ein sehr guter Vorwand für eine Frau in meinem Alter.»

«Ich sollte lieber hier bleiben und auf Sie aufpassen!»

«Das ist nicht nötig. Es gibt andere Dinge, die Sie tun können.»

«Und die wären?» Er schaute sie fragend an. «Ist Ihnen etwas eingefallen, oder haben Sie tatsächlich etwas Konkretes erfahren?»

«Ich glaube, ich weiß etwas. Aber ich muss es beweisen. Ein paar Dinge kann ich nicht selbst erledigen, und ich dachte, Sie könnten mir helfen, weil Sie Beziehungen zu gewissen Behörden haben.»

«Womit Sie Scotland Yard meinen, Polizeidirektoren und Gefängnisdirektoren.»

«Ja, entweder den einen oder den anderen oder alle zusammen. Außerdem vielleicht auch noch den Innenminister.»

«Donnerwetter, Sie wollen ja hoch hinaus! Gut, was soll ich tun?»

«Vor allem möchte ich Ihnen mal diese Adresse geben.» Sie nahm ein Notizbuch aus ihrer Handtasche, riss ein Blatt heraus und gab es ihm.

«Was ist das? Ach ja, eine bekannte Wohlfahrtsorganisation, nicht wahr?»

«Ja, eine von den besseren, soviel ich weiß. Sie tun sehr viel Gutes. Sie nehmen Sachspenden entgegen, Kinderkleidung, Frauenkleidung, Mäntel, Pullover und so weiter.»

«Und da soll ich auch etwas hinschicken?»

«Nein, natürlich nicht. Es hängt mit unserem Fall zusammen, mit dem, was wir hier machen.»

«In welcher Hinsicht?»

«Ich möchte, dass Sie sich dort nach einem Paket erkundigen, das vor zwei Tagen abgeschickt wurde. Es ging vom hiesigen Postamt ab.»

«Wer hat es abgeschickt? Sie?»

«Nein», sagte Miss Marple. «Aber ich habe mich als Absenderin ausgegeben.»

«Was heißt das?»

«Das heißt», sagte Miss Marple und lächelte verschmitzt, «dass ich zur Post ging und tat, als habe ich in meiner Zerstreutheit eine falsche Adresse auf ein Paket geschrieben, welches jemand für mich zur Post gebracht hatte. Ich tat sehr aufgeregt, und die Postbeamtin beruhigte mich und sagte sofort, dass sie sich an das Paket erinnere. Es habe die Adresse daraufgestanden, die ich Ihnen eben gab. Sie bedauerte, dass es für eine Änderung zu spät sei, das Paket sei schon abgegangen. Ich erwiderte, das sei nicht so schlimm, ich würde hinschreiben und bitten, das Paket an die Organisation zu schicken, für die es bestimmt gewesen sei.»

«Ein ziemlich umständliches Verfahren.»

«Na ja», sagte Miss Marple. «Man muss irgendetwas sagen. Natürlich schreibe ich nicht. Sie werden die Sache in die Hand nehmen! Wir müssen unbedingt wissen, was in dem Paket ist! Sicher haben Sie eine Möglichkeit, das herauszubekommen.»

«Steckt in dem Paket irgendein Zettel mit einem Hinweis, wer es abgeschickt hat?»

«Das glaube ich nicht. Vielleicht steht auf einem Zettel der Vermerk ‹von Freunden› oder auch eine fiktive Adresse wie: Mrs Pippin, 14 Westbourne Grove oder so etwas. Und wenn man dann anfragt, wohnt dort niemand, der so heißt.»

«Ist das die einzige Möglichkeit?»

«Vielleicht steht auch etwas anderes drauf: Von Miss Anthea Bradbury-Scott. Aber ich halte es für unwahrscheinlich.»

«Hat sie…»

«Sie hat es zur Post gebracht.»

«Und Sie haben sie darum gebeten?»

«Nein», sagte Miss Marple. «Ich habe niemand gebeten, für mich etwas zur Post zu bringen. Ich sah dieses Paket zum ersten Mal, als Anthea es vorbeitrug, während wir auf der Hotelterrasse saßen.»

«Und Sie gingen dann zum Postamt und erklärten, dass es Ihr Paket sei?»

«Ja. Das stimmte natürlich nicht. Aber ich wollte herausbekommen, wohin es geschickt worden war.»

«Sie wollten herausbekommen, ob so ein Paket abgeschickt worden war und ob es eine von den Bradbury-Scotts abgeschickt hatte? Oder wollten Sie speziell wissen, ob es Anthea gewesen war?»

«Ich wusste ja, dass es Anthea war», sagte Miss Marple. «Wir hatten sie doch gesehen.»

«Gut», sagte der Professor. «Ich kann das erledigen. Sie glauben, dass dieses Paket von Bedeutung für uns ist?»

«Der Inhalt könnte wichtig sein.»

«Sie behalten wohl Ihre Geheimnisse gerne für sich, nicht wahr?», fragte Professor Wanstead.

«Es sind keine Geheimnisse», sagte Miss Marple. «Nur Möglichkeiten, denen ich nachgehe. Ich möchte keine Behauptungen aufstellen, ehe ich nicht mehr weiß.»

«Gibt es sonst noch etwas?»

«Ich glaube, man müsste die maßgeblichen Stellen darauf aufmerksam machen, dass noch eine zweite Leiche auftauchen könnte.»

«In Verbindung mit dem Verbrechen, das uns beschäftigt? Ein Verbrechen, das auch vor zehn Jahren geschah?»

«Ja», sagte Miss Marple. «Ich bin ziemlich sicher.»

«Noch eine Leiche? Wessen Leiche?»

«Es sind bis jetzt alles nur Vermutungen», sagte Miss Marple.

«Und Sie haben eine Ahnung, wo diese Leiche ist?»

«O ja», sagte Miss Marple. «Ich glaube, ich weiß, wo sie ist, aber ich kann es Ihnen noch nicht sagen.»

«Was für eine Leiche? Eine männliche, eine weibliche?»

«Damals verschwand noch ein Mädchen», sagte Miss Marple. «Sie hieß Nora Broad und stammte auch von hier. Ich vermute ihre Leiche an einer ganz bestimmten Stelle.»

159

Professor Wanstead schaute sie besorgt an.

«Was Sie da sagen, gefällt mir gar nicht», meinte er. «Ich lasse Sie wirklich nicht gern hier zurück. Mit all diesen Ideen in Ihrem Kopf. Wer weiß, was Sie anstellen. Es sei denn…»

«Es sei denn, alles ist Unsinn?»

«Nein, nein, so habe ich es nicht gemeint. Aber wenn Sie zu viel wissen, könnte es für Sie gefährlich werden. Ich bleibe lieber hier und passe auf Sie auf.»

«Das werden Sie nicht tun», sagte Miss Marple. «Sie müssen nach London fahren und dort Verschiedenes erledigen.»

«Ich habe den Eindruck, Sie wissen ziemlich viel, Miss Marple!»

«Ja, ich glaube, ich weiß jetzt eine ganze Menge. Aber ich muss es erst nachprüfen.»

«Es könnte aber sein, dass Sie dann zum letzten Mal etwas nachprüfen, Miss Marple. Mit einer dritten Leiche ist uns wirklich nicht gedient.»

«Ach was. Soweit wird es bestimmt nicht kommen», erklärte Miss Marple.

«Wenn Sie mit Ihren Vermutungen Recht haben, könnte es gefährlich für Sie werden. Haben Sie jemand Bestimmten in Verdacht?»

«Ich glaube, ich weiß etwas über eine bestimmte Person. Aber das muss ich erst noch herausbekommen – ich muss deshalb hier bleiben. Sie fragten mich einmal, ob ich spüre, wenn etwas Böses in der Luft liegt. Dieses Böse spüre ich jetzt. Oder auch eine Gefahr, wenn Sie so wollen, Verzweiflung, Angst. Ich muss etwas unternehmen. So gut ich eben kann. Aber in meinem Alter ist das schwierig.»

Professor Wanstead begann auf einmal, leise zu zählen: «Eins – zwei – drei – vier-»

«Was zählen Sie?», fragte Miss Marple.

«Die Leute, die mit dem Bus abgereist sind. Offensichtlich sind Sie an ihnen nicht interessiert, da Sie sie haben abfahren lassen und selbst hier bleiben.»

«Warum sollte ich an ihnen interessiert sein?»

«Weil Sie sagten, dass Mr Rafiel Sie aus einem bestimmten Grund veranlasste, diese Reise mitzumachen und im *Old Manor House* zu wohnen. Nun gut. Elizabeth Temples Tod steht im Zusammenhang mit jemand im Bus, und Ihr Hierbleiben steht im Zusammenhang mit dem *Old Manor House.*»

«Das stimmt nicht ganz», sagte Miss Marple. «Denn zwischen diesen beiden Dingen gibt es einen Zusammenhang. Ich möchte jemand dazu bringen, dass er mir etwas erzählt.»

«Meinen Sie, dass Ihnen das gelingt?»

«Es könnte sein. Sie versäumen Ihren Zug, wenn Sie sich nicht beeilen.»

«Passen Sie auf sich auf», warnte Professor Wanstead.

«Das habe ich vor.»

Die Tür zur Halle öffnete sich, und Miss Cooke und Miss Barrow kamen heraus.

«Hallo», sagte der Professor. «Ich dachte, Sie sind mit dem Bus mitgefahren.»

«Wir haben es uns im letzten Moment anders überlegt», rief Miss Cooke fröhlich. «Wir haben nämlich entdeckt, dass es hier einige sehr schöne Wanderwege gibt und auch ein paar Kirchen, die ich gerne sehen möchte. Ganz in der Nähe, nur etwa vier oder fünf Meilen von hier, ist eine Kirche mit einem eindrucksvollen Taufbrunnen aus dem 10. Jahrhundert. Sie ist leicht mit dem Bus zu erreichen. Man muss ja nicht immer nur Schlösser und Gärten besichtigen. Mich interessieren alte Kirchen sehr.»

«Und mich auch», sagte Miss Barrow. «Übrigens ist Finley Park mit seinem historischen Garten gar nicht weit weg. Wir dachten uns, dass es sehr schön sein könnte, noch einige Tage hier zu bleiben.»

«Wohnen Sie hier im Hotel?»

«Ja, wir haben ein sehr nettes Doppelzimmer bekommen. Bedeutend besser als das, das wir vorher hatten.»

Miss Marple wandte sich an Professor Wanstead.

«Sie werden Ihren Zug versäumen», mahnte sie noch einmal.

«Bitte seien Sie –»

«Keine Sorge, alles ist in Ordnung», fiel sie ihm schnell ins Wort.

«Was für ein netter Mann», sagte sie, als Wanstead verschwunden war. «Er ist so besorgt um mich, als ob ich eine alte Tante von ihm wäre.»

«Es war ja auch ein großer Schock», sagte Miss Cooke. «Vielleicht wollen Sie mit uns mitkommen und St. Martins in the Grove besichtigen?»

«Das ist sehr freundlich», sagte Miss Marple. «Aber ich fühle mich heute noch nicht kräftig genug für einen Ausflug. Vielleicht morgen, wenn es etwas Interessantes zu sehen gibt.»

«Also, dann gehen wir jetzt.»

Miss Marple lächelte ihnen zu und ging in die Hotelhalle.

19

Nachdem sie ihr Mittagessen im Speisesaal beendet hatte, trat Miss Marple auf die Terrasse hinaus, um dort ihren Kaffee zu trinken. Sie war gerade bei ihrer zweiten Tasse, als eine große, dünne Gestalt die Stufen heraufkam. Es war Anthea Bradbury-Scott. Etwas atemlos sagte sie:

«Oh, Miss Marple, wir haben gerade gehört, dass Sie nicht abgefahren sind. Wir dachten, Sie würden die Reise noch bis zu Ende mitmachen, und hatten keine Ahnung, dass Sie hier bleiben. Clotilde und Lavinia schicken mich. Ich soll Sie fragen, ob Sie nicht lieber bei uns im *Old Manor House* wohnen wollen. Das ist doch sicher angenehmer als im Hotel. Besonders am Wochenende wird es hier immer sehr unruhig durch die vielen Ausflügler. Wir würden uns wirklich freuen, wenn Sie kämen!»

«Das ist ganz reizend von Ihnen», sagte Miss Marple. «Aber eigentlich waren ja nur zwei Tage vorgesehen. Ich meine – wenn dieses schreckliche Unglück nicht passiert wäre, hätte ich die Reise ja auch fortgesetzt. Aber nun ... Ich brauchte etwas Ruhe, ich konnte einfach noch nicht abreisen.»

«Aber es wäre doch sicher viel besser, wenn Sie zu uns kämen. Wir würden es Ihnen so gemütlich wie möglich machen.»

«Ja, bei Ihnen war es sehr schön», sagte Miss Marple. «Und so gemütlich. Das herrliche Haus mit den vielen schönen Dingen, die Möbel, das Porzellan, die Gläser. Es ist soviel angenehmer, in einem Privathaus zu wohnen als in einem Hotel.»

«Dann müssen Sie unbedingt mitkommen. Unbedingt. Ich kann ja schnell Ihre Sachen packen.»

«Sehr freundlich von Ihnen, aber das kann ich selbst tun.»

«Ich helfe Ihnen.»

«Das wäre sehr nett.»

Sie gingen in Miss Marples Zimmer hinauf, wo Anthea in ihrer fahrigen Art Miss Marples Sachen zusammenpackte. Miss Marple, die ihre Kleidungsstücke immer sehr sorgfältig zusammenlegte, musste sich Mühe geben, sich ihr Missfallen nicht anmerken zu lassen. Schrecklich, dachte sie, sie kann kein einziges Stück ordentlich zusammenlegen.

Anthea klingelte nach einem Hausdiener, der das Gepäck

163

zum *Old Manor House* brachte. Miss Marple gab ihm ein angemessenes Trinkgeld und begrüßte dann unter umständlichen Dankesbeteuerungen die beiden anderen Schwestern.

Die drei Schwestern, dachte sie. Nun wären wir also wieder da. Etwas atemlos setzte sie sich im Salon in einen Sessel und schloss die Augen. In ihrem Alter war es schließlich kein Wunder, dachte sie, dass sie mit Anthea und dem Hausdiener nicht mehr Schritt halten konnte. Sie benützte die kleine Ruhepause, um die Atmosphäre dieses Hauses auf sich wirken zu lassen. War hier etwas Unheimliches zu spüren? Nein, das nicht, aber Unglück. Ein tiefes Unglück. Und diese Stimmung war fast erschreckend.

Sie öffnete die Augen und sah, dass Mrs Glynne gerade aus der Küche hereingekommen war und ein Tablett mit dem Nachmittagstee brachte. Sie sah nicht anders aus als sonst: gemütlich und gelassen. Vielleicht sogar etwas zu gelassen, überlegte Miss Marple. Aber vielleicht hatte das Leben sie auch gelehrt, sich ihre wahren Gefühle nicht anmerken zu lassen, sie niemand zu zeigen?

Auch Clotilde war da. Sie hatte immer noch ihren Klytämnestra-Blick, der Miss Marple schon früher aufgefallen war. Natürlich hatte sie ihren Mann nicht umgebracht, denn sie war ja nie verheiratet gewesen, und es war höchst unwahrscheinlich, dass sie das Mädchen umgebracht hatte, welches sie sehr geliebt haben sollte. Über diese Liebe bestand kein Zweifel, das hatte Miss Marple gemerkt, als sie von Veritys Tod gesprochen und Clotilde zu weinen begonnen hatte.

Aber was war mit Anthea? Sie hatte ja immerhin das Paket zur Post gebracht. Und sie war sie abholen gekommen. Miss Marple war sich über Anthea nicht im Klaren. Sie war zu zerstreut und fahrig für ihr Alter. Ihr Blick war unruhig. Man hatte den Eindruck, dass sie Dinge sah, die andere nicht sahen. Sie hat Angst, dachte sich Miss Marple. Doch wovor? War sie vielleicht geistesgestört? Hatte sie Angst, wieder in eine Anstalt zu müssen, in der sie vielleicht schon einen Teil ihres Lebens verbracht hatte? Befürchtete sie, dass ihre Schwestern ihr die Freiheit wieder nehmen könnten? Oder lebten die Schwestern vielleicht in der Angst, dass Anthea etwas Unpassendes sagen oder tun könnte? Die Atmosphäre in diesem Haus machte sie nachdenklich. Während Miss Marple ihre zweite Tasse Tee trank, fragte sie sich, was Miss Cooke und Miss Barrow jetzt wohl taten. Hatten sie wirklich den Ausflug zu der Kirche gemacht oder war das nur ein Vorwand gewesen? Merkwürdig war es auf jeden Fall, dass die eine von ihnen nach St. Mary Mead gekommen war und anfangs geleugnet hatte, sie schon mal gesehen zu haben.

Es war alles wirklich sehr verzwickt. Mrs Glynne räumte jetzt das Teegeschirr ab, Anthea ging hinaus in den Garten, und Miss Marple blieb mit Clotilde allein.

«Ich glaube», sagte Miss Marple, «Sie kennen Erzdiakon Brabazon, nicht wahr?»

«O ja», sagte Clotilde. «Er war gestern in der Kirche beim Trauergottesdienst. Kennen Sie ihn auch?»

«Erst seit gestern», sagte Miss Marple. «Er kam ins Hotel, um mich zu sprechen. Ich nehme an, er war im Krankenhaus, um sich nach den Umständen von Miss Temples Tod zu erkundigen. Er glaubte, dass Miss Temple vielleicht eine Nachricht für ihn hinterlassen hätte. Ich nehme an, sie wollte ihn besuchen. Leider konnte ich ihm auch nichts anderes sagen, als dass ich neben ihr am Bett gesessen hatte und nicht helfen konnte. Sie war ja bewusstlos. Ich konnte nichts für sie tun.»

«Sie hat nichts gesagt – irgendetwas –, das den Unfall erklären würde?»

Clotilde fragte ganz beiläufig, ziemlich uninteressiert. Miss Marple überlegte, ob sie sich verstellte, aber sie hatte eigentlich nicht den Eindruck. Clotilde war offenbar mit ihren Gedanken ganz woanders.

«Glauben Sie, dass es ein Unfall war?», fragte Miss Marple. «Oder glauben Sie, dass an der Geschichte etwas Wahres ist, die Mrs Riseley-Porters Nichte erzählte? Sie hat doch jemand gesehen, der einen Steinbrocken loslöste.»

«Wenn die beiden das sagten, müssen sie es wohl gesehen haben.»

«Ja, sie haben es beide behauptet, wenn auch jeder mit anderen Worten», antwortete Miss Marple. «Aber das ist ja ganz verständlich.»

Clotilde schaute sie fragend an.

«Sie machen sich Gedanken darüber?»

«Ja, es kommt mir so merkwürdig vor», meinte Miss Marple. «Eine etwas unwahrscheinliche Geschichte. Es sei denn –»

«Es sei denn –»

«Ach, es ist mir nur gerade etwas durch den Kopf gegangen», sagte Miss Marple.

Mrs Glynne kam wieder aus der Küche herein.

«Was ist Ihnen durch den Kopf gegangen?», fragte sie.

«Wir sprechen gerade über den Unfall, der vielleicht keiner war», sagte Clotilde.

«Aber wer –»

«Mir kommt diese Geschichte sehr merkwürdig vor», sagte Miss Marple noch einmal.

Clotilde wechselte plötzlich das Thema. «Hier in diesem Haus stimmt etwas nicht», sagte sie. «Irgendetwas liegt in der Luft… Schon lange. Seit Verity starb. Ein Schatten liegt über dem Haus.» Sie schaute Miss Marple an. «Spüren Sie es nicht auch, dass über uns ein Schatten liegt?»

«Ich bin eine Fremde», sagte Miss Marple. «Für Sie und Ihre Schwestern ist das etwas anderes, denn Sie haben hier schon lange gelebt und kannten das tote Mädchen. Ich habe von Erzdiakon Brabazon gehört, dass es ein sehr reizendes und schönes Mädchen gewesen sein soll.»

«Sie war sehr lieb und sehr anhänglich», sagte Clotilde.

«Mir tut es Leid, dass ich sie nicht besser gekannt habe», meinte Mrs Glynne. «Ich lebte damals im Ausland, und wenn wir nach England zu Besuch fuhren, waren wir meistens in London. Wir kamen nicht sehr oft her.»

Anthea kam aus dem Garten zurück. Sie trug einen großen Strauß Lilien im Arm.

«Totenblumen», sagte sie. «Die müssen wir heute im Haus haben. Ich stelle sie in eine große Vase. Totenblumen...» Sie lachte plötzlich. Ein sonderbares, hysterisches Kichern.

«Anthea», sagte Clotilde. «Lass das – tu es nicht. Es ist – es ist nicht richtig.»

«Ich werde sie ins Wasser stellen», rief Anthea fröhlich und verließ das Zimmer.

«Wirklich!», sagte Mrs Glynne. «Ich glaube, sie ist –»

«Es wird immer schlimmer mit ihr», sagte Clotilde.

Miss Marple tat, als habe sie nichts gehört. Sie nahm eine kleine Emaildose vom Tisch und betrachtete sie bewundernd.

«Sicher wird sie jetzt eine Vase zerschlagen», sagte Lavinia und folgte ihr.

«Sie machen sich Sorgen um Ihre Schwester Anthea?», fragte Miss Marple nun.

«Ja, sie war immer schon sehr labil. Sie ist die jüngste und war als Kind schon zart. Aber in letzter Zeit ist es wirklich schlimmer geworden. Den Ernst mancher Dinge begreift sie oft gar nicht. Dann bekommt sie solche hysterischen Anfälle. Sie lacht hysterisch, wenn es um etwas Ernstes geht. Wir möchten sie nicht – nun, wir wollen sie nicht irgendwo hinbringen. Sie müsste behandelt werden, aber sie wird sicher nicht von zu Hause weg wollen. Schließlich ist das hier ihr Zuhause! Manchmal ist es wirklich nicht ganz einfach mit ihr.»

«Das ganze Leben ist manchmal nicht einfach», meinte Miss Marple philosophisch.

«Lavinia redet davon, wegzugehen», sagte Clotilde. «Sie möchte wieder im Ausland leben. In Taormina. Sie war mit ihrem Mann oft dort und sehr glücklich. Sie lebt nun schon ein paar Jahre hier, aber sie hat immer Fernweh und möchte verreisen. Manchmal, glaube ich, fällt es ihr schwer, mit Anthea unter einem Dach zu wohnen.»

«Wie traurig», sagte Miss Marple. «Ja, ich habe von ähnlichen Fällen schon gehört.»

«Sie fürchtet sich vor Anthea», sagte Clotilde. «Sie hat richtig Angst. Dabei bemühe ich mich so, ihr klarzumachen, dass gar kein Grund besteht. Anthea ist eben manchmal etwas sonderbar. Sie hat verrückte Ideen und sagt manchmal verrückte Dinge. Aber eine Gefahr ist sie nicht – ich meine ihre... Ach, ich weiß selbst nicht, was ich meine. Sie tut nichts Gefährliches oder Verrücktes.»

«Dann hat es also in dieser Beziehung nie Schwierigkeiten gegeben?», fragte Miss Marple.

«Nein, nicht die Geringsten. Sie hat manchmal nervöse Temperamentsausbrüche und entwickelt ganz plötzlich eine Abneigung gegen irgendeinen Menschen. Sie kann eifersüchtig sein. Besonders auf Leute, mit denen man sich mehr beschäftigt als ihr lieb ist. Manchmal glaube ich, es wäre besser, wir verkauften dieses Haus und zögen woanders hin.»

«Das ist alles sehr traurig für Sie», sagte Miss Marple. «Es muss schwierig sein, mit den vielen Erinnerungen zu leben.»

«Sie verstehen das? Ja, ich glaube, Sie können es verstehen. Man kann nichts dagegen machen. Die Erinnerung an dieses liebe, bezaubernde Kind ist zu mächtig. Sie war für mich wie eine Tochter. Sie war die Tochter meiner besten Freundin. Intelligent, klug und künstlerisch sehr begabt. Sie zeichnete viel. Ich war sehr stolz auf sie. Und dann diese unglückselige Liebe, dieser schreckliche, geistesgestörte Junge.»

«Sie meinen Mr Rafiels Sohn, Michael Rafiel?»

«Ja. Wenn er nur nie hergekommen wäre. Er war zufällig in der Gegend, und sein Vater meinte, er solle uns besuchen. Er kam zum Essen. Er konnte ja sehr charmant sein, wissen Sie, aber er war immer ein Übeltäter gewesen und vorbestraft. Er war schon zweimal im Gefängnis gewesen und hatte sich üble Mädchengeschichten geleistet. Aber ich hätte nie gedacht, dass Verity… Sie war vernarrt in ihn. Das passiert wohl in dem Alter öfter. Sie war rasend verliebt, hat an nichts anderes gedacht und keine Kritik an ihm gelten lassen. Was er früher getan habe, sei alles nicht seine Schuld gewesen, meinte sie. Sie wissen, wie die Mädchen dann sind. ‹Alle sind gegen ihn›, heißt es dann immer. Niemand habe Rücksicht auf ihn genommen. Ach, man kann schon nicht mehr hören, was einem da so gesagt wird. Haben diese Mädchen denn überhaupt keine Vernunft?»

«Nein», sagte Miss Marple. «Meistens haben sie sie nicht, da muss ich Ihnen Recht geben.»

«Sie wollte nicht hören. Ich versuchte, ihn von ihr fern zu halten, verbot ihm das Haus. Das war natürlich ein Fehler, aber ich erkannte es zu spät. Sie trafen sich eben woanders. Ich weiß nicht wo, aber sicher wechselten sie den Treffpunkt häufig. Meist holte er sie an einer bestimmten Stelle mit seinem Wagen ab und brachte sie spät nachts nach Hause. Ein paarmal kam sie gar nicht nach Hause, erst am nächsten Tag. Ich sagte ihnen, dass das alles aufhören müsse, dass es nicht mehr so weitergehe, aber es war sinnlos. Verity wollte nicht hören, und von ihm hatte ich es nicht anders erwartet.»

«Wollten sie heiraten?», fragte Miss Marple.

«Ich glaube nicht, dass es so weit kam. Er hatte sicher nicht die Absicht. An so etwas dachte er bestimmt nicht.»

«Das tut mir sehr Leid für Sie», sagte Miss Marple. «Sie müssen viel durchgemacht haben.»

«Ja. Aber das schlimmste war, die Leiche zu identifizieren. Das war einige Zeit nachdem – nachdem sie verschwand. Natürlich hatten wir angenommen, dass sie mit ihm durchgebrannt sei und wir eines Tages eine Nachricht von ihr bekämen. Die Polizei nahm die Sache allerdings ernster. Sie verhörten Michael, und seine Aussage stimmte nicht mit dem überein, was die Zeugen hier sagten.

Und dann fand man sie. Nicht hier in der Nähe, etwa dreißig Meilen entfernt. In einer abgelegenen Gegend, im Dickicht, in einer Art Graben. Ich musste sie in der Leichenhalle identifizieren. Es war furchtbar. Sie war auf so grausame Weise entstellt worden. Warum hatte er das getan? War es nicht schon genug, dass er sie erwürgt hatte? Mit ihrem eigenen Schal! Ich kann – ich kann nicht weiter darüber sprechen. Es ist unerträglich.»

Sie konnte die Tränen nicht mehr zurückhalten.

«Es tut mir so Leid für Sie», sagte Miss Marple. «Es tut mir schrecklich Leid.»

«Danke», sagte Clotilde und schaute sie an. «Und doch wissen Sie das Schlimmste noch nicht.»

«Was meinen Sie?»

«Ich weiß nicht – es ist wegen Anthea.»

«Was ist mit ihr?»

«Sie benahm sich so merkwürdig. Sie war sehr eifersüchtig. Ich hatte den Eindruck, dass sie Verity nicht mehr mochte. In ihrem Blick lag auf einmal Hass, wenn sie Verity ansah. Manchmal dachte ich – ich dachte… nein, es ist zu schrecklich, von der eigenen Schwester so etwas zu denken. Das darf man nicht, aber sie hat einmal jemand tätlich angegriffen. Sie bekam öfters diese Wutausbrüche. Und dann dachte ich, ob sie… Aber man darf so etwas nicht sagen. Nein, sicher ist es nicht so gewesen. Bitte vergessen Sie, was ich sagte. Es stimmt selbstverständlich nicht. Aber sie ist nicht ganz normal. Damit muss ich mich abfinden. Als sie klein war, ist öfters etwas passiert – mit Tieren. Wir hatten einen Papagei. Und der hat dummes Zeug geredet, wie Papageien es eben tun. Dem hat sie den Hals umgedreht. Und seitdem kann ich ihr nicht mehr trauen, ich fühle mich nicht mehr sicher. Niemals habe ich… Mein Gott, jetzt werde ich auch schon hysterisch.»

«Beruhigen Sie sich!», sagte Miss Marple. «Denken Sie nicht mehr an diese Dinge.»

«Es ist schlimm genug, zu wissen – zu wissen, dass Verity starb. Auf diese schreckliche Weise starb. Aber wenigstens sind jetzt andere Mädchen vor diesem Jungen sicher. Er bekam Lebenslänglich. Er ist immer noch im Gefängnis. Man lässt ihn nicht frei, damit nicht wieder etwas passiert. Ich verstehe nur nicht, warum man ihm nicht verminderte Zurechnungsfähigkeit zugestand, wie es heute häufig geschieht. Man hätte ihn nach Broadmoor schicken sollen. Ich glaube, er war für seine Taten gar nicht verantwortlich.»

Sie stand auf und lief aus dem Zimmer. Mrs Glynne war zurückgekommen und stieß unter der Tür mit ihr zusammen.

«Sie müssen Clotilde nicht beachten», sagte sie. «Sie hat

dieses schreckliche Erlebnis nie überwunden. Sie liebte Verity sehr.»

«Sie scheint sich Sorgen um Ihre andere Schwester zu machen.»

«Um Anthea? Anthea ist ganz in Ordnung. Natürlich, sie ist etwas zerstreut und auch ein bisschen hysterisch. Sie ist leicht erregbar und hat eine merkwürdige Phantasie. Aber Sorgen braucht sich Clotilde um sie nicht zu machen. – Nanu, wer ist denn da am Fenster?» Plötzlich tauchten zwei Gestalten in der Verandatür auf. Es waren Miss Cooke und Miss Barrow.

«Entschuldigen Sie die Störung», sagte Miss Barrow. «Wir sind ums Haus herumgegangen, auf der Suche nach Miss Marple. Wir hatten gehört, dass sie bei Ihnen ist, und wir dachten – ach, da sind Sie ja, liebe Miss Marple! Wir wollten Ihnen nur erzählen, dass wir die Kirche doch nicht besichtigt haben. Sie war geschlossen, heute wird dort geputzt, und deshalb haben wir unseren Ausflug auf morgen verschoben. Hoffentlich stört es Sie nicht, dass wir hier einfach so eindringen. Wir haben an der Haustür geläutet, aber die Klingel scheint nicht zu funktionieren.»

«Ja, leider passiert das manchmal», sagte Mrs Glynne. «Sie macht das je nach Laune – mal läutet sie, mal nicht. Aber bitte, kommen Sie doch herein und nehmen Sie Platz. Ich wusste nicht, dass Sie nicht mitgefahren sind.»

«Wir dachten, es wäre genauso schön, hier zu bleiben und die Gegend anzusehen. Nach allem, was passiert ist, waren wir nicht in der Stimmung, die Reise fortzusetzen.»

«Sie müssen einen Sherry mit uns trinken», sagte Mrs Glynne. Sie verließ den Raum und kehrte kurz darauf mit Anthea wieder zurück, die sich offensichtlich beruhigt hatte. Sie trug Gläser und eine Karaffe mit Sherry.

«Ich möchte wirklich wissen», meinte Mrs Glynne, «was

an dieser ganzen Geschichte dran ist. Ich meine die Sache mit Miss Temple. Man weiß auch gar nicht, was die Polizei beabsichtigt. Sie scheint mit den bisherigen Ergebnissen nicht zufrieden zu sein, sonst wäre die Untersuchung nicht vertagt worden. Wer weiß, ob nicht etwas ganz anderes hinter diesem Unfall steckt.»

«Nun, der Schlag auf den Kopf und die schwere Gehirnerschütterung sind natürlich auf den Stein zurückzuführen», sagte Miss Barrow. «Die Frage ist nur, Miss Marple, ob der Stein von selbst ins Rollen kam oder ob ihm jemand einen Stoß gab.»

«Aber du glaubst doch nicht», rief Miss Cooke, «dass jemand so etwas absichtlich getan hat! Wer würde denn auf so einen Gedanken kommen! Wahrscheinlich waren es Studenten oder irgendwelche Fremde. Ich frage mich, ob es nicht –»

«Ob es jemand von unserer Reisegesellschaft war?», sagte Miss Marple.

«Das – das habe ich nicht gesagt», wehrte sich Miss Cooke.

«Leider müssen wir so etwas in Betracht ziehen», sagte Miss Marple. «Eine Erklärung muss es ja geben. Wenn die Polizei sicher ist, dass es kein Zufall war, dann muss es doch jemand getan haben und – nun, Miss Temple war hier fremd. Deshalb kommt niemand aus dem Dorf in Frage. Also fällt die Sache auf uns zurück, auf alle, die im Bus mitgefahren sind.»

Sie lachte verlegen. «Aber wahrscheinlich sollte ich so etwas gar nicht sagen. Ich finde nur, dass Verbrechen wirklich sehr interessant sind. Manchmal sind schon die unwahrscheinlichsten Dinge passiert.»

«Haben Sie eine bestimmte Idee, Miss Marple?», fragte Clotilde. «Das würde mich interessieren.»

«Ach, es gibt verschiedene Möglichkeiten.»

«Dieser Mr Caspar», sagte Miss Cooke. «Ich mochte ihn vom ersten Augenblick an nicht leiden. Ich hatte das Gefühl, er könnte etwas mit Spionage zu tun haben. Vielleicht ist er hier, um Atomgeheimnisse auszuspionieren.»

«Ich glaube nicht, dass es hier ein Atomgeheimnis auszuspionieren gibt», sagte Mrs Glynne.

«Nein, natürlich nicht», warf Anthea ein. «Vielleicht verfolgte sie jemand. Vielleicht war sie eine Verbrecherin.»

«Unsinn», meinte Clotilde. «Sie war die pensionierte Direktorin einer sehr bekannten Schule und außerdem eine sehr gescheite Frau. Warum sollte jemand sie verfolgen wollen?»

«Ach, ich weiß nicht. Vielleicht ist sie ein wenig sonderlich geworden oder so.»

«Ich glaube», sagte Mrs Glynne, «dass Miss Marple genaue Vorstellungen hat.»

«Ja», antwortete Miss Marple, «das stimmt. Ich habe das Gefühl, dass nur zwei … Ach, es ist schwierig, es richtig auszudrücken. Ich meine, es kommen eigentlich nur zwei Leute in Frage. Vielleicht stimmt es auch gar nicht, denn sie sind beide sehr nett. Aber logischerweise muss man sie verdächtigen.»

«Wen meinen Sie? Das ist ja sehr interessant.»

«Ich glaube, ich sollte nicht darüber sprechen. Es ist nur eine ganz vage Vermutung.»

«Erzählen Sie! Wer gab dem Stein den Stoß? Wer war diese Gestalt, die Joanna und Emlyn Price gesehen haben?»

«Also, ich meine – ich könnte mir vorstellen, dass sie niemand gesehen haben.»

«Das verstehe ich nicht», sagte Anthea. «Sie sahen niemand?»

«Ja. Vielleicht haben sie alles erfunden.»

«Was? Dass sie jemand sahen?»

«Es könnte immerhin möglich sein, oder nicht?»

«Sie meinen, es war ein dummer Scherz?»

«Man hört heutzutage immer wieder von jungen Leuten, die die seltsamsten Dinge tun», sagte Miss Marple. «Sie schlagen die Fenster von Botschaften ein und greifen Leute an. Sie werfen mit Steinen auf sie. Die beiden sind die einzigen jungen Leute in der Gruppe.»

«Sie glauben, Emlyn Price und Joanna könnten den Stein hinuntergestoßen haben?»

«Nun, es kommt sonst niemand in Frage, nicht wahr?», sagte Miss Marple.

«Meinen Sie wirklich?», rief Clotilde. «Darauf wäre ich nie gekommen. Aber ich kann es mir vorstellen, ja, daran könnte wirklich etwas Wahres sein. Natürlich kenne ich die beiden nicht, ich bin nicht mit ihnen mitgereist.»

«Sie waren sehr nett», sagte Miss Marple. «Joanna schien ein sehr tüchtiges, fähiges Mädchen zu sein.»

«Fähig zu allem?», fragte Anthea.

«Anthea», mahnte Clotilde. «Ich bitte dich!»

«Nun, sie ist sehr geschickt», sagte Miss Marple. «Wenn man so etwas anstellt und nicht gesehen werden will, muss man schon sehr geschickt sein.»

«Sicher haben sie es gemeinsam getan», meinte Miss Barrow.

«Aber natürlich», sagte Miss Marple.

«Sie erzählten auch ungefähr die gleiche Geschichte. Sie sind ganz eindeutig verdächtig. Alle anderen konnten sie nicht sehen, weil sie den Hauptweg weiter unten benützten. Die beiden können den Hügel hinaufgeklettert sein und dann den Stein gelockert haben. Vielleicht hatten sie es auch gar nicht auf Miss Temple abgesehen. Sie hatten einfach das Bedürfnis, eine Gewalttat zu verüben. Danach erfanden sie das Märchen von der Gestalt, die sie dort oben gesehen hatten. Auch was sie von der Kleidung dieser Person erzählten, klingt sehr unwahrscheinlich. Vielleicht sollte ich das alles nicht sagen, aber ich habe mir eben meine Gedanken darüber gemacht.»

«Ein interessanter Gesichtspunkt, scheint mir», sagte Mrs Glynne. «Was meinst du, Clotilde?»

«Ja, ich glaube, es ist eine Möglichkeit. Ich wäre selbst nie darauf gekommen.»

«So», sagte Miss Cooke und erhob sich. «Wir müssen ins Hotel zurück. Kommen Sie mit, Miss Marple?»

«Nein, nein», antwortete Miss Marple. «Ich vergaß, es Ihnen zu erzählen, Miss Bradbury-Scott bat mich freundlicherweise, noch ein oder zwei Tage hier zu bleiben.»

«Ach so. Nun, das ist sicher viel angenehmer für Sie. Und bequemer. Die Leute, die heute im *Golden Boar* angekommen sind, scheinen ziemlich laut zu sein.»

«Wie wäre es, wenn Sie nach dem Abendessen auf eine Tasse Kaffee zu uns kämen?», schlug Clotilde vor. «Es ist ein so schöner, warmer Abend. Es tut mir Leid, dass ich Sie nicht zum Essen einladen kann, aber ich fürchte, wir haben nicht genug Vorräte im Haus. Aber wenn Sie zum Kaffee kommen wollen …»

«Das wäre reizend», sagte Miss Cooke. «Ja, wir nehmen Ihre Gastfreundschaft gerne an.»

20

Miss Cooke und Miss Barrow erschienen pünktlich um 20.45 Uhr. Miss Cooke trug ein beiges Spitzenkleid, Miss Barrow ein olivgrünes. Während des Essens hatte sich Anthea mit Miss Marple über die beiden Damen unterhalten.

«Wie merkwürdig», sagte sie, «dass sie hier geblieben sind.»

«Das finde ich nicht», antwortete Miss Marple. «Es ist doch verständlich. Sie verfolgen einen ganz genauen Plan.»

«Was meinen Sie damit?», fragte Mrs Glynne.

«Nun, sie rechnen immer mit den verschiedensten Möglichkeiten und gehen dabei nach einem bestimmten Plan vor.»

«Glauben Sie», fragte Anthea aufhorchend, «dass sie auch für den Mordfall einen Plan hatten?»

«Mir wäre es lieber», sagte Mrs Glynne, «wenn du den Tod der armen Miss Temple nicht als Mord hinstelltest.»

«Aber natürlich war es Mord», sagte Anthea. «Ich möchte nur wissen, wer ihr den Tod wünschte. Vielleicht eine Schülerin, die sie schon in der Schule hasste und sich rächen wollte?»

«Meinen Sie, dass Hass so lange dauern kann?», fragte Miss Marple.

«Ja, das glaube ich. Ich glaube, dass man jemand Jahre hindurch hassen kann.»

«Nein», sagte Miss Marple. «Das finde ich nicht. Hass stirbt mit der Zeit. Man kann versuchen, ihn künstlich aufrechtzuerhalten, aber es würde einem nicht gelingen. Der Hass ist keine so große Triebkraft wie die Liebe.»

«Könnten Miss Cooke oder Miss Barrow oder beide zusammen den Mord begangen haben?»

«Warum?», fragte Mrs Glynne. «Anthea, ich verstehe dich wirklich nicht. Sie machen doch einen sehr netten Eindruck.»

«Sie haben etwas Geheimnisvolles an sich», sagte Anthea. «Findest du nicht auch, Clotilde?»

«Vielleicht hast du Recht», antwortete Clotilde. «Auf mich wirken sie irgendwie unecht. Sicher weißt du, was ich meine.»

«Sie sind mir unheimlich», sagte Anthea.

177

«Du und deine Phantasie», sagte Mrs Glynne. «Immerhin gingen sie den Hauptweg, nicht wahr? Sie haben sie doch gesehen?», fragte sie Miss Marple.

«Nein», sagte Miss Marple. «Ich hatte keine Gelegenheit dazu.»

«Sie meinen –?»

«Sie war nicht dabei», sagte Clotilde. «Miss Marple war hier in unserem Garten!»

«Ach natürlich, das hatte ich vergessen!»

«Es war ein so schöner, friedlicher Tag», sagte Miss Marple. «Ich habe ihn sehr genossen. Morgen früh möchte ich mir noch einmal die kleinen weißen Blüten ansehen, bei dem Erdwall. Neulich brachen sie gerade auf. Sicher blühen sie jetzt ganz herrlich. Ich werde mich immer daran erinnern – es gehörte mit zu meinem Besuch hier.»

«Ich mag sie nicht», sagte Anthea. «Ich möchte, dass sie ausgerissen werden. Es soll wieder ein Gewächshaus hinkommen. Wenn wir genug sparen, können wir es doch sicher bauen, Clotilde?»

«Wir lassen es, wie es ist», erklärte Clotilde. «Ich möchte nicht, dass etwas verändert wird. Wozu brauchen wir ein Gewächshaus? Es würde Jahre dauern, bis die Weinstöcke wieder Trauben trügen.»

«Lassen wir das Thema», sagte Mrs Glynne. «Es hat keinen Sinn, dass wir uns darüber unterhalten. Gehen wir in den Salon. Unsere Gäste werden gleich kommen.»

Kurz darauf waren dann die Gäste gekommen. Clotilde brachte das Tablett mit dem Kaffee herein. Sie schenkte ein und verteilte die Tassen. Jeder Gast bekam eine, zuletzt Miss Marple. Miss Cooke beugte sich vor.

«Entschuldigen Sie, Miss Marple, aber ich würde ihn an Ihrer Stelle nicht trinken. So spät am Abend noch Kaffee! Sie werden nicht gut schlafen.»

«Ach, glauben Sie?», sagte Miss Marple. «Ich bin eigentlich daran gewöhnt.»

«Ja, aber dieser ist besonders stark. Ich würde ihn lieber nicht trinken.»

Miss Marple schaute Miss Cooke an, die sie sehr ernst ansah und mit einem Auge etwas zwinkerte.

«Vielleicht haben Sie Recht», sagte Miss Marple. «Sie verstehen wohl etwas von Diät?»

«Ja, ich habe mich gründlich damit beschäftigt. Ich habe einen Kurs in Krankenpflege mitgemacht.»

«Ach, tatsächlich?» Miss Marple schob die Tasse etwas beiseite. «Übrigens, gibt es ein Foto von dem Mädchen?», fragte sie. «Von Verity Hunt oder wie sie hieß? Der Erzdiakon unterhielt sich mit mir über sie. Er scheint sie sehr gern gehabt zu haben.»

«Ja, ich glaube auch. Er mag junge Leute», sagte Clotilde.

Sie stand auf, ging zu einem Schreibtisch und holte eine Fotografie aus einer Schublade. Sie brachte sie Miss Marple.

«Das war Verity», sagte sie.

«Ein schönes Gesicht», sagte Miss Marple. «Ja, ein sehr schönes und ungewöhnliches Gesicht. Armes Kind.»

«Es ist schlimm heutzutage», sagte Anthea. «Immer wieder passieren diese Dinge. Die Mädchen sind überhaupt nicht wählerisch, mit wem sie ausgehen. Und niemand passt auf sie auf.»

«Sie müssen eben auf sich selbst aufpassen», sagte Clotilde. «Und sie haben keine Ahnung, wie sie das anstellen sollen, die armen Geschöpfe.» Sie streckte die Hand aus, um Miss Marple die Fotografie abzunehmen. Dabei streifte ihr Ärmel die Kaffeetasse, und sie fiel zu Boden.

«Oh, das tut mir Leid», sagte Miss Marple. «Habe ich Sie angestoßen? War das meine Schuld?»

«Nein, es war mein Ärmel», sagte Clotilde. «Er ist ziemlich weit. Vielleicht möchten Sie etwas heiße Milch, wenn Sie den Kaffee nicht vertragen?» Sie hob die Tasse auf und wischte mit ihrer Serviette über den Fleck im Teppich.

«Das wäre sehr nett», sagte Miss Marple. «Später, wenn ich zu Bett gehe. Ein Glas heiße Milch wirkt immer so beruhigend, und man schläft so gut danach.»

Es wurde noch etwas geplaudert, und dann brachen Miss Cooke und Miss Barrow auf. Sie schienen nicht ganz bei der Sache zu sein, denn sie kamen noch einmal zurück, weil sie etwas vergessen hatten – einen Schal, eine Handtasche und ein Taschentuch.

«Mein Gott, sind die zerstreut», sagte Anthea, als sie schließlich verschwunden waren.

«Eigentlich muss ich Clotilde Recht geben», sagte Mrs Glynne. «Die beiden wirken irgendwie unecht. Ich weiß nicht, ob Sie verstehen, was ich meine, Miss Marple?»

«Ja», sagte Miss Marple. «Ich finde das auch. Ich habe mir schon öfter Gedanken über sie gemacht und mich gefragt, warum sie diese Reise unternommen haben. Aus reinem Vergnügen? Oder aus einem ganz anderen Grund?»

«Und fanden Sie eine Antwort?», fragte Clotilde.

«Ich glaube, ja», sagte Miss Marple. Sie seufzte. «Ich habe Antwort auf eine Menge Fragen gefunden.»

«Nun, ich hoffe, dass Ihnen die Reise bisher Spaß gemacht hat», sagte Clotilde.

«Ich bin froh, dass ich nicht weiter mitgefahren bin», sagte Miss Marple. Sicher hätte ich keine Freude mehr daran gehabt.»

«Ja, das kann ich verstehen.»

Clotilde holte ein Glas heiße Milch aus der Küche und begleitete Miss Marple hinauf in ihr Zimmer.

«Kann ich noch irgendetwas für Sie tun?», fragte sie. Brauchen Sie noch etwas?»

«Nein, vielen Dank», antwortete Miss Marple. «Ich habe alles. Was ich für die Nacht benötige, ist hier in meiner kleinen Reisetasche. Deshalb brauche ich nicht mehr auszupacken. Vielen Dank. Es war sehr nett von Ihnen und Ihren Schwestern, mich noch einmal einzuladen.»

«Es war das Mindeste, was wir tun konnten. Schließlich hatte Mr Rafiel uns deswegen geschrieben. Er war ein sehr rücksichtsvoller Mensch.»

«Ja. Ein Mann, der – der an alles dachte. Ein kluger Mann, meine ich.»

«Und auch ein bedeutender Finanzmann.»

«Ja, in finanzieller Hinsicht und auch sonst dachte er immer an alles», sagte Miss Marple. «So, jetzt bin ich froh, dass ich ins Bett komme. Gute Nacht, Miss Bradbury-Scott.»

«Soll ich Ihnen morgen das Frühstück hinaufschicken? Möchten Sie im Bett frühstücken?»

«Nein, nicht um alles in der Welt möchte ich Sie bemühen. Ich komme lieber hinunter. Vielleicht eine Tasse Tee, das wäre sehr nett. Aber sonst – ich möchte in den Garten gehen. Vor allem möchte ich mir den kleinen Erdhügel ansehen mit den vielen weißen Blüten. Er ist so schön und majestätisch –»

«Gute Nacht», sagte Clotilde. «Schlafen Sie gut.»

In der Halle des *Old Manor House* schlug die alte Standuhr am Fuß der Treppe zweimal. Die Uhren im Haus schlugen nicht alle zur gleichen Zeit, und manche schlugen gar nicht. Wahrscheinlich war es nicht einfach, so viele alte Uhren in Ordnung zu halten.

Um drei Uhr war der sanfte Schlag der Uhr zu hören, die am Treppenabsatz des ersten Stockes stand. Durch die Türritze drang auf einmal Licht.

Miss Marple richtete sich langsam im Bett auf und tastete

mit ihrer Hand nach der Nachttischlampe. Die Türe öffnete sich leise.

Das Licht im Gang war erloschen, aber Miss Marple hörte, wie leise Schritte auf sie zukamen. Sie knipste die Lampe an.

«Oh», rief sie. «Sie sind es, Miss Bradbury-Scott! Was ist denn los?»

«Ich wollte nur nachsehen, ob Sie etwas brauchen», antwortete Miss Bradbury-Scott.

Miss Marple schaute sie an. Clotilde trug einen langen, purpurroten Schlafrock. Wie schön sie ist, dachte Miss Marple. Eine tragische Gestalt, eine Gestalt wie aus einem Drama. Wieder musste sie an griechische Tragödien denken. Wieder kam ihr Klytämnestra in den Sinn.

«Brauchen Sie wirklich nichts?»

«Nein, vielen Dank», sagte Miss Marple. Entschuldigend fügte sie hinzu: «Es tut mir Leid, aber ich habe die Milch nicht getrunken.»

«Ach. Warum denn nicht?»

«Ich dachte, sie bekäme mir nicht.»

Clotilde stand am Fußende des Bettes und sah sie an.

«Ich dachte, es wäre ungesund», fügte Miss Marple hinzu.

«Wie meinen Sie das?», Clotildes Stimme klang spröde.

«Ich glaube, das wissen Sie ganz genau», sagte Miss Marple. «Schon gestern Abend haben Sie es gewusst. Vielleicht schon vorher.»

«Ich habe keine Ahnung, wovon Sie sprechen.»

«Nein?», fragte Miss Marple sarkastisch.

«Die Milch ist sicher kalt geworden. Ich nehme sie mit und bringe Ihnen neue.» Clotilde streckte ihre Hand aus und nahm das Glas Milch vom Nachttisch.

«Bemühen Sie sich nicht», sagte Miss Marple. «Ich würde die Milch doch nicht trinken.»

«Ich begreife wirklich nicht», sagte Clotilde. «Was sind Sie für eine merkwürdige Frau! Wie reden Sie mit mir? Wer sind Sie?»

Miss Marple nahm den rosa Wollschal ab, den sie um den Kopf geschlungen hatte. Es war ein ähnlicher Schal, wie sie ihn damals in Westindien getragen hatte.

«Einer meiner Namen», sagte sie, «ist ‹Nemesis›.»

«Nemesis? Und was heißt das?»

«Ich glaube, das wissen Sie», sagte Miss Marple. «Sie sind ja eine gebildete Frau. Es dauert oft lange, bis Nemesis kommt, aber eines Tages kommt sie doch.»

«Wovon sprechen Sie?»

«Von einem sehr schönen Mädchen, das Sie getötet haben», sagte Miss Marple.

«Das ich getötet habe? Was wollen Sie damit sagen?»

«Ich meine das Mädchen Verity.»

«Und warum sollte ich sie getötet haben?»

«Weil Sie sie liebten», sagte Miss Marple.

«Natürlich habe ich sie geliebt. Ich habe sehr an ihr gehangen. Sie hat mich auch geliebt.»

«Vor nicht langer Zeit hat jemand zu mir gesagt, dass Liebe ein schreckliches Wort sei. Es ist ein schreckliches Wort. Sie haben Verity zu sehr geliebt, sie bedeutete Ihnen alles auf dieser Welt. Verity liebte Sie, bis etwas anderes in ihr Leben trat. Eine andere Art von Liebe. Sie verliebte sich in einen jungen Mann. Kein sehr passender junger Mann, kein vollkommenes Exemplar und ohne eine anständige Vergangenheit. Aber sie liebte ihn, und er liebte sie, und sie wollten fliehen. Verity wollte fliehen, weil die Bindung an Sie, Ihre Liebe, sie zu sehr belastete. Sie wollte leben wie eine normale Frau. Mit dem Mann ihrer Wahl, mit dem sie Kinder haben wollte. Sie wollte heiraten und ein glückliches, normales Leben führen.»

Clotilde ging zu einem Stuhl und setzte sich.

«So», sagte sie. «Sie scheinen das ja gut zu verstehen.»

«Ja, ich verstehe es.»

«Was Sie behaupten, stimmt ganz genau. Ich leugne es nicht. Es spielt keine Rolle mehr.»

«Da haben Sie ganz Recht. Es spielt gar keine Rolle.»

«Wissen Sie überhaupt – können Sie sich denn vorstellen, wie ich gelitten habe?»

«Ja, das kann ich. Ich habe mir solche Dinge immer schon vorstellen können.»

«Wissen Sie, was es heißt, diese Todesangst zu haben – diese Todesangst, den Menschen zu verlieren, den man von allen am meisten liebt? Und ich sollte sie an einen erbärmlichen, lasterhaften Verbrecher verlieren. An einen Mann, der mein schönes, herrliches Mädchen nicht wert war. Nein, das musste ich verhindern. Unter allen Umständen!»

«Ja», sagte Miss Marple. «Lieber das Mädchen töten als es hergeben. Sie töteten sie, weil Sie sie liebten.»

«Glauben Sie wirklich, ich hätte das tun können? Glauben Sie, ich hätte ein Mädchen erwürgen können, das ich so liebte? Glauben Sie, ich hätte ihr das Gesicht einschlagen und ihr den Schädel zertrümmern können? Nein, nur ein erbärmlicher Verbrecher wäre zu so etwas fähig gewesen.»

«Nein», sagte Miss Marple, «Sie hätten es nicht tun können, das stimmt. Sie liebten sie und wären dazu nicht fähig gewesen.»

«Na also. Es ist doch Unsinn, was Sie sagen.»

«Es war ja nicht Verity, der Sie das antaten. Es war ein anderes Mädchen, das Sie nicht liebten. Verity ist noch immer hier, nicht wahr? Hier in Ihrem Garten. Vermutlich haben Sie sie nicht erwürgt. Ich nehme an, Sie brachten ihr einen Schlaftrunk, Kaffee oder Milch mit einer Überdosis Schlaftabletten. Und als sie tot war, trugen Sie sie hinaus in den Garten und gruben ihr in dem verfallenen Gewächshaus ein Grab. Und pflanzten Polygonum an, das alles überdeckte und jedes Jahr voller und dichter wurde. Verity ist hier bei Ihnen. Sie ging niemals fort.»

«Sie Närrin! Sie verrückte alte Närrin! Glauben Sie, dass Sie je davonkommen, um diese Geschichte weiterzuerzählen?»

«Ich glaube, ja», sagte Miss Marple. «Ganz sicher bin ich mir allerdings nicht. Sie sind eine kräftige Frau, sehr viel kräftiger als ich.»

«Es freut mich, dass Sie das einsehen.»

«Sie hätten auch keine Skrupel», sagte Miss Marple. «Ein Mord zieht den nächsten nach sich. Das habe ich im Lauf meines Lebens schon öfter beobachtet. Sie haben zwei Mädchen getötet, nicht wahr? Sie töteten das Mädchen, das sie liebten, und noch ein anderes!»

«Eine dumme kleine Hure. Nora Broad. Woher wissen Sie das?»

«Ich dachte darüber nach», sagte Miss Marple. «Sie sind keine Frau, die ein Mädchen, das sie liebt, hätte erwürgen und entstellen können. Aber zur gleichen Zeit verschwand ein anderes Mädchen, dessen Leiche nie gefunden wurde. Mir wurde klar, dass diese Leiche doch gefunden worden war, nur wusste man nicht, dass es die von Nora Broad war. Sie trug Veritys Kleider und wurde von dem Menschen identifiziert, der Verity besser kannte als jeder andere. Sie mussten hingehen und feststellen, ob diese Tote Verity war. Und Sie haben es getan. Sie haben gesagt, das tote Mädchen sei Verity.»

«Und warum hätte ich das getan haben sollen?»

«Weil Sie wollten, dass der junge Mann, der Ihnen Verity weggenommen hatte, den Verity liebte, des Mordes angeklagt würde. Deswegen versteckten Sie die zweite Leiche so

185

gut, dass sie nicht sofort gefunden werden konnte. Und wenn sie gefunden würde, würde man sie für die des falschen Mädchens halten. Sie würden dafür sorgen, dass sie so identifiziert würde, wie Sie wollten. Sie zogen ihr Veritys Kleider an und stellten Veritys Handtasche daneben; ein paar Briefe, ein Armband, ein kleines Kreuz an einer Kette – und dann entstellten Sie ihr das Gesicht. Vor einer Woche verübten Sie einen dritten Mord, den Mord an Elizabeth Temple. Sie töteten sie, weil Sie Angst hatten, sie könnte zu viel wissen. Sie wussten nicht, ob Verity ihr geschrieben oder etwas erzählt hatte, und Sie befürchteten, dass sie, wenn sie Erzdiakon Brabazon besuchte, zusammen mit ihm die Wahrheit herausbekommen könnte. Elizabeth Temple durfte unter keinen Umständen mit ihm zusammentreffen. Sie sind eine sehr kräftige Frau. Es ist für Sie nicht schwierig, so einen Stein loszustemmen. Sicher war es etwas mühsam, aber Sie sind ja sehr kräftig.»

«Kräftig genug, um auch mit Ihnen fertig zu werden», sagte Clotilde.

«Ich glaube nicht», sagte Miss Marple, «dass man das zulässt.»

«Wie meinen Sie das, Sie alte, runzlige Person?»

«Ja», sagte Miss Marple. «Ich bin nicht mehr ganz jung und habe nicht mehr viel Kraft. Sehr wenig Kraft sogar. Aber ich bin so etwas wie eine Botin der Gerechtigkeit.»

Clotilde lachte laut. «Und wer will mich davon abhalten, Sie zu töten?»

«Mein Schutzengel, höchstwahrscheinlich», sagte Miss Marple.

«Ach, Sie vertrauen Ihrem Schutzengel?», sagte Clotilde lachend. Sie trat auf das Bett zu.

«Vielleicht sogar zwei Schutzengel», sagte Miss Marple. «Mr Rafiel war immer außerordentlich großzügig.»

Ihre Hand fuhr unters Kopfkissen und holte eine Pfeife hervor. Der Pfiff war ohrenbetäubend und hätte jeden Polizisten aus dem entlegensten Winkel herbeigeholt. Eine unglaubliche Pfeife. Zwei Dinge geschahen fast gleichzeitig: Die Tür zum Flur öffnete sich. Clotilde fuhr erschrocken herum. Miss Barrow stand im Türrahmen. Im gleichen Augenblick ging die Tür des Kleiderschranks auf, und Miss Cooke trat heraus. Sie erinnerten in nichts mehr an die beiden freundlich plaudernden Damen vom Abend. Ein Ausdruck grimmiger Entschlossenheit lag auf ihren Gesichtern.

«Zwei Schutzengel», sagte Miss Marple glücklich. «Mr Rafiel war immer sehr großzügig.»

21

«Wann merkten Sie», fragte Professor Wanstead, «dass die beiden Frauen Privatdetektivinnen waren, die Sie zu Ihrem Schutz begleiteten?»

Er beugte sich in seinem Sessel vor und schaute die weißhaarige alte Dame nachdenklich an, die ihm gegenüber aufrecht auf einem Stuhl saß. Sie befanden sich in einem Londoner Regierungsgebäude, und es waren noch vier andere Personen anwesend: ein Beamter der Staatsanwaltschaft, Sir James Lloyd von Scotland Yard und Sir Andrew McNeil, der Direktor des Manstone-Gefängnisses; die vierte Person war der Innenminister.

«Erst gestern Abend», sagte Miss Marple. «Bis dahin hatte ich noch keine Gewissheit. Miss Cooke war nach St. Mary Mead gekommen, und ich hatte sehr schnell heraus, dass sie nicht das war, wofür sie sich ausgab: eine leidenschaftliche Gärtnerin, die ihrer Freundin bei der Gartenarbeit half. Mir

187

wurde klar, dass sie sich nur vergewissern wollte, wie ich aussah, doch ich verstand den Grund nicht. Als ich sie auf der Reise wieder erkannte, fragte ich mich, ob sie die Rolle einer Beschützerin spielte oder ob ich die beiden Frauen als Vertreterinnen der Gegenseite anzusehen hätte.

Erst gestern Abend bekam ich Gewissheit, als Miss Cooke mich daran hinderte, eine Tasse Kaffee zu trinken, die Clotilde Bradbury-Scott vor mich hingestellt hatte. Sie machte es sehr geschickt, aber ich begriff, dass es eine Warnung war. Später, als sie sich verabschiedeten, nahm die eine meine beiden Hände und drückte sie besonders herzlich. Dabei steckte sie mir etwas zu, das sich als eine sehr lautstarke Pfeife entpuppte. Ich nahm sie mit ins Bett, akzeptierte dankend das Glas Milch, das meine Gastgeberin mir aufdrängte, und wünschte ihr gute Nacht, wobei ich mir Mühe gab, so freundlich und natürlich zu sein wie immer.»

«Aber Sie tranken die Milch nicht?»

«Natürlich nicht», sagte Miss Marple. «Wofür halten Sie mich?»

«Ich bitte um Entschuldigung», sagte Professor Wanstead. «Es überrascht mich, dass Sie die Tür nicht abschlossen.»

«Das wäre ganz falsch gewesen», sagte Miss Marple. «Ich wollte, dass Clotilde Bradbury-Scott hereinkam. Ich wollte erfahren, was sie tun oder sagen würde. Ich war überzeugt, dass sie hereinkommen würde, denn sie musste sich vergewissern, dass ich die Milch getrunken hatte und in einen Tiefschlaf gesunken war, aus dem ich wahrscheinlich nicht mehr erwacht wäre.»

«Halfen Sie Miss Cooke, sich im Kleiderschrank zu verstecken?»

«Nein. Ich war sehr überrascht, als sie plötzlich herauskam. Ich nehme an», sagte Miss Marple nachdenklich, «dass sie schnell hineingeschlüpft ist, während ich – während ich im Badezimmer war.»

«Sie wussten, dass die beiden Frauen im Haus waren?»

«Ich nahm an, dass sie in der Nähe sein würden, da sie mir die Pfeife gegeben hatten. Es wird nicht schwierig gewesen sein, ins Haus hineinzukommen, es sind keine Rollläden da und keine Alarmanlage. Nachdem sie sich verabschiedet hatten, kamen beide zurück – unter dem Vorwand, etwas vergessen zu haben. Wahrscheinlich haben sie bei der Gelegenheit schnell ein Fenster von innen geöffnet und sind dann eingestiegen, während die Schwestern und ich schon auf dem Weg nach oben waren, um ins Bett zu gehen.»

«Sie haben viel gewagt, Miss Marple.»

«Ich war optimistisch», sagte Miss Marple. «Manchmal muss man etwas wagen, ohne Risiko geht es im Leben nicht.»

«Ihr Hinweis wegen dem Paket an die Wohlfahrtsorganisation hatte Erfolg. Es enthielt einen nagelneuen rot-schwarz karierten Herrenpullover. Ein sehr auffallendes Stück. Wie sind Sie denn darauf gekommen?»

«Ach», sagte Miss Marple, «das war ganz einfach. Nach der Beschreibung, die Emlyn und Joanna gegeben hatten, war mir klar, dass dieser Pullover auffallen sollte und bestimmt nicht irgendwo in der Nähe oder gar unter den Kleidungsstücken des Täters versteckt werden würde. Der Pullover musste so schnell wie möglich verschwinden. Und da gibt es nur einen einzigen ganz sicheren Weg, die Post. Bei Kleidern ist es ja ganz einfach, die kann man an eine Wohlfahrtsorganisation schicken. Ich musste nur die Adresse herausbekommen.»

«Und Sie fragten auf dem Postamt ganz offen danach?» Der Innenminister schaute sie leicht schockiert an.

«Nein, natürlich nicht direkt. Ich tat, als ob ich ein bisschen zerstreut sei, und sagte, dass ich eine falsche Adresse auf

189

ein Paket geschrieben hätte, das eine meiner Gastgeberinnen für mich zur Post brachte. Die Postbeamtin war sehr nett und bemühte sich, mir zu helfen, und so bekam ich heraus, an wen das Paket geschickt worden war. Sie hatte bestimmt keinen Verdacht, sondern hielt mich eben für eine etwas konfuse, umständliche alte Frau.»

«Soso!», sagte Professor Wanstead. «Sie sind nicht nur eine Rächerin, sondern auch noch eine gute Schauspielerin, Miss Marple. Wann fingen Sie an zu begreifen, was vor zehn Jahren geschehen war?»

«Am Anfang war ich ziemlich verzweifelt», sagte Miss Marple. «Insgeheim machte ich Mr Rafiel sogar Vorwürfe, weil er mich vollkommen im Unklaren gelassen hatte. Aber jetzt sehe ich ein, dass sein Vorgehen sehr klug war. Ich begreife jetzt auch, wieso er ein so genialer Finanzmann war. Er hat alles genau kalkuliert. Ich bekam nach und nach, in kleinen Dosen, meine Informationen. Er dirigierte mich genau auf meine Aufgabe zu. Zuerst sandte er meine Schutzengel aus, die feststellen sollten, wie ich aussah. Dann wurde ich auf diese Reise geschickt und kam mit ganz bestimmten Menschen in Berührung.»

«Verdächtigten Sie zuerst jemand von der Reisegesellschaft?»

«Ich zog einige Möglichkeiten in Erwägung.»

«Kein Gefühl, dass etwas Böses in der Luft läge?»

«Aha, das haben Sie sich gemerkt. Nein, damals noch nicht. Mir war auch nicht klar, mit wem ich auf der Reise zusammentreffen sollte – aber sie hat sich ja dann selbst mit mir bekannt gemacht.»

«Elizabeth Temple?»

«Ja, und durch sie bekam ich den ersten Hinweis. Das war wie ein Scheinwerfer in völliger Dunkelheit. Nun wurden mir die Dinge etwas klarer. Elizabeth Temple erzählte mir von einem jungen Mädchen, das mit Mr Rafiels Sohn verlobt gewesen sei. Sie erzählte mir auch, dass sie ihn nicht geheiratet habe. Als ich fragte, warum, sagte sie: ‹Weil sie starb.› Dann fragte ich sie, woran sie gestorben sei, und sie antwortete nur mit einem einzigen Wort: ‹Liebe›. Ich werde nie vergessen, wie sie das sagte. Ihre Stimme klang anklagend, wie der Ton einer tiefen Glocke. Und dann meinte sie, dass ‹Liebe› ein schreckliches Wort sein könne. Damals wusste ich natürlich noch nicht, wie sie das meinte. Ich dachte, das Mädchen habe vielleicht Selbstmord begangen. Sie erzählte mir auch, dass dies keine reine Vergnügungsreise für sie sei, sondern eine Art Pilgerfahrt. Erst später erfuhr ich, dass sie auf dem Weg zu einem bestimmten Menschen gewesen war.»

«Erzdiakon Brabazon?»

«Ja. Damals wusste ich aber noch nichts von seiner Existenz. Ich hatte nur das Gefühl, dass die Hauptpersonen – die Hauptakteure – nicht unter meinen Mitreisenden zu suchen seien. Allerdings hatte ich mir eine Weile Gedanken über Joanna Crawford und Emlyn Price gemacht.»

«Warum gerade über sie?»

«Weil sie jung sind», sagte Miss Marple. «Weil die Jugend so oft mit Leidenschaft, Gewalttaten und tragischer Liebe in Verbindung steht. Ich merkte dann bald, dass ich auf der falschen Fährte war. Aber später konnte ich diese Idee noch mal auswerten. An dem Nachmittag, als ich mit den Schwestern und meinen späteren Schutzengeln im *Old Manor House* bei einem Glas Sherry zusammensaß, wies ich darauf hin, dass Emlyn und Joanna als Hauptverdächtige im Fall Elizabeth Temple in Frage kämen. Und wenn ich sie wiedersehe», sagte Miss Marple förmlich, «muss ich mich bei ihnen entschuldigen, dass ich sie benützte, um von meinen wirklichen Gedanken abzulenken.»

«Und das nächste Ereignis war dann der Tod von Elizabeth Temple?»

«Nein, zuerst kam noch die Einladung ins *Old Manor House*. Mir war ja klar, dass auch das von Mr Rafiel arrangiert worden war, nur kannte ich den Grund natürlich nicht. Aber vielleicht», fügte sie entschuldigend hinzu, «sollte ich mich viel kürzer fassen? Vielleicht ist das für Sie alles gar nicht so wichtig?»

«Nein, erzählen Sie nur weiter», sagte Professor Wanstead. «Für mich ist es sogar sehr wichtig, denn es gibt da Verbindungen zu Dingen, die ich in meinem Beruf schon oft erfahren habe. Mir ist wichtig zu hören, was Sie dachten und empfanden.»

«Ja, machen Sie weiter», sagte auch Sir Andrew McNeil.

«Ich hatte das Gefühl, als müsse ich dort hingehen, als könnte ich dort mehr erfahren. Es war keine logische Schlussfolgerung, nur eine instinktive Reaktion.»

«Ja, so etwas gibt es», sagte Professor Wanstead.

«Dort wohnen also diese drei Schwestern. Und sofort musste ich an die ‹Drei Schwestern› in der russischen Literatur denken und an die drei Nornen. Das hat so etwas Düsteres, Unheimliches, dieser Ausdruck: Drei Schwestern. Und die Atmosphäre im Hause passte dazu. Man hatte das Gefühl, von Trauer und Unglück umgeben zu sein, auch von Angst. Daneben war aber auch etwas, das gegen diese Stimmung ankämpfte, etwas, das ich nur als Atmosphäre des Normalen bezeichnen kann.»

«Das ist interessant», sagte Wanstead.

«Wahrscheinlich war dies Mrs Glynne zu verdanken», sagte Miss Marple.

«Sie war es ja, die mich im Hotel aufsuchte und die Einladung aussprach. Eine ganz normale Frau, eine Witwe. Nicht besonders glücklich, aber nur deswegen, weil sie in der falschen Umgebung lebte. Sie brachte mich ins *Old Manor House*, und dort lernte ich die beiden anderen Schwestern kennen. Am nächsten Morgen hörte ich von einer Angestellten die traurige Geschichte des Mädchens, das von ihrem Freund umgebracht worden war, und von den anderen Morden, die zur gleichen Zeit in der Gegend verübt worden waren. Jetzt begriff ich allmählich, dass es irgendwo noch einen Mörder gab, und ich fragte mich, ob er nicht hier in dem Haus leben könnte, in das ich geschickt worden war. Clotilde, Lavinia, Anthea, drei Schwestern – drei Nornen? Clotilde war die auffallendste – eine große, schöne Frau, eine Persönlichkeit. Eine Frau, die zu starken Leidenschaften fähig war. Ich muss gestehen, dass ich in ihr gleich eine Klytämnestra sah. Der Typ, der den Plan, den eigenen Mann im Bad zu ermorden, auch in die Tat umsetzen konnte.»

Professor Wanstead hatte Mühe, ein Lachen zu unterdrücken. Der Ernst, mit dem Miss Marple alles erzählte, erheiterte ihn. Jetzt musste auch sie lächeln.

«Ja, das klingt alles sehr komisch, nicht wahr? Aber tatsächlich konnte ich mir Clotilde in dieser Rolle vorstellen. Nur hatte sie unglücklicherweise nie einen Ehemann gehabt, und deswegen konnte sie ihn auch nicht gut umbringen.

Dann überlegte ich, ob es Lavinia getan haben könnte. Sie machte einen sehr netten, normalen und angenehmen Eindruck. Aber wie viel Mörder gibt es, die auf ihre Umgebung ebenso wirken, sympathisch und normal, und doch sind gerade sie die allerschlimmsten, weil sie aus kühler Überlegung töten. Trotzdem hielt ich es nicht für sehr wahrscheinlich, wollte aber Mrs Glynne nicht ganz außer Acht lassen.

Und dann die dritte Schwester, Anthea. Sie machte einen

beunruhigenden Eindruck, ungeordnet, konfus, geistesabwesend und dabei sehr verängstigt. Sie schaute einen immer so merkwürdig an und blickte ab und zu ganz plötzlich
hinter sich, als ob sie dort jemand vermutete. Sie hatte Angst
vor etwas, das merkte man. Warum sollte sie nicht aus einer
Art Verfolgungswahn heraus getötet haben? An diese Möglichkeit musste ich also auch denken.

Am nächsten Tag ging ich dann mit Anthea hinaus in den
Garten. Dort sah ich, am Ende eines Weges, einen merk-
würdigen Erdwall. Es war, wie sich herausstellte, das einstige
Gewächshaus, das man hatte verfallen lassen. Es war bedeckt von einem wuchernden Rankengewächs, Polygonum,
das man immer dann anpflanzt, wenn man eine hässliche
Stelle im Garten verdecken will. Es ist eine sehr schnell
wachsende Pflanze, die alles andere Grüne überwuchert und
erschreckend überhand nimmt. Aber sie hat sehr hübsche
weiße Blüten und kann wirklich dekorativ aussehen. Anthea
schien sehr unglücklich über den Zustand des Gewächshauses zu sein, das für sie als Kind die Hauptattraktion des Gartens gewesen war. Sie hatte nur den einen Wunsch, es wieder
so aufbauen zu können, wie es früher gewesen war. Sie
schien große Sehnsucht nach der Vergangenheit zu haben,
aber zugleich merkte ich auch, dass sie Angst hatte. Und diese Angst, das spürte ich, hing mit dem Gewächshaus zusammen. Natürlich konnte ich damals noch nicht wissen, warum.

Und was dann geschah, wissen Sie ja. Elizabeth Temples
Unfall. Die Erzählung von Joanna Crawford und Emlyn
Price ließ nur ein Urteil zu: Es war kein Unfall, sondern vorsätzlicher Mord. Von da an», sagte Miss Marple, «gab es für
mich keinen Zweifel mehr. Mir wurde klar, dass nicht zwei,
sondern drei Morde verübt worden waren. Ich hörte die
ganze Geschichte von Mr Rafiels Sohn, die verdeutlichte,

dass er zwar ein Krimineller, jedoch kein Mörder war. Allerdings sprach alles gegen ihn, und niemand bezweifelte, dass er Verity Hunts Mörder war, deren Namen ich nun auch erfahren hatte. Den letzten, entscheidenden Hinweis gab mir dann Erzdiakon Brabazon. Er hatte die beiden jungen Leute gekannt. Sie waren zu ihm gekommen, weil sie sich von ihm trauen lassen wollten. Er war der Ansicht, dass es kein sehr weiser Entschluss war, er durch ihre Liebe aber gerechtfertigt wurde. Er glaubte, dass die beiden sich wirklich liebten und es ernst miteinander meinten. Der Erzdiakon war nicht sehr zuversichtlich und bezweifelte, dass es eine sehr glückliche Ehe werden würde. Aber er hielt es für eine notwendige Ehe. Nach allem, was er erzählte, erkannte ich, dass Michael niemals so weit gegangen wäre, dieses Mädchen, das er ja liebte, zu erwürgen und so entsetzlich zu entstellen. Doch ich wusste ebenfalls, dass dieser Tod durch Liebe verursacht worden war – denn das hatte mir Elizabeth Temple gesagt.

Und auf einmal sah ich klar. Bis dahin hatte ich es nur geahnt, aber nun stimmte alles, nun passten alle Steine des Mosaiks zusammen. Es stimmte auch mit dem überein, was Miss Temple gesagt hatte. Dass ‹Liebe› die Ursache von Veritys Tod gewesen sei und dass ‹Liebe› ein schreckliches Wort sein könne. Alles war mir nun klar. Die überwältigende Liebe, die Clotilde für dieses Mädchen empfand. Und die Verehrung Veritys, die Abhängigkeit von Clotilde und später das Erwachen ihrer normalen Instinkte. Sie wollte frei sein, um lieben zu können, um zu heiraten und Kinder zu haben. Und dann tauchte dieser Junge auf, den sie lieben konnte. Sie wusste, dass er unzuverlässig war und nicht sehr viel taugte. Aber dadurch lassen sich junge Mädchen ja nicht abhalten. Im Gegenteil, sie haben sogar sehr viel übrig für junge Männer, die etwas missraten sind. Das war schon immer so. Sie verlieben sich in sie und glauben, dass sie sie ändern können. Und Michael hatte ja den Vorsatz, sich zu ändern. Wenn er erst einmal mit Verity verheiratet war, wollte er nie wieder ein junges Mädchen anschauen. Sicher wäre es keine besonders glückliche Ehe geworden, aber es war, wie der Erzdiakon sagte, wahre Liebe. Ich vermute, Verity vertraute sich Elizabeth Temple an und schrieb ihr, dass sie Michael Rafiel heiraten wolle. Alles wurde geheim gehalten, denn Verity wusste, dass ihre Tat nichts anderes war als Flucht. Sie wollte einem Leben entfliehen, das sie nicht länger ertragen konnte, sie wollte jemand entfliehen, den sie liebte, aber nicht in dem Maße, wie sie Michael liebte. Und sie wusste natürlich, dass man ihr Hindernisse in den Weg legen würde. Also würden sie, wie andere junge Leute, ganz einfach durchbrennen. Da sie beide mündig waren, hatten sie es gar nicht nötig, nach Gretna Green zu fahren. Sie baten ganz einfach den Erzdiakon, sie zu trauen. Alles war genau festgelegt. Wahrscheinlich wollten sie sich heimlich irgendwo treffen. Ich nehme an, dass Michael zu dem Treffpunkt kam und vergeblich auf Verity wartete. Vielleicht versuchte er dann herauszubekommen, warum sie nicht gekommen war. Ich nehme an, er erhielt dann eine Nachricht, vielleicht sogar einen Brief von ihr – die Handschrift war gefälscht –, in dem sie ihm erklärte, dass sie sich anders besonnen habe. Es sei nun alles aus, und sie würde eine Weile fortfahren, um darüber hinwegzukommen. Natürlich weiß ich das nicht genau. Auf jeden Fall wird er von dem wahren Grund keine Ahnung gehabt haben. Von dieser entsetzlichen Tat. Clotilde war nicht gewillt, den Menschen zu verlieren, den sie liebte. Sie würde Verity nicht freigeben, noch dazu wegen dem jungen Mann, den sie hasste und verachtete. Aber ich konnte mir nicht vorstellen, dass sie Verity auf so grauenhafte Weise entstellt hatte. Das passte nicht zu dem Bild, das ich mir von ihr machte. Deswegen kam ich auf den Gedanken, dass sie sie in das verfallene Gewächshaus gebracht haben könnte. Zuvor hatte sie ihr einen Schlaftrunk gegeben. Auch das nach griechischer Tradition. Der Schierlingsbecher – auch wenn es kein Schierlingsbecher war... Und so begrub sie das Kind im Garten, unter den Steinen des zusammengefallenen Gewächshauses, türmte Erde darauf und Torf –»

«Und keine Schwester hatte einen Verdacht?»

«Mrs Glynne war damals nicht dort. Sie war noch mit ihrem Mann im Ausland. Aber Anthea war da, und ich glaube, sie ahnte, was vorging. Sie wusste ja, dass Clotilde den Erdwall am äußersten Ende des Gartens aufgeworfen und mit den schön blühenden Ranken bepflanzt hatte. Ich nehme an, dass sie nach und nach der Wahrheit auf die Spur kam. Und Clotilde, als sie sich einmal dem Bösen verschrieben hatte, scheute auch vor weiteren bösen Taten nicht zurück. Ich nehme an, es machte ihr sogar Spaß, alles genau zu planen. Sie hatte einen gewissen Einfluss auf ein verschlagenes, verdorbenes Mädchen aus dem Dorf, das sie ab und zu besuchte und Geschenke erbettelte. Es war wohl nicht schwierig, sie eines Tages zu einem Picknick oder einem Ausflug zu überreden. Wahrscheinlich hatte sie sich vorher den Ort genau ausgesucht. Und dann hat sie sie erwürgt und auf diese furchtbare Weise zugerichtet. Clotilde musste nicht befürchten, wegen dieser Tat verdächtigt zu werden. Sie verwendete Veritys Handtasche und eines ihrer Schmuckstücke dazu, die wahre Identität der Leiche zu verdecken, und zog ihr wahrscheinlich auch Veritys Kleider an. Sie hoffte, dass das Verbrechen nicht so bald entdeckt werden würde, und streute in der Zwischenzeit das Gerücht aus, Nora in Michaels Wagen gesehen zu haben. Vielleicht erzählte sie auch, dass Verity ihre Verlobung mit Michael wegen dieses Mädchens gelöst habe. Möglich, dass sie an all diesen Dingen sogar noch ihren Spaß fand, die arme verlorene Seele.»

«Warum sagen Sie ‹arme verlorene Seele›, Miss Marple?»

«Weil ich glaube», sagte Miss Marple, «dass niemand ermessen kann, was Clotilde in diesen zehn Jahren ausstand. Sie behielt Verity dort im Garten des *Old Manor House*, und sie wusste sicher zuerst nicht, was das für sie bedeutete. Die furchtbare Sehnsucht nach der lebenden Verity. Ich glaube nicht, dass sie Reue empfunden hat. Wahrscheinlich hatte sie noch nicht einmal diesen Trost. Sie litt, Tag für Tag, Jahr für Jahr. Ich weiß nun, was Elizabeth Temple meinte. Liebe ist etwas Furchtbares. Sie ist empfänglich für das Böse, sie kann selbst zu etwas sehr Bösem werden. In diesem Zustand musste Clotilde leben. Das wird es auch gewesen sein, was Anthea Angst machte. Ich nehme an, es wurde ihr allmählich immer klarer, was Clotilde getan hatte, und sie glaubte, dass Clotilde das spürte. Sie hatte Angst vor Clotildes Reaktion. Clotilde gab Anthea das Paket mit, in dem der Pullover war. Sie erzählte mir einiges über Anthea, dass sie geistesgestört und in ihrer Eifersucht und ihrem Verfolgungswahn zu allem fähig sei. Wahrscheinlich wäre in absehbarer Zeit Anthea etwas passiert, das dann als Selbstmord hingestellt worden wäre.»

«Und trotzdem tut Ihnen diese Frau Leid?» fragte Sir Andrew. «Das Böse ist wie ein Krebsgeschwür. Es bringt Leiden mit sich.»

«Natürlich», sagte Miss Marple.

«Wahrscheinlich hat man Ihnen erzählt, was in der Nacht geschah, nachdem Ihre Schutzengel Sie in ihre Obhut genommen hatten?»

«Sie meinen mit Clotilde? Ich erinnere mich, dass sie nach dem Glas Milch griff. Sie hielt es noch in der Hand, als mich Miss Cooke aus dem Zimmer führte. Ich nehme an, sie trank es aus?»

«Ja. Hatten Sie das für möglich gehalten?»

«In dem Augenblick dachte ich nicht daran. Aber vielleicht hätte ich es vermutet, wenn ich daran gedacht hätte.»

«Niemand hätte sie davon abhalten können. Es ging alles so schnell, und keiner wusste, dass mit der Milch etwas nicht in Ordnung war.»

«Und so trank sie sie!»

«Überrascht Sie das?»

«Nein, es wird für sie der einzige Ausweg gewesen sein. Sie wollte all den Dingen entfliehen, mit denen sie hatte leben müssen. Ebenso wie Verity dem Leben dort in dem Haus entfliehen wollte. Sehr merkwürdig, diese Art der Vergeltung.»

«Sie scheinen für diese Frau mehr Mitleid zu haben als für das ermordete Mädchen?»

«Nein», sagte Miss Marple. «Es ist eine ganz andere Art von Mitleid. Verity tut mir Leid, weil sie so viel versäumt hat und weil die Erfüllung für sie so nahe war – das Leben mit einem Mann und für einen Mann, den sie wirklich liebte. Das ist ihr alles entgangen, und niemand kann es ihr wiedergeben. Doch sie entging gleichzeitig auch Dingen, die Clotilde ertragen musste: Kummer, Elend, Angst und das ständig wachsende Böse. Mit all dem musste Clotilde leben. Trauer, enttäuschte Liebe und das Zusammensein mit den Schwestern, die etwas ahnten und sich vor ihr fürchteten. Und die Gegenwart des Mädchens, das sie dorfbehalten hatte.»

«Sie meinen Verity?»

«Ja. Begraben im Garten, begraben in der Gruft, die Clotilde ihr geschaffen hatte. Sie war für Clotilde immer gegenwärtig, und manchmal hat sie sie sicher sogar zu sehen geglaubt, wenn sie hinausging und einen Zweig des blühenden Polygonums abpflückte. Etwas Schlimmeres kann es wohl kaum geben ...»

22

«Diese alte Dame könnte einen das Fürchten lehren», sagte Sir Andrew McNeil, als er sich von Miss Marple verabschiedet und sich bei ihr bedankt hatte und sie gegangen war.

«Ja, so milde und so – erbarmungslos», sagte Sir James Lloyd. Professor Wanstead begleitete Miss Marple zu dem Wagen, der unten auf sie wartete, und ging dann wieder hinauf zu den anderen Herren.

«Nun, was hältst du von ihr, Edmund?»

«Die Furcht erregendste Frau, die mir je begegnet ist», sagte der Innenminister.

«Erbarmungslos?» fragte Professor Wanstead.

«Nein, nein, das meine ich nicht, aber – nun, sie ist eben Furcht erregend.»

«Nemesis», sagte Professor Wanstead nachdenklich.

«Diese beiden Frauen», meinte der Beamte der Staatsanwaltschaft, «diese beiden Detektivinnen, die sich um sie gekümmert haben, erzählten mir erstaunliche Dinge über diese Nacht. Es war für sie nicht sehr schwierig, wieder ins Haus zu kommen, und sie hatten sich, bis alle nach oben gegangen waren, unten in einem kleinen Raum verborgen. Dann ging die eine ins Schlafzimmer und versteckte sich im Kleiderschrank, und die andere wartete draußen. Die eine erzählte dann, dass sich ihr ein sehr erstaunlicher Anblick geboten habe, als sie aus dem Schrank trat: Miss Marple, aufrecht im Bett sitzend, vollkommen unbeeindruckt, um ihren Hals einen rosa Wollschal und fröhlich dozierend wie eine alte Lehrerin. Sie sagte, sie habe ihren Augen nicht getraut.»

«Einen rosa Wollschal», sagte Professor Wanstead. «Ja, ja, ich erinnere mich –»

«Woran erinnern Sie sich?»

«Der alte Rafiel. Er erzählte mir von ihr, und dann lachte er. Die Situation, sagte er, würde er nie vergessen. Eines Nachts, während seines Urlaubs in Westindien, kam sie in sein Zimmer marschiert, eine komische, konfuse Alte, einen rosa Wollschal um den Hals, und erklärte ihm, er müsse sofort aufstehen und einen Mord verhindern Er habe sie gefragt: ‹Was denken Sie sich eigentlich, was um alles in der Welt bilden Sie sich ein?› Und sie habe ihm geantwortet, dass sie Nemesis sei. Ausgerechnet Nemesis! Dieser rosa Schal», fügte Professor Wanstead nachdenklich hinzu, «den mag ich, den mag ich sogar sehr gern.»

«Michael», sagte Professor Wanstead. «Ich möchte Sie Miss Jane Marple vorstellen. Sie hat sich sehr für Sie eingesetzt.»

Der junge, zweiunddreißigjährige Mann schaute die alte, dickliche, weißhaarige Dame etwas zweifelnd an.

«Oh», sagte er. «Man hat mir davon erzählt. Ja, vielen Dank.» Er sah Wanstead an. «Stimmt es, dass man mich begnadigen wird oder irgend so etwas Verrücktes?»

«Ja, man wird Sie bald freilassen. Sie werden bald ein freier Mann sein.»

«Oh.» Michael schien es nicht recht glauben zu können.

«Es wird ein bisschen dauern, bis Sie sich daran gewöhnt haben», sagte Miss Marple freundlich.

Sie betrachtete ihn nachdenklich und versuchte, sich vorzustellen, wie er vor zehn Jahren ausgesehen hatte. Er war immer noch sehr attraktiv, obwohl die Haftzeit ihre Spuren hinterlassen hatte. Aber man konnte sich vorstellen, wie er früher gewesen war, charmant und unbekümmert. Diese Leichtigkeit hatte er verloren, aber vielleicht würde er sie wieder finden. Der Mund war etwas weich, doch die Augen schauten einem gerade ins Gesicht und waren wohl einst sehr nützlich gewesen, um allerhand Lügen zu erzählen, die nur zu gerne geglaubt worden waren. Er erinnerte sie an einen anderen jungen Mann, den sie gekannt hatte und der auch nicht ganz zuverlässig gewesen war.

«Oh», sagte Michael, immer noch verlegen. «Es war sehr freundlich von Ihnen, sich soviel Mühe zu machen.»

«Es hat mir Spaß gemacht», sagte Miss Marple. «Also – es hat mich gefreut, Sie kennen zu lernen. Auf Wiedersehen. Ich hoffe, dass eine schöne Zeit vor Ihnen liegt. Mit unserem Land steht es im Augenblick nicht zum besten, aber Sie finden sicher eine Arbeit, die Ihnen gefällt.»

«O ja. Danke, vielen Dank. Ich – ich bin Ihnen wirklich sehr dankbar.»

Es klang nicht sehr überzeugend.

«Mir müssen Sie nicht dankbar sein», sagte Miss Marple. Sie sollten Ihrem Vater dankbar sein.»

«Vater? Er hat nie viel von mir gehalten.»

«Bevor er starb, sorgte er dafür, dass alles unternommen würde, um Ihnen Gerechtigkeit widerfahren zu lassen.»

«Gerechtigkeit.» Michael Rafiel dachte darüber nach.

«Ja. Ihr Vater war der Ansicht, dass Gerechtigkeit sehr wichtig sei. Er war selbst, glaube ich, ein sehr gerechter Mann.»

Miss Marple wickelte ein Päckchen aus, das sie in der Hand gehalten hatte.

«Man gab mir dies hier», sagte sie. «Man dachte, ich hätte es gern, weil ich half, die Wahrheit herauszubekommen. Ich glaube aber, dass Sie mehr Anrecht darauf besitzen – natürlich nur, wenn Sie es haben wollen. Vielleicht wollen Sie es gar nicht haben –»

Sie gab ihm die Fotografie von Verity Hunt, die Clotilde ihr im Salon des *Old Manor House* gezeigt hatte.

Er nahm das Bild und betrachtete es lange. Sein Gesicht bekam einen anderen Ausdruck, seine Züge wurden weich, dann wieder hart. Miss Marple beobachtete ihn, ohne ein Wort zu sagen. Auch Professor Wanstead schwieg. Er beobachtete sie beide, die alte Dame und den jungen Mann. Es wurde ihm klar, dass dies eine Art Krise war, ein Augenblick, der ein ganzes Leben beeinflussen konnte.

Michael Rafiel seufzte, gab sich einen Ruck und reichte Miss Marple das Bild.

«Nein, Sie haben Recht, ich möchte es nicht. Dieses Leben ist vorbei, sie ist nicht mehr da – ich kann sie nicht mitnehmen. Ich muss neu anfangen – ich darf nicht zurückschauen. Sie –» Er zögerte und sah sie an. «Sie verstehen das doch?»

«Ja», sagte Miss Marple. «Ich verstehe es. Ich glaube, Sie haben Recht. Ich wünsche Ihnen viel Glück für das Leben, das Sie jetzt beginnen.»

Er verabschiedete sich und ging hinaus.

«Kein sehr lebhafter junger Mann», sagte Professor Wanstead. «Er hätte sich wirklich ein bisschen herzlicher bei Ihnen bedanken können.»

«Ach, lassen Sie nur», sagte Miss Marple. «Ich hatte es gar nicht anders erwartet. Das würde ihn nur noch mehr durcheinander gebracht haben. Es ist doch sehr verwirrend, sich bedanken zu müssen, ein neues Leben zu beginnen und alle Dinge von einer ganz anderen Perspektive aus zu betrachten. Hoffentlich geht alles gut. Er ist erstaunlicherweise nicht verbittert. Ich begreife sehr wohl, warum das Mädchen ihn geliebt hat –»

203

«Nun, vielleicht ist er jetzt kuriert und stellt nichts mehr an.»

«Das dürfte zu bezweifeln sein», sagte Miss Marple. «Ich glaube nicht, dass er sich allein helfen kann – es sei denn… Am besten hoffen wir, dass er ein wirklich nettes Mädchen kennen lernt.»

«Was ich an Ihnen so schätze», sagte Professor Wanstead, «ist Ihr erfreulicher Sinn für das Praktische.»

«Sie wird gleich hier sein», sagte Mr Broadribb zu Mr Schuster.

«Ja. Eine erstaunliche Sache, was?»

«Ich konnte es zuerst gar nicht glauben», sagte Broadribb. «Damals, als der alte Rafiel starb, dachte ich, das Ganze sei aus einer Art Senilität heraus zu erklären. Dabei war er eigentlich noch nicht in dem Alter.»

Die Sprechanlage summte, Mr Schuster meldete sich.

«Aha, sie ist da? Bringen Sie sie herein», sagte er. «Sie kommt. Nun bin ich aber neugierig. Das Verrückteste, was ich jemals gehört habe: Eine alte Dame in der Gegend herumzuschicken und nach Dingen suchen zu lassen, von denen sie keine Ahnung hat. Die Polizei ist der Ansicht, dass diese Frau nicht nur einen Mord begangen hat, sondern drei. Drei Morde! Verity Hunts Leiche wurde tatsächlich unter dem Erdwall gefunden, genau wie die alte Dame gesagt hatte. Sie war nicht erwürgt worden, und der Schädel war intakt.»

«Mich wundert, dass die alte Dame nicht auch dran glauben musste», sagte Mr Broadribb. «Sie ist doch viel zu alt, um sich selbst schützen zu können.»

«Offenbar waren zwei Detektivinnen da, die auf sie aufpassten.»

«Was? Gleich zwei?»

«Ja, aber sie hatte keine Ahnung.»

Miss Marple wurde hereingeführt.

«Ich gratuliere, Miss Marple», sagte Mr Broadribb und begrüßte sie.

«Tadellose Arbeit, gratuliere», sagte auch Mr Schuster und gab ihr die Hand.

Miss Marple machte es sich in einem Sessel gegenüber dem Schreibtisch bequem.

«Wie ich Ihnen schon in meinem Brief schrieb», sagte sie, «glaube ich, die mir gestellten Bedingungen erfüllt zu haben. Ich habe meinen Auftrag ausgeführt.»

«Ja, ich weiß. Wir haben es schon erfahren. Professor Wanstead und die Polizei teilten es uns mit. Sie haben hervorragende Arbeit geleistet, Miss Marple. Wir gratulieren Ihnen!»

«Ich hatte Angst», sagte Miss Marple, «dass es mir nicht gelingen würde, den Auftrag zu erfüllen. Es erschien mir am Anfang alles so schwierig, ja fast unmöglich.»

«Ja», sagte Mr Broadribb. «Den Eindruck hatte ich auch. Ich weiß wirklich nicht, wie Sie das gemacht haben, Miss Marple.»

«Ach, es ist alles nur eine Frage der Beharrlichkeit», sagte sie.

«Und nun zu dem Geld, das wir für Sie deponiert haben. Es steht Ihnen jederzeit zur Verfügung. Sollen wir es an Ihre Bank überweisen oder für Sie anlegen? Es ist ja eine recht beträchtliche Summe.»

«Zwanzigtausend Pfund», sagte Miss Marple. «Ja, für mich ist das sehr viel Geld. Außerordentlich viel.»

«Wenn Sie wollen, kann ich Sie mit unseren Maklern bekannt machen. Sie könnten Sie wegen der Anlage beraten.»

«Ach, ich möchte es gar nicht anlegen.»

«Aber sicher wäre es …»

«In meinem Alter hat Sparen keinen Sinn», erklärte Miss Marple. «Der Zweck des Geldes ist doch wohl – und sicher hat Mr Rafiel es auch so gemeint –, dass ich mir ein paar Dinge leiste, mir ein paar Wünsche erfülle, die ich mir früher nicht hätte erfüllen können.»

«Ja, ich verstehe», sagte Mr Broadribb. «Dann sollen wir die Summe also auf Ihr Bankkonto überweisen?»

«Ja, bitte. Middleton's Bank, 132 High Street, St. Mary Mead», sagte Miss Marple.

«Sicher haben Sie ein Sparkonto. Wir werden es dorthin überweisen.»

«Nein, bitte nicht», forderte Miss Marple. «Überweisen Sie es auf mein Girokonto.»

«Sie meinen nicht –»

«Ich meine», erklärte Miss Marple, «dass ich es auf meinem Girokonto haben möchte.»

Sie stand auf und verabschiedete sich.

«Sie könnten Ihre Bank um Rat fragen, Miss Marple. Man weiß ja nie – manchmal braucht man doch noch etwas für einen trüben Tag.»

«Alles, was ich für einen trüben Tag brauche, ist mein Regenschirm», sagte Miss Marple.

Noch einmal schüttelte sie den beiden Herren die Hand.

«Ich danke Ihnen sehr, Mr Broadribb. Und Ihnen auch, Mr Schuster.»

«Sie wollen das Geld wirklich auf Ihrem Girokonto haben?»

«Ja», sagte Miss Marple. «Ich werde es ausgeben. Ich werde mich damit amüsieren.»

Sie lachte. Mr Schuster, der mehr Phantasie besaß als Mr Broadribb, musste plötzlich an ein junges und sehr hübsches Mädchen denken, wie es auf einem ländlichen Gartenfest den Vikar begrüßte. Es war eine Erinnerung aus seiner eigenen Jugendzeit. Miss Marple hatte ihn tatsächlich an dieses junge, fröhliche Mädchen erinnert, das sich amüsieren wollte.

«Mr Rafiel hätte gewollt, dass ich mich amüsiere», erklärte sie. Dann ging sie hinaus.

«Nemesis», sagte Mr Broadribb. «So hat der alte Rafiel sie genannt. Nemesis! Alles andere, nur nicht das.»

Mr Schuster schüttelte den Kopf.

«Wahrscheinlich auch einer von Mr Rafiels kleinen Scherzen», meinte er.